Jonas Boets
Spy School 3

JONAS BOETS

SPY SCHOOL

Giftige Dosis

Aus dem Niederländischen
von Claudia Van Den Block

cbt

MIX
Papier | Fördert gute Waldnutzung
FSC® C014496

Penguin Random House
Verlagsgruppe FSC® N001967

1. Auflage 2024
Erstmals als cbj Taschenbuch März 2015

Die Originalausgabe erschien unter dem Titel
»Sam Smith en het Duivelskruid« bei Uitgerverij Manteau, Antwerpen
Übersetzung: Claudia Van Den Block
Lektorat: Andreas Rode
Umschlaggestaltung: Guter Punkt
Umschlagmotive: iStockphoto (geengraphy, yanik88,
fotocelia, kitsana pankhuanoi, Santa_Papa)
skn · Herstellung: ReD
Satz: Satzwerk, Germering
Druck: GGP Media GmbH, Pößneck
ISBN 978-3-570-31680-1
Printed in Germany

www.cbj-verlag.de

Inhalt

Wer ist wer? Was ist was?

Sam Smith
Stinknormaler Junge, dem eines Tages eine Ausbildung zum Geheimagenten angeboten wird.

Spy School
Der Ort, an dem diese Ausbildung stattfindet.

Schüler
Die *Spy School* sucht Jungen und Mädchen, deren Talent es ist, nicht aufzufallen. Wer auf die *Spy School* gehen will, muss allerdings alles aufgeben. Die Eltern des Schülers werden hypnotisiert, damit sie nicht mehr wissen, dass sie je einen Sohn oder eine Tochter hatten. Diese Grundregeln sind für die Sicherheit des zukünftigen Geheimagenten unabdingbar.

Ausbildung
Die *Spy School* hat vier Jahrgänge: die A-Klasse, die B-Klasse, die C-Klasse und die D-Klasse. In jeder Klasse sind fünf Jungen und fünf Mädchen. Wer am Ende des Jahres (das Schuljahr beginnt im Januar) eine gute Bewertung bekommt, darf in die nächste Klasse aufsteigen.

Personal

Die Lehrkräfte der *Spy School* sind allesamt nach einem Monat benannt. Die wichtigste Jahreszeit ist der Winter. Die Bedeutung einer Lehrkraft lässt sich daran ablesen, wie nahe ihr Name an den Wintermonaten ist.

- **January:** Lehrer für *Technische Tricks* und zerstreuter Professor.
- **November:** Lehrerin für *Bomben entschärfen*, streng, aber gerecht.
- **April:** Lehrer für *Maskieren* und Sekretär der Schule.
- **July:** Lehrer für *Wie man sich aus misslichen Situationen befreit.*
- **Portman:** Der Portier der Schule, Liebhaber von allem, was ess- oder trinkbar ist.
- **Spyro 42:** Roboter, der zugleich Sekretär und Hausmeister der *Spy School* ist.

Schulleitung

Besteht aus drei Mitgliedern:

- **Autumn:** Präsident-Generaldirektor.
- **Summer:** Hilft bei der Leitung der Schule, sofern er keinen Auslandsauftrag hat. Rekrutierte Sam.
- **Spring:** Hat in etwa denselben Job wie Summer, steht jedoch etwas weiter unten in der Hierarchie. Hypnosespezialist par excellence.

Essen

In der *Spy School* gibt es keine Cafeteria. Wenn die Schüler hungrig sind, können sie ihr Essen aus Spezialluken in den Wänden holen. Jede Mahlzeit ist frisch zubereitet und wird durch gesundes Gemüse ergänzt. Hier ein Auszug aus der Speisekarte:

- **Mafia:** Spaghetti
- **U-Boot:** Hamburger in einer Pfütze aus Pfeffersoße
- **Verwundeter:** Steak (je nachdem, wie blutig man es gerne hätte, mit einer, zwei oder drei Kugeln)
- **Kugelsichere Weste:** Würstchen im Speckmantel
- **Granaten:** Kroketten
- **Pfeile:** Pommes
- **Landkarten mit Blut:** Toast mit Marmelade
- **Landkarte mit Schlamm:** Toast mit Schoko- oder Haselnusscreme
- **Halbmond:** Wassermelone
- **Eier mit Speck:** Eier mit Speck

1

Teuflisch

Präsident-Generaldirektor Autumn war tot.

Mit großen Augen starrte Sam auf die Leiche des Direktors, dann lief er eilig um den Schreibtisch herum und kniete sich neben den Leichnam.

»Herr Autumn?«, flüsterte er.

Autumn reagierte nicht.

»Herr Autumn?«, wiederholte Sam, diesmal etwas lauter.

Wieder erfolgte keine Reaktion.

Sam brach der Schweiß aus. Die Sommerhitze war so schon kaum erträglich, doch nun kam auch noch der Angstschweiß hinzu.

Nervös legte Sam die Finger an Autumns Hals. Kein Puls!

Sam presste die Hand etwas fester auf Autumns Hals, um besser fühlen zu können. Gleichzeitig betrachtete er das Gesicht des Schulleiters. Mit seinen Lippen stimmte doch etwas nicht. Beide Lippen waren grün verfärbt. Es sah ein bisschen aus wie Lippenstift.

Plötzlich spürte Sam ein leises Pochen unter seiner Hand. War das Autumns Puls? Gespannt wartete er ab.

Die Gedanken rasten in einer bedrohlichen Geschwindigkeit durch Sams Kopf. Was würde man denken, wenn man ihn hier so knien sah? Mit der Hand am Hals eines Toten erwischt zu werden, lenkte den Verdacht leicht auf einen. Was um Himmels willen machte er hier?

Sam versuchte seine Gedanken zu ordnen. Nach und nach kehrten die Geschehnisse des Tages wieder in sein Bewusstsein zurück.

Es war noch nicht einmal ein besonders spektakulärer Tag gewesen. Das Ende des Tages jedoch war eingeschlagen wie eine Bombe. Nicht zu weit vorausdenken! Immer am Anfang beginnen. Wie hatte der Tag begonnen? Wie immer: Er war aufgewacht.

2

Perfekte Täuschung – Tag 1

Eine Woche und einen Tag nach den Sommerspielen rekelte sich Sam im Bett. Die Bettwäsche war feucht, als hätte er ins Bett gemacht. Aber das stimmte nicht. Schon eine Woche lang lastete eine unerträgliche Hitze über London. Eine Affenhitze genauer gesagt. Es war so heiß, dass die Klimaanlage den Geist aufgegeben hatte. Sie hatte so viel leisten müssen, dass sie selbst überhitzt wurde. Dummerweise gab es keine Klimaanlage für Klimaanlagen. Nicht einmal auf der *Spy School*.

Es war Montagmorgen, also musste er um zehn Uhr im Unterricht erscheinen. Da ein Geheimagent immer ausgeschlafen sein muss, durften die Schüler bis um neun Uhr im Bett bleiben.

Sam sprang aus dem Bett und lief Richtung Waschraum. Er freute sich auf eine erfrischende Dusche. Im Flur kam ihm sein Nachbar John Cole entgegen, ein Klassenkamerad. Weil ihre Zimmer nebeneinanderlagen, kannte Sam ihn ein wenig besser als die anderen aus der C-Klasse. Mit Ausnahme von Daphné natürlich.

»Guten Morgen, Sam.«

»Guten Morgen, John.«

So fingen ihre Unterhaltungen eigentlich immer an und heute war es nicht anders.

»Alles roger in Kambodscha?«, fragte John.

»Alles roger, und Kambodscha trifft den Nagel auf den Kopf. Heißer kann es da auch nicht sein«, gab Sam zurück. »Ich hoffe, dass es bald etwas abkühlt. Wenn das so weitergeht, schmelzen wir noch alle wie Schneemänner in der Sonne!«

»Hör nur auf!«, sagte John. »So habe ich nicht einmal geschwitzt, wenn ich früher auf Familienbesuch war.«

Johns Großeltern stammten aus Südafrika. Als seine Eltern sich scheiden ließen, hatte Johns Vater beschlossen, ins Land seiner Vorfahren zurückzukehren. Ein erbittertes Tauziehen um John war gefolgt. Welches Ende das genommen hätte, sollte John nie erfahren. Herr July hatte John entdeckt und ihn gefragt, ob er auf die *Spy School* gehen wolle. Und da John die Nase voll hatte von den Zuständen zu Hause, hatte er sofort eingewilligt.

Nun ging er gemeinsam mit Sam durch die aufgeheizten Flure der *Spy School* zu den Duschen.

»Ich hoffe, dass die Duschen halbwegs erträglich sind«, stöhnte John. »Mit dem Wasser, das gestern aus der Dusche kam, hätte man ein Ei kochen können!«

Sein Wunsch ging nicht in Erfüllung. Das Wasser, das aus den Duschköpfen sprühte, hätte ebenso gut aus einem Teekessel stammen können.

Sam und John spülten sich den Schweiß vom Leib. Trotz der hohen Temperatur tat das fließende Wasser Sam gut. Er spürte, wie der Schmutz abgewaschen wurde.

Doch beim Abtrocknen kamen schon wieder die ersten Schweißperlen. Am besten blieb er den ganzen Tag unter der Dusche, dann würde er zumindest sauber bleiben!

Im Schneckentempo gingen die beiden Jungen zu einer Luke, um sich ihr Frühstück aus der Wand zu holen. Auf dem Weg begegnete ihnen Präsident-Generaldirektor Autumn, der Schulleiter. Obwohl es so heiß war, trug er einen Anzug. Er schwitzte allerdings auch wie ein Eisbär in der Wüste.

»Guten Morgen, die Herren«, grüßte Autumn. »Was für eine Hitze, nicht wahr?«

Er zog ein Taschentuch hervor und wischte sich den Schweiß von der Stirn.

»Ich habe die Hitze noch nie gut vertragen. Sie macht mich richtig krank. Nicht buchstäblich krank natürlich, aber ich fühle mich doch immer viel schlapper als sonst. Da sind mir frostige Temperaturen allemal lieber. Ihnen auch?«

Sam sah zu John. Der wusste aber auch nicht recht, was er antworten sollte.

Autumn störte das wenig. Er fuhr mit seinem Monolog fort.

»Viele Geheimagenten wollen Aufträge an warmen Orten, damit sie nebenbei etwas Sonne abbekommen.

Ich ganz und gar nicht, mir würden eine Million Orte einfallen, an denen ich lieber wäre. Ach was, eine Milliarde!«

Sam und John kannten Autumns dröhnende Monologe nur allzu gut. Am liebsten schwadronierte er, ohne dass ihm jemand dazwischenfunken konnte. Gesprächszeit war für Autumn wie ein Steak für einen Wolf inmitten eines Rudels ausgehungerter Artgenossen: Wenn man nicht schnell war, bekam man am Ende gar nichts ab.

»Aber genug geplaudert«, befand Autumn. »Schließlich muss auch noch gearbeitet werden. Ich darf doch davon ausgehen, dass Sie beide gleich wieder fleißig zu Werke gehen?«

Sam und John nickten eifrig.

»Ausgezeichnet. Ich darf wohl behaupten, dass wir zurzeit einen ganz hervorragenden Jahrgang an der *Spy School* haben. Wenn nun noch die Hitze etwas nachließe, wäre ich ganz und gar zufrieden. Sollte es weiterhin so heiß sein, kann man mich bald ausgetrocknet vom Boden kratzen.«

Autumn tupfte sich wieder ganze Schweißströme vom Gesicht. »Gut, meine Herren, vielen Dank für die nette Unterhaltung. Viel Freude beim Lernen heute! Eigentlich bräuchte ich Ihnen das gar nicht zu wünschen, denn sollten Sie hier nicht mit Freude dabei sein, wären Ihre Tage an dieser Schule ohnehin gezählt!«

Nach diesen Worten drehte Autumn sich um und eilte weiter zu seinem Büro. Sam und John hatten es nicht eilig. Sie frühstückten ganz gemächlich und schlenderten dann gemeinsam zum Unterricht.

Am Montagmorgen begann die C-Klasse mit dem Fach *Maskieren*. Auch wenn es für sie ein neues Unterrichtsfach war, zählte es doch bereits zu den beliebtesten Fächern. Sich gut zu verkleiden war längst nicht so einfach, wie man gemeinhin dachte. Es reichte keineswegs aus, sich einfach eine Maske vors Gesicht zu halten. Alle Details mussten stimmen: Man musste die richtige Stimmlage treffen, den richtigen Akzent verwenden, seine Gangart anpassen, das Richtige sagen ...

Es gab noch viel mehr, worauf man achten musste, doch Sam hatte viele Details schon wieder vergessen. Er musste sich dringend die Kursunterlagen noch einmal zu Gemüte führen.

Als John und Sam das Klassenzimmer von Herrn April betraten, blickten sie verwundert auf. Nicht Herr April erwartete sie da, sondern Herr Portman, der Portier der *Spy School*. Er wartete geduldig, bis alle Schüler der C-Klasse da waren.

Wie immer setzte sich Sam neben Daphné. Obwohl sich die Schüler aussuchen durften, wo sie saßen, hatte jeder von ihnen seinen Stammplatz. Der Mensch ist eben ein Gewohnheitstier und ein Geheimagent ist schließlich auch ein Mensch.

Hinter dem letzten Schüler – Richard James stürmte als Letzter und schweißnass in die Klasse – schloss Portman die Tür und ergriff das Wort.

»Guten Morgen, meine Damen und Herren«, sagte er. »Heute gibt es eine kleine Änderung. Herr April wurde unerwartet zu einer dringenden Angelegenheit gerufen. Es geht wohl um einen Informanten in Schwierigkeiten, genau weiß ich es aber auch nicht. Präsident-Generaldirektor Autumn hat mich gebeten einzuspringen.«

Verdutzt sah die Klasse zu Portman. Kannte der Portier sich etwa mit der Kunst des Maskierens aus?

Mit dieser Reaktion hatte Portman offenbar gerechnet.

»Aber da ich von Maskierung so viel Ahnung habe wie eine Frau von einem programmierbaren Fernseher ...«

Sofort erntete er von den fünf Mädchen der Klasse grimmige Blicke. Sam musste innerlich grinsen. Solche Sprüche überraschten ihn bei Portman nicht.

Der Portier selbst hatte von den imaginären Pfeilen, die da auf ihn abgeschossen wurden, gar nichts bemerkt und fuhr einfach fort.

»... werde ich Ihnen heute etwas beibringen, von dem ich sehr wohl eine Ahnung habe.«

»Wie verdoppele ich die Anzahl der Mahlzeiten an einem Tag!«, witzelte Daphné.

Die Klasse lachte ausgelassen. Es war kein Geheimnis, dass Portman einen Großteil seines Tages damit verbrachte, die Zeitung zu lesen und alles zu vertilgen, was die Küche der *Spy School* zu bieten hatte.

Portman selbst fand den Witz nicht so gelungen. Er blickte etwas betreten drein.

»So denken Sie also über mich?«, fragte er. »Essen, essen, essen ... das ist alles?« Tränen traten in seine Augen.

Seufzend setzte er sich auf seinen Stuhl und starrte auf den Boden. Die Schüler sahen sich an. Sie hatten ein schlechtes Gewissen. So war es nicht gemeint gewesen. Sie hatten Portman vielleicht ein wenig verspotten wollen, aber nicht verletzen.

»So habe ich das nicht gemeint«, flüsterte Daphné Sam zu. Sam machte mit dem Kopf eine Bewegung in Portmans Richtung. »Sag das doch zu ihm.«

Portman saß noch immer vornübergebeugt an seinem Schreibtisch. Er bemühte sich gar nicht um Fassung. Die Bemerkung hatte offenbar gesessen.

»Ähm, Herr Portman? Ich wollte Sie nicht beleidigen. Es war nur ein Scherz.«

Portman reagierte nicht. Daphné blickte verzweifelt in die Klasse. Was sollte sie denn tun?

»Wir schätzen Ihre Arbeit wirklich sehr, Herr Portman«, fuhr Daphné fort. »Ohne Sie könnte jeder einfach so in das Schulgebäude hinein. Das wäre für eine Geheimagentenschule äußerst gefährlich.«

Daphné suchte nach weiteren trostreichen Worten.

»Ich meine nur, die *Spy School* steht und fällt mit Ihnen, Herr Portman.«

Daphné lief beim Süßholzraspeln zur Höchstform auf.

Portman sah nun doch auf. »Meinen Sie das ernst, Frau Wickman?«

Daphné lächelte ihn so süß an, wie sie konnte. »Aber sicher, Herr Portman! Nun erzählen Sie uns doch, was das Thema der heutigen Stunde ist.«

Diese Schmeichelei tat Portman sichtlich gut. Aber ganz zufrieden war er noch nicht.

»Ich bin froh, dass Sie sagen, Sie meinen es ernst, Frau Wickman, doch ganz überzeugt bin ich noch nicht.«

»Wie können wir Sie denn überzeugen? Sagen Sie uns doch, was wir tun müssen, für Sie ist uns nichts zu viel!«

Sam fand, dass Daphné nun doch etwas zu weit ging. Ihre Glaubwürdigkeit schwand dahin.

»Nun«, sagte Portman, »Sie könnten beispielsweise alle auf Ihre Tische steigen und sich vor mir verbeugen. Als Zeichen der Wertschätzung.«

Verbeugen? Und dann noch vor Portman! Aber Daphné hatte ja leider angekündigt, dass sie alles tun würden ...

»Äh«, mischte sich John Cole in das absurde Gespräch ein. »Muss das jetzt gleich sein?«

Portman nickte. »Jetzt passt es doch hervorragend, ja.«

Sich vor Portman verbeugen ... Die Schüler der C-Klasse blickten einander resignierend an. Aber da half nichts. Bedächtig kletterten sie auf ihre Tische. Daphné gab das Kommando.

»Drei, zwei, eins!«

Vollkommen synchron verbeugte sich die C-Klasse vor dem Portier der *Spy School*. Sam hoffte inständig, dass niemand ausgerechnet jetzt hereinkam und sie so vor Portman stehen sah.

Auf Daphnés Zeichen hin verbeugte sich die Klasse erneut, aber nun machte nur noch die Hälfte der Schüler mit. Dem Rest reichte es.

Portman sah gerührt und zufrieden zu den Schülern.

Er stand auf und wies sie an, Platz zu nehmen. Sein Blick war plötzlich ganz ernst, als hätte er die vergangenen Minuten schon wieder vergessen.

»Gut, heute will ich Ihnen etwas über das äußere Erscheinungsbild erzählen. Wenn Sie jemanden treffen, müssen Sie diese Person gut einschätzen. Nicht jeder ist, wer er zu sein scheint. Im Laufe meiner Zeit an der *Spy School* habe ich schon viele Menschen hereinkommen sehen. Dadurch habe ich Menschen von ganz unterschiedlichem Erscheinungsbild kennengelernt.«

Sam sah nachdenklich zu Portman. So ernst hatte er den Portier noch nie gesehen. Es war seltsam.

Vorhin war Portman wirklich durch und durch Portman gewesen, aber nun wirkte er anders, intelligenter, überlegter. Offenbar gab es eine Seite von Portman, die bisher niemand von ihnen kannte.

»Sie müssen aufpassen, dass Sie nicht nur nach dem äußeren Anschein urteilen«, fuhr Portman fort. »Das könnte Ihr Ende sein. Ich muss natürlich zugeben, dass es manchmal sehr schwierig ist, eine Maskierung zu durchschauen.«

Sam fragte sich, worauf der Portier hinauswollte. Hatte er nicht eben gesagt, dass er keine Ahnung von Maskierungen hätte? Und nun lenkte er die Unterrichtsstunde doch zu diesem Thema hin.

»Es gibt vor allem zwei Möglichkeiten, sich für jemand anderen auszugeben: Ich kann äußerlich ich selbst sein, aber doch vorgeben, jemand anderer zu sein. So kann ich mich beispielsweise als reicher Industrieller ausgeben, um in höhere Kreise vorzudringen. Darüber hinaus kann ich aber auch äußerlich eine andere Erscheinungsform annehmen. Das ist sehr praktisch und sogar unabdingbar, wenn mein Gegner mein Gesicht bereits kennt.«

Portman wusste, wovon er sprach. Er redete, ohne zu zögern oder zu stocken. Für jemanden, der in letzter Minute einspringen musste, war er erstaunlich gut vorbereitet.

»Bei Herrn April werden Sie lernen, dass eine gute Maskierung bis ins kleinste Detail stimmen muss. Wenn Sie jemand anderen verkörpern wollen, müssen Sie alle Seiten Ihrer neuen Persönlichkeit kennen. Wiederum gibt es zwei Möglichkeiten: Entweder Sie kreieren eine neue Person oder Sie werden eine bereits existierende Person.«

Portman hatte die Arme hinter dem Rücken verschränkt und ging langsam durch das Klassenzimmer.

»Wenn Sie eine neue Person kreieren, müssen Sie dafür sorgen, dass Sie ein ausführliches Dossier entwickeln. Ihre Person muss eine Gegenwart und eine Vergangenheit bekommen. Woher kommt die erfundene Person? Wer sind ihre Eltern und was sind diese von Beruf? Hat die Person, die Sie verkörpern, Geschwister? Welche besonderen Erlebnisse hat sie gehabt?«

Portman stand an der Tafel und schrieb die Wörter »Vergangenheit« und »Gegenwart« auf. Dann zog er einen Pfeil von »Vergangenheit« zu »Gegenwart«.

»All diese Fragen über die Vergangenheit sind wichtig für die Gegenwart. Der Charakter der fiktiven Person muss teilweise von ihren Erfahrungen und ihrem Hintergrund geprägt sein. Die Anekdoten, die die Person erzählt, basieren auf ihrer Vergangenheit. Der Akzent, mit dem sie spricht, muss zu ihrer Heimatregion passen.«

Sam und die restliche C-Klasse sahen Portman verblüfft an. Woher wusste er das alles? Portman bemerkte die überraschten Blicke, fuhr aber unbeirrt fort. »Was ich eben erklärt habe, war eine kurze Anleitung, um eine neue Person zu kreieren. Natürlich ist das noch nicht alles, aber das werden wir in der nächsten Stunde besprechen.«

Wir? Würde Portman noch mehr Stunden geben?

Sam hätte nichts dagegen. Portman konnte mindestens so interessant erzählen wie Herr April.

»Alles in allem ist die Entwicklung einer neuen Person noch recht einfach«, sagte Portman leise. »Viel schwieriger ist es, sich als eine existierende Person auszugeben. Andere Menschen kennen die Person und werden jeden Unterschied sofort bemerken. Ihre Imitation muss also perfekt sein, sonst fliegen Sie auf.«

Jill Roberts meldete sich.

»Ja, Frau Roberts?«

»Es ist doch beinahe unmöglich, jemanden perfekt nachzuahmen?«, fragte Jill. »Ich meine, es wird doch immer jemand bemerken, dass ich nicht echt bin!«

Portman lächelte. »Meinen Sie wirklich? Nun, lassen Sie uns das anhand eines Beispiels prüfen. Stellen Sie sich vor, Sie müssten mich darstellen, worauf müssten Sie achten?«

Die Klasse verstummte. Jeder dachte das Gleiche: »Du musst vor allem viel essen.« Doch niemand wagte es, den Gedanken auszusprechen.

Portman bemerkte die Verlegenheit.

»Ich weiß, was Sie jetzt denken …«

Die C-Klasse errötete kollektiv.

»Aber Sie haben ja recht. Ich esse nun einmal gerne, das ist sicher ein Aspekt, den Sie berücksichtigen müssten. Solange das nicht die einzige Assoziation ist, die Sie bei mir haben.«

Komisch, vorhin war Portman doch noch zutiefst beleidigt über Daphnés Bemerkung gewesen, und nun ging er so gelassen damit um. Sam hatte wieder das Gefühl, dass da etwas nicht stimmte.

»Was ist an mir denn noch auffällig?«, fragte Portman.

Richard James meldete sich zögernd.

»Herr James?«

»Nun, Sie gehören nicht zu den Schlanksten ...«, sagte Richard zögernd, weil er einen erneuten Tränenausbruch Portmans fürchtete. Doch der reagierte ganz ruhig darauf.

»Ganz genau«, antwortete er. »Sie müssen dafür sorgen, dass Sie schwerer erscheinen. Was noch?«

»Die Art und Weise, wie Sie sprechen«, fügte Sam hinzu. »Ich kann es nicht recht erklären, aber jeder spricht anders, Sie also auch.«

»Stimmt«, bestätigte Portman. »Die Stimme nachzuahmen ist mit am schwierigsten. Dafür muss man schon im Voraus eine Weile üben. Und sollte es Ihnen nicht gelingen, die Stimme einer Person vollkommen perfekt zu imitieren, können Sie immer noch sagen, Sie seien erkältet.«

Portman nahm eine Kreide und schrieb »Stimme« und »Körperbau« an die Tafel.

»Es gibt Tausende Dinge, auf die Sie achten müssen, aber das sind sicher zwei der drei wichtigsten. Es gibt noch ein Element, auf das ich Sie hinweisen will, vielleicht das wichtigste.«

Wie eine Rakete schoss Daphnés Arm in die Höhe.

»Ihr Gesicht«, sagte sie, noch bevor Portman sie aufrufen konnte. »Darauf achtet jeder zuerst.«

»Sehr gut, Frau Wickman«, lobte Portman. »Das Gesicht ist das wichtigste Merkmal, an dem man einen Menschen auf den ersten Blick erkennt.«

»Aber ein Gesicht kann man doch beinahe nicht nachmachen!«, unterbrach Daphné den Portier.

»Meinen Sie, Frau Wickman?«, fragte Portman.

»Natürlich! Sie sagen ja selbst, dass das Gesicht einzigartig ist.«

Portman schüttelte den Kopf. »Nein, das habe ich nicht gesagt. Aber es stimmt schon in etwa.«

»Dann habe ich also recht, dass man ein Gesicht nicht nachmachen kann«, folgerte Daphné. Doch da war sie leider etwas zu schnell.

»Nein, Frau Wickman«, sagte Portman mit einem Lachen. »Dass unser Gesicht so gut wie einzigartig ist, bedeutet nicht, dass wir es nicht nachmachen können! Und es gibt nur eine Methode, Ihnen das zu verdeutlichen. Sehen Sie noch einmal gut mein Gesicht an.«

Die zehn Schüler starrten auf Portmans Gesicht, ohne recht zu verstehen, was sie da sehen sollten. Sam studierte die Bartstoppeln auf Portmans Wangen. Das Einzige, was er daraus schließen konnte, war, dass Portman sich dringend mal wieder rasieren musste.

Portman lachte geheimnisvoll, als er die musternden Blicke sah.

»Haben Sie alle gut geschaut? Wunderbar, dann kommt nun die Lektion dieser Stunde: Jeder Moment kann ein Moment der Täuschung sein.«

Ohne ihnen Zeit zu geben, über seine Worte nachzudenken, griff Portman mit der Hand unter den Hemdkragen. Er kratzte mit den Fingern etwas an der Haut.

Danach zog er langsam die Haut seines Halses nach oben. Seine Finger wanderten nach oben und immer mehr Haut löste sich. Zehn verdatterte Schüler saßen mit heruntergeklappter Kinnlade da. Portmans Gesicht löste sich nun vollständig ab.

Hautfetzen – oder zumindest etwas, das so aussah wie Hautfetzen – hingen schlaff in Portmans Fingern. Zu guter Letzt riss Portman sich auch noch das Haar herunter.

Herr April hielt mit einem Lächeln seine ausgestreckte Hand mit dem Gesicht Portmans in die Höhe.

»Es tut mir leid, dass Sie sich verbeugen mussten. Ich wollte nur austesten, wie weit Sie gehen würden!«

3

Ein toller Kerl – Tag 1

Mischen, rühren, gießen, einfüllen und zickezack, fertig ist der Lack! Das soll mir mal einer nachmachen. Was für eine schöne grüne Farbe.

»Sich grün und blau ärgern« – so heißt es doch? Das werden sie auch tun, alle zusammen, ohne Ausnahme! Puh, hier ist es vielleicht warm. Das kann doch nicht wahr sein, mit was für Stümpern ich es hier zu tun habe. Eine Geheimagentenschule soll das sein, dass ich nicht lache! Die können noch nicht einmal eine ordentliche Klimaanlage installieren. Gut, dass es mich noch gibt. Man wird mir dankbar sein. In die Zeitung werde ich kommen. »Zig unschuldige Kinder befreit.« Reich und berühmt werde ich sein. Was ich danach wohl machen werde?

Nach der überraschenden Stunde *Maskieren* bei Herrn April gingen Sam und Daphné in den Innenhof zur Mittagspause. Hoffentlich konnten sie noch ein schattiges Plätzchen ergattern. Bei dieser Hitze waren Plätze im Schatten heiß begehrt. Als sie um die Ecke bogen, entgingen sie nur knapp einem Zusammenstoß mit Herrn Autumn.

»Ah, Herr Smith, heute schon zum zweiten Mal«, sagte er. »Beim dritten Mal ist eine Runde fällig!«

»Wer muss dann eine Runde bezahlen, Herr Autumn?«, fragte Sam. »Sie oder ich?«

Autumn überlegte. »Hm, das ist in der Tat eine interessante Frage. Erinnern Sie mich daran, dass ich Summer darauf ansetze. Aber natürlich nur, wenn wir uns heute noch zum dritten Mal begegnen. Ich will schließlich keine Zeit mit ungelegten Eiern verschwenden!«

»Ja, mach ich, Herr Autumn«, sagte Sam in der Hoffnung, dass es nicht nötig sein würde. Autumn war imstande, aus so einer belanglosen Frage eine hochoffizielle Untersuchung zu machen.

»Was ich vorhin noch vergessen hatte«, wechselte Autumn abrupt das Thema. »Wie kommt es, dass die C-Klasse die Sommerspiele verloren hat? Das hatte ich nicht von Ihnen erwartet. Es gibt natürlich Millionen Dinge, die ich von Ihnen nicht erwarte. Ach, was sage ich da, eine Milliarde! Aber sicher nicht, dass Sie die Sommerspiele verlieren.«

Jedes Jahr kamen die Schüler der CIA über den Ozean, um ihre Kollegen der *Spy School* zu besuchen. In den Wochen während ihres Aufenthalts wurden Sommerspiele abgehalten. Die vier Klassen der *Spy School* nahmen es mit den jeweiligen Klassen der Amerikaner auf. Jeder Schüler musste eine Prüfung ablegen. Am Ende wurde berechnet, welche Schule die Sommerspiele gewonnen hatte.

In den letzten beiden Jahren hatte die *Spy School* gewonnen. Aber diesmal hatte sie den Kürzeren gezogen.

»Tut uns leid, Herr Autumn«, mischte sich Daphné ein. »Wir haben wirklich unser Bestes gegeben, aber dieses Jahr waren die Amerikaner einfach besser.«

»Das ist keine gute Antwort, Frau Wickman«, entgegnete Autumn. »Sein Bestes geben ist nicht gut genug. Das sagen nur Verlierer. Wenn Sie später einmal einen Auftrag haben, wird Ihr Gegner auch nicht sagen: ›Ach, Sie haben immerhin Ihr Bestes gegeben‹, Ihnen die Hand schütteln und Sie ziehen lassen!«

»Moment mal, ich hab ja meine Prüfung gewonnen!«, stotterte Daphné.

»Tja, das sagen Sie jetzt«, antwortete Autumn. »Ich habe nur gehört, dass Sie verloren haben. Nehmen Sie sich lieber ein Beispiel an Ihrem Kollegen hier. Er hat verloren, weil seine Klassenkameraden versagt haben, aber das lässt er sich nicht anmerken. Man darf sich nie anmerken lassen, dass man verloren hat.«

Daphné konnte sich kaum noch zurückhalten.

»Aber Sam hat doch selbst seine Prüfung verloren! Seinetwegen haben wir verloren!«, rief sie.

»Ts-ts, das ist keine Kollegialität, wie sie einem Geheimagenten gut ansteht«, tadelte Autumn. »Schieben Sie doch nicht Ihre Niederlage anderen in die Schuhe.«

Daphné gab es auf. Sam schwieg. Er wusste, dass er gegen Autumns Logik ohnehin nichts ausrichten konnte.

»Nehmen Sie sich ein Beispiel an den Schülern der A-Klasse, Frau Wickman«, sagte Autumn. »Die haben den Sieg mit exzellenter Leistung eingefahren. Einige sehr schlaue Schüler sind darunter. Die werden es weit bringen.«

»Wir sollen uns ein Beispiel an der A-Klasse nehmen?«, fragte Daphné entgeistert. Allein der Gedanke machte sie schon aggressiv.

»Aber sicher«, antwortete Autumn. »Vielleicht gelingt es Ihnen dann, im nächsten Jahr wieder die Sommerspiele zu gewinnen!«

Autumn wischte sich mit einem Taschentuch das Gesicht ab und blickte auf seine Uhr.

»So, nun muss ich weiter, lassen Sie es sich noch schmecken!«

Bevor Daphné noch etwas erwidern konnte, düste Autumn ab.

Daphné ballte die Fäuste.

»Grr. In solchen Momenten würde ich ihn am liebsten ...«

Sam lachte. »Es ist eine Kunst, sich bei einer Unterhaltung mit Autumn nicht aufzuregen. Üb mal schön weiter, Daphné, irgendwann wirst du es draufhaben. Die Schüler der A-Klasse können es schon, habe ich mir sagen lassen. Vielleicht solltest du dir an denen ein Beispiel nehmen!«

Sam konnte Daphnés Hieb gerade noch ausweichen.

Auf dem Hof war noch nicht viel los. Sam holte das Essen für beide und Daphné suchte einen Sitzplatz.

Sam dachte an Autumns Worte. Hatten die aus dem jüngsten Jahrgang wirklich so viel auf dem Kasten? Er fragte Daphné.

»Ich weiß nicht«, antwortete sie. »Wahrscheinlich schon, denn sosehr Autumn auch übertreiben mag, er würde es nicht sagen, wenn nicht etwas dran wäre.«

Sam nickte. Da hatte Daphné vermutlich recht.

»Mensch, wie lange ist es her, dass wir im ersten Jahr saßen«, sinnierte Daphné.

»Ja, stimmt«, sagte Sam. »Damals war es eigenartig. Eine ganz neue Welt war das für uns. Für mich war es doppelt so schwierig. Ich kam ja einige Monate später hierher als ihr.«

»Ja, daran erinnere ich mich noch«, kicherte Daphné. »Du wusstest kaum, wie dir geschehen war! Zum Glück hattest du mich, um dir ein bisschen auf die Sprünge zu helfen.«

»Dafür werde ich dir auf immer und ewig dankbar sein«, verkündete Sam feierlich.

Sam hatte zwei Mal gute Bewertungen bekommen und gehörte nun schon zum dritten Jahrgang. Damit war er einer der älteren Schüler der *Spy School*. Oder zumindest einer der erfahreneren, denn die Klassen waren nicht nach dem Alter eingeteilt. Wenn man neu dazukam, fing man stets in der A-Klasse an, egal wie alt man war. Trotzdem waren die Schüler der verschiedenen Klassen ungefähr im selben Alter. Offenbar rekrutierte das Personal der *Spy School* am liebsten Schüler eines bestimmten Alters.

Doch auch wenn er schon zwei Jahre auf der *Spy School* war, genoss er immer noch jeden einzelnen Tag. Er hatte seine Entscheidung nie bereut.

Schweigend aßen Daphné und Sam weiter. Beide dachten an ihr erstes Jahr. Alles war ganz neu für sie gewesen und nun waren sie schon beinahe mit allen Wassern gewaschene Geheimagenten. Oder zumindest mit allen Wassern gewaschene Geheimagenten in Ausbildung.

»Du bist doch Sam Smith, oder?«, fragte plötzlich eine Stimme.

Sam sah auf. Wenn man vom Teufel spricht! Vor ihm stand ein Schüler der A-Klasse. Er hatte kurzes, braunes Haar, das senkrecht nach oben stand, und ein spitzes Gesicht. Unter dem Arm hielt er etwas, das aussah wie ein Chemielehrbuch. Hatten die das im ersten Jahr? Der Junge musterte Sam mit einem durchbohrenden Blick. Es war fast, als könne er Sams Gedanken lesen.

»Wer will das wissen? Wie heißt du?«, fragte Sam.

»Buck B. Jones«, antwortete der Junge. »Meine Freunde nennen mich Bam Bam Jay. Aber du kannst auch BBJ sagen, wenn dir das zu lang ist.«

Sam überlegte kurz. »Dann nenne ich dich erst mal BBJ. Jetzt schon von Freundschaft zu sprechen finde ich noch ein wenig zu früh. Aber was nicht ist, kann ja noch werden.«

BBJ lächelte. »Ich hatte nichts anderes von dir erwartet.«

»Aha, warum denn nicht, wenn ich fragen darf?«, erwiderte Sam überrascht. »Bin ich so berechenbar, dass sogar schon die aus dem ersten Jahr meine Antworten im Voraus kennen?«

BBJ lachte erneut. »Nein, ich meinte nicht, dass du berechenbar bist, sondern, dass ich eine schlaue Antwort von dir erwartet hatte. Das bestätigt, was ich über dich gehört habe.«

»Und das wäre?«, fragte Sam. »Würde mich schon interessieren, welche Gerüchte hier über mich kursieren!«

»Keine Sorge«, antwortete BBJ. »Über dich wird nur Gutes erzählt.«

Sam tat, als würde ihn diese Antwort positiv überraschen.

»Oh, da bin ich aber erleichtert! Was wird denn erzählt?«

»Dass du von Herrn Summer persönlich hierhergeholt wurdest. Dass du sein Schützling bist. Und dass es schon feststeht, dass du später mal Lehrer hier wirst.«

Sam sah BBJ verdutzt an. Lehrer werden? Das war ihm noch nie in den Sinn gekommen.

»Das klingt ja doch nicht so gut«, meinte Sam. »Es hört sich eher so an, als wäre man neidisch, dass zufälligerweise Summer mich gefragt hat, ob ich auf die *Spy School* gehen möchte.«

BBJ nickte. »Ja, so kann man es wohl auch sehen, aber so darfst du es nicht sehen. Wir aus dem ersten

Jahr bewundern dich wirklich, weißt du. Na ja, wir bewundern natürlich alle aus den oberen Jahrgängen ...«

Nun mischte sich Daphné in das Gespräch ein.

»Ha, das klingt schon besser! Sam ist schließlich nicht der einzige Schüler der C-Klasse!«

»Aber der, den wir am meisten bewundern«, erwiderte BBJ. »Also ich zumindest.«

Daphné warf Sam einen Blick zu, der deutlich machte, dass sie von BBJ die Nase voll hatte. Sam wusste nicht recht, was er von alldem halten sollte. Er war noch nie von jemandem bewundert worden. Wenn er ehrlich war, gefiel es ihm ganz gut.

Sam hatte das Gefühl, dass BBJ anders war als seine Klassenkameraden aus der A-Klasse. Autumn hatte erzählt, dass da ein paar ganz Schlaue dabei seien, und Sam vermutete, dass BBJ einer davon sein könnte.

»Gut, BBJ«, sagte er, »schön zu hören, dass ihr uns bewundert, aber übertreib es nicht. Wir sind noch längst keine Geheimagenten!«

»Ich werd's mir merken«, antwortete BBJ. »Du hast schon recht, wir sind eigentlich Kinder, die zu Geheimagenten ausgebildet werden. So ist das doch wohl gedacht.«

»Was willst du damit sagen?«, fragte Daphné.

»Was meinst du damit?«, fragte er zurück.

»Ich wollte wissen, was du damit sagen willst!«, schnauzte Daphné ihn an.

»Ich? Ich wollte gar nichts sagen«, sagte BBJ. »Aber was wolltest du denn sagen?«

»Ich?«, fragte Daphné verdutzt. »Auch nichts. Rein gar nichts ...«

Sam sah von Daphné zu BBJ. Er wusste kaum noch, worüber sie diskutiert hatten. Aber es sah ganz danach aus, als hätte BBJ irgendwie gewonnen. Er hatte Daphné aus dem Konzept gebracht. Das war noch niemandem gelungen. Zumindest nicht, seit Sam Daphné kannte.

»Wenn ich nicht ganz danebenliege, meint ihr beide nichts«, fasste er zusammen. »Dann ist doch alles in Butter, oder?«

Daphné und BBJ nickten kurz. BBJ lächelnd, Daphné widerwillig.

BBJ sah auf die Uhr. »Oh, ich muss mir noch etwas zu essen holen. Schön, dich kennenzulernen, Sam Smith. Hoffentlich laufen wir uns mal wieder über den Weg.«

»Wahrscheinlich schon«, antwortete Sam. »So groß ist die *Spy School* ja nicht.«

»Vielleicht nicht, aber manchmal kann man sich doch leicht verlaufen!«, sagte BBJ.

»Ach, das lernst du schon noch«, warf Daphné mit geheucheltem Wohlwollen dazwischen. »Schließlich bist du ja noch nicht so lange hier!«

BBJ ließ sich nicht auf einen weiteren Wortwechsel mit ihr ein. »Nein, natürlich nicht. Danke für den Tipp. Aber jetzt muss ich los. Tschüs.«

»Tschüs«, sagte Sam.

Daphné wartete, bis BBJ außer Hörweite war, bevor sie ihre Meinung über ihn kundtat.

»Pah, so ein Schleimer!«

»Meinst du?«, fragte Sam. »Ich fand ihn eigentlich ganz nett. Schlaues Kerlchen.«

»Im Ernst?«

»Ja, er machte den Eindruck, als würde er gründlich über alles nachdenken.«

Daphné leerte ihren Teller, schob sich den letzten Bissen in den Mund, kaute und schluckte.

»Das hätte ich mir denken können, dass du ihn nett findest. Du bist ja anscheinend sein großes Idol!«

»Hör schon auf, Daphné.«

Wenn Sam ehrlich war, musste er zugeben, dass Daphné schon ein bisschen recht hatte. Aber das wollte er natürlich nicht eingestehen.

»Ist doch wahr«, setzte Daphné nach. »Ich sehe es an deinem Gesichtsausdruck, dass es dir gefällt, wenn die blöden A-Klässler dich anhimmeln. Und ganz besonders Buck B. Jones.«

Sie sagte den Namen, als hätte sie eine eklige Spinne im Mund.

»Ich wette, dass er ein Poster von dir über seinem Bett hängen hat!«

Sam musste bei dem Gedanken lächeln, aber dann schaute er wieder ernst und verteidigte sich.

»Natürlich halte ich BBJ nicht deshalb für schlau, weil er mich bewundert. Aber Autumn hat doch gesagt, dass in der A-Klasse ein paar sehr clevere Schüler sind. Mein Gefühl sagt mir eben, dass er einer von ihnen ist.«

Daphné schwieg. Hatte Sam es etwa geschafft, sie zu überzeugen? Sie drehte mit ihrem Finger Locken in ihr schwarzes Haar. Das machte sie immer, wenn sie nachdachte. Plötzlich sah Daphné auf.

»Ich finde trotzdem, dass er ein Schleimer ist.«

Sam stöhnte und lehnte sich zurück. Er hatte keine Lust, weiter darüber zu reden. Er fächerte sich mit seinem T-Shirt ein wenig Luft zur Abkühlung zu. Selbst im Schatten war die Hitze unerträglich.

Aus den Augenwinkeln sah er, dass Autumn auf sie zukam. Offenbar litt er auch unter der Hitze, denn er war ganz rot im Gesicht.

Wie gut, dachte Sam. Ein wenig Ablenkung konnte nach der Diskussion mit Daphné nicht schaden.

»Herr Smith!«, keuchte Autumn. »Ich habe über unser Problem von vorhin nachgedacht.«

Hatte Sam ein Problem mit Autumn?

»Na, Sie wissen schon, die Frage, wer etwas ausgeben muss, wenn man sich drei Mal begegnet.«

Richtig. Sam hätte sich ja denken können, dass der Präsident-Generaldirektor sich an dieser Frage festbeißen würde.

»Und, sind Sie zu einem Ergebnis gekommen, Herr Autumn?«

»Und ob!«, strahlte er. Schweißperlen glitzerten in seinem Gesicht. »Es wäre ja auch ziemlich idiotisch, so aufgeregt zu Ihnen zu kommen, nur um Ihnen dann zu erzählen, dass ich zu keinem Ergebnis gekommen bin! Sie halten mich doch nicht für einen Idioten, oder?«

»Natürlich nicht!«, sagte Sam eifrig.

»Gut«, sagte Autumn. »Denn Schüler, die mich für einen Idioten halten, kann ich genauso gut gebrauchen wie ein Flugzeug einen Vogel im Triebwerk. Aber was ich Ihnen eigentlich mitteilen wollte ...«

Autumn hielt inne und atmete einige Male tief ein und aus. Selbst ein Dauerquassler wie Autumn musste ab und zu Luft holen.

»Was ich Ihnen eigentlich mitteilen wollte, ist, dass ich eine Lösung gefunden habe. Meines Erachtens ist es egal, wer etwas ausgibt, solange überhaupt etwas ausgegeben wird.«

Diese Lösung leuchtete auch Sam ein.

»In diesem Fall werde *ich* etwas ausgeben«, fuhr Autumn fort. »Vorausgesetzt natürlich, dass wir uns heute noch ein drittes Mal über den Weg laufen.«

»Aber, ähm«, begann Daphné plötzlich. Sie lachte frech. »Wenn ich mich nicht täusche, *ist* das doch schon das dritte Mal, dass Sie sich begegnen.«

Sam warf seiner Freundin einen bösen Blick zu. Das war Daphnés Art, ihm zu zeigen, dass sie Sams Meinung über BBJ nicht teilte. Er hatte gehofft, Autumn würde übersehen, dass es schon die dritte Begegnung war.

Autumn zählte unterdessen an den Fingern ab. Eins, zwei, drei.

»Herrjemine! Es stimmt ja! Nun, dann erwarte ich Sie nach dem Unterricht in meinem Büro zu einer geselligen Zusammenkunft!«

Er wischte sich den Schweiß aus dem Gesicht und entfernte sich zufrieden. Sam hingegen war alles andere als zufrieden. Nun musste er sich später noch einen von Autumns Monologen anhören. Denn bei einer Zusammenkunft mit Autumn war der Wortteil »zusammen« fehl am Platz. Autumn ließ sein Gegenüber nicht zu Wort kommen.

»Tja, Sam«, grinste Daphné breit, »es gibt sicher eine Million Dinge, die du lieber tun würdest, als Autumn einen Besuch abzustatten. Ach, was sag ich da, eine Milliarde!«

4

Das erste Opfer – Tag 1

Am Nachmittag machte sich Sam auf den Weg durch die Gänge der *Spy School* zu Autumns Büro. Gerade hatte er das Fach *Gerüche und Farben* gehabt. Dieses Fach wurde von Herrn June und Frau August unterrichtet. June war der Experte für Farben, August wusste alles über Gerüche. An diesem Tag hatten sie Frau August gehabt.

Der Unterricht war ausschließlich praktisch orientiert. Einen Geruch muss man riechen, nicht aus einem Buch lernen. Die Schüler wurden darin ausgebildet, jede Umgebung nicht nur zu sehen, sondern auch zu riechen. Gerüche können einem verraten, was oder wer sich in einem Raum befindet oder befand. Gerüche können einem auch helfen, Spuren zu suchen oder eine Gefahr zu erkennen. Einen Hinterhalt kann man beispielsweise im wahrsten Sinne des Wortes riechen, wenn die Person, die auf der Lauer liegt, sich nicht so gut oder eben zu gut gewaschen hat.

Die C-Klasse hatte gerade einen praktischen Arbeitsauftrag bekommen. August hatte für jeden von ihnen dieselbe Geruchsprobe mitgebracht. Nun sollten die

Schüler in Gruppen diskutieren, worum es sich handelte.

Sam hatte nicht genau sagen können, was es war, er wusste nur, dass es ganz abscheulich stank. Seine Gruppe hatte auf den Schweiß eines süditalienischen Mafiapaten getippt. Eigentlich war das ihre Art zu sagen, dass sie keinen blassen Schimmer hatten. Die zweite Gruppe hatte gemeint, es sei der Geruch eines nassen Hundes, was für lauten Protest bei den Hundeliebhabern gesorgt hatte. Die dritte Gruppe war der Wahrheit noch am nächsten gekommen, indem sie es als den Geruch von Mist beschrieben.

Sam stand nun vor Autumns Büro. Frau August hatte ihnen hinterher die Auflösung mitgeteilt und musste dabei ab und zu ein Kichern unterdrücken. Der Geruch stammte von einem französischen Stinkkäse: Munster. Dieser Käse war wohl eine der stinkigsten Käsesorten von Frankreich. August konnte ihr Vergnügen über die Gesichter ihrer Schüler nicht verbergen. Der Gedanke, dass manche Menschen etwas aßen, das wie Mist stank, sorgte für Abscheu. August hatte angeboten, in der nächsten Stunde einen Munster für die Liebhaber mitzubringen, doch ihr Vorschlag war nicht gerade auf Beifall gestoßen.

Sam klopfte an die Tür. Als nach einer Minute noch immer niemand antwortete, klopfte er erneut. Wieder blieb es still.

Ob Autumn die Verabredung vergessen hatte? Oder war ihm etwas dazwischengekommen? Sam drückte sacht gegen die Tür. Sie öffnete sich. Sam überlegte. Sollte er es wagen? Autumns Büro zu betreten war ein bisschen so, wie das Grab eines ägyptischen Pharao zu öffnen: ein Sakrileg. Aber eigentlich hatte Sam ja doch Autumns Zustimmung. Schließlich hatte er ihn selbst eingeladen.

Letzteres war für Sam Grund genug einzutreten. Er ging in das Büro und sah sich um. Der Raum war leer.

Also hatte Autumn die Verabredung vergessen. Sam war einerseits erleichtert, andererseits auch enttäuscht. Natürlich konnte Autumn einen wie kein anderer vollquasseln, doch als Schüler vom Präsident-Generaldirektor eingeladen zu werden, das war schon etwas Besonderes.

Sam wollte gerade wieder gehen, als sein Blick auf den Papierkorb neben dem Schreibtisch fiel. Er erschrak. Hinter dem Papierkorb sah er zwei Schuhe. Und nicht nur das. In den Schuhen steckten Füße.

Sam erschrak über seine Gedanken, als er plötzlich einen leichten Stoß fühlte. Er musste etwas tun. Autumn lebte noch, aber Sam wusste nicht, wie er ihn retten konnte. Er musste so schnell wie möglich Hilfe holen.

Sam öffnete die Tür und wäre beinahe über Spyro 42 gestolpert.

Spyro war ein kleiner Roboter, der dafür sorgte, dass auf der *Spy School* alles rund lief. Eine Mischung aus Hausmeister und Sekretärin in etwa.

»Herr Smith, warum so eilig?«, fragte Spyro. »Und noch wichtiger: Was haben Sie im Büro von Herrn Autumn zu suchen?«

»Keine Zeit für lange Erklärungen, Spyro«, antwortete Sam. »Wir müssen Summer rufen!«

»Herrn Summer? Warum? Sie wissen doch, dass Sie nicht ohne Erlaubnis hier eintreten dürfen?«

Spyro war ein Roboter und befolgte die Regeln stets bis auf den Punkt. Statt zu helfen, folgte er seinem Programm und wies Sam zurecht.

»Natürlich weiß ich das, Spyro! Ich habe ja auch eine Erlaubnis. Herr Autumn hat mich selbst eingeladen. Und nun liegt er dadrinnen im Sterben. Wenn du dich also noch länger querstellst, ist es zu spät!«

Sam holte Luft. Er wollte nicht unhöflich sein, aber sie durften keine Zeit verlieren.

»Im Sterben? Gut, Herr Smith, ich werde nachsehen, wo Herr Summer sich befindet. Aber wehe, wenn ich ihn wegen nichts kommen lasse!«

»Ja, ja«, stöhnte Sam. »Nun ruf ihn schon.«

Im Nu hatte Spyro ein Notsignal an Summer geschickt.

Schweigend und angespannt warteten Sam und Spyro auf Summers Ankunft. Sam wusste, dass das Notsignal nur bei höchster Gefahr verwendet werden durfte, aber es war keine Frage, dass diese Voraussetzung hier zutraf.

Nach einer Minute kam Summer angerannt. Er hatte einen weißen Laborkittel an. Offenbar hatte er gerade im Labor gearbeitet.

Summer sah Sam fragend an. »Herr Smith? Haben Sie Spyro das Notsignal senden lassen?«

Sam nickte. Summer hielt an, Schweiß tropfte von seinem Gesicht. Er hatte einen ordentlichen Sprint hingelegt. Das Notsignal trug seinen Namen schließlich nicht umsonst.

»Weshalb?«, fragte Summer.

»Herr Autumn«, rief Sam. »Er liegt dadrinnen auf dem Boden.«

»Autumn?«

»Ja, er bewegt sich nicht mehr!«

Summer stürmte in das Büro, rannte um den Schreibtisch und kniete sich neben den Körper seines Chefs. »Autumn!«, rief er und tätschelte dessen Gesicht. Autumn blieb wie tot liegen.

»Jerome!«, rief Summer verzweifelt.

Sam blickte überrascht zu Summer und Autumn. Jerome?

War das etwa Autumns echter Name?

»Verdammt, Jerome!«, fluchte Summer. »Wage es nicht zu sterben! Wage es ja nicht, hörst du?«

Summer legte seine Hände aufeinander und machte Pumpbewegungen auf Autumns Brustkorb.

»Eins, zwei, drei, vier, fünf«, zählte er mit.

Aber es half nichts. Autumn gab noch immer kein Lebenszeichen von sich.

»Was ist denn nur los?«, flüsterte Summer leise. »Sag mir doch, was ich tun soll.«

Autumn antwortete verständlicherweise nicht.

Sam gab sich einen Ruck. »Herr Summer, schauen Sie doch mal seine Lippen an. Da ist etwas Seltsames!«

Summer sah zu Autumns Gesicht und entdeckte die grünen Striche. Die Verzweiflung in seinem Gesicht wich plötzlich der Verblüffung.

»Was? Das gibt's doch nicht! Das ist ...«

Er beendete den Satz nicht. Er stand auf und griff zum Telefon auf dem Schreibtisch.

»January? Nein, Summer hier. Bitte kommen Sie sofort zu Autumns Büro! Ich erkläre Ihnen dann alles. Es ist ... Es ist unglaublich ...«

Sam konnte nicht recht folgen. Warum rief Summer January, den Lehrer für *Technische Tricks*, an? Wäre es nicht klüger, zuerst die Ärzte der *Spy School* anzurufen?

Jetzt wählte Summer eine andere Nummer.

»Ja, hier Summer. Kommen Sie so sofort zu Autumns Büro. Alle, die gerade bei Ihnen in der Abteilung sind! Und eine fahrbare Krankentrage! Beeilen Sie sich jetzt.«

Summer legte den Hörer auf und starrte abwesend vor sich hin.

Plötzlich fiel ihm ein, dass Sam immer noch im Zimmer stand.

»Herr Smith, ich muss Sie bitten, dieses Büro zu verlassen. Gleich kommen die Inspektoren und die Ärzte, die hier ungestört ihre Arbeit tun müssen.«

Sam nickte verständnisvoll. »Ich warte dann draußen, Herr Summer.«

Summer dachte einen Augenblick nach. »Mir wäre lieber, Sie würden in mein Büro gehen, Herr Smith. Warten Sie dort auf mich. Wir werden diese Angelegenheit so schnell wie möglich besprechen. Bis dahin möchte ich, dass Sie mit niemandem darüber reden.«

Sam war enttäuscht. Er wollte wissen, wie es nun weiterging, schließlich machte er sich Sorgen um Autumn. Doch stattdessen musste er mutterseelenallein in einem Büro sitzen und warten. Er ließ sich jedoch seine Enttäuschung nicht anmerken.

»In Ordnung, Herr Summer. Ich werde auf Sie warten.«

Er drehte sich um und ging hinaus. Summer hatte ihn schon gar nicht mehr gehört, er hatte sich wieder über den Körper seines Chefs gebeugt.

Warten ist mit das Langweiligste, was es gibt. Es gibt natürlich Abstufungen – von nicht so schlimm bis so schlimm, dass man vor lauter Frust fast an den Fingernägeln zu knabbern beginnt. Nicht so schlimm ist es, wenn man weiß, dass es nicht lang dauern wird, oder wenn man weiß, dass man am Ende eine gute Nachricht bekommt oder etwas Tolles auf einen wartet. Schlimmer ist es, wenn man weiß, dass man lang warten muss oder dass einen etwas weniger Angenehmes erwartet.

Eine der schlimmsten Varianten ist, wenn man weder weiß, wie lange es dauert, noch, ob es gut oder schlecht ausgeht. Und genau in dieser Situation befand Sam sich jetzt.

Jeglicher Versuch, sich abzulenken, misslang. Das Einzige, woran er denken konnte, war Autumn. Was war geschehen? Hatte er einen Herzinfarkt gehabt? Doch das war unwahrscheinlich. Denn was hatten dann die grünen Striche auf Autumns Lippen zu bedeuten? So etwas hatte Sam noch nie zuvor gesehen. Ob Fremdeinwirkung im Spiel war? Sam bezweifelte das, denn dann müsste ja jemand in die *Spy School* eingedrungen sein, und das war wahnsinnig schwierig.

Sam hatte es selbst einmal probiert. Aus der *Spy School* herauszukommen, hatte er noch geschafft, doch um wieder hineinzugelangen, hatte er Summers Hilfe benötigt.

Selbiger Summer kam nun in das Büro. Er setzte sich Sam gegenüber hinter seinen Schreibtisch. Summer blickte düster drein.

»Entschuldigen Sie, dass ich Sie so lange habe warten lassen, Herr Smith«, sagte er mit heiserer Stimme. »Wir wurden der Lage nicht so schnell Herr. Ich brauche Ihnen wohl nicht zu sagen, dass wir dergleichen noch nie erlebt haben.«

»Wie geht es Herrn Autumn?«, wollte Sam wissen.

Summer seufzte. »Nicht so gut, fürchte ich. Er liegt in einem tiefen Koma. Die Ärzte weichen ihm nicht von der Seite.«

»Wissen Sie schon, was passiert ist?«

Summer antwortete nicht. Er schien völlig in Gedanken versunken. Schließlich nahm er einen Stift in die Hand und kritzelte Kreise auf einen Zettel. Erst nach einer Weile gab er eine Antwort auf Sams Frage. »Ich kann Ihnen nicht alles erklären, Herr Smith, aber ich werde doch versuchen, Ihre Neugierde so weit als möglich zu befriedigen.

Während er sprach, kritzelte Summer weiter Kreise auf den Zettel. Er drückte immer fester auf, bis das Papier zerriss.

»Sie müssen über das, was ich Ihnen jetzt sage, strenges Stillschweigen bewahren. Kann ich mich auf Sie verlassen?«

Summer hörte auf zu kritzeln und sah Sam an.

»Sie wissen doch, dass Sie sich auf mich verlassen können, Herr Summer«, antwortete Sam ruhig.

»Gut. Herr Autumn liegt im Koma und wird in zehn Tagen sterben, wenn er nicht die richtige Medizin bekommt!«

»Sterben?«, fuhr Sam auf. »Warum gibt man ihm dann nicht diese Medizin?«

»Das ist nicht so einfach«, erklärte Summer. »Diese Medizin ist noch nicht entwickelt. January arbeitet gerade mit aller Kraft daran. Wir hoffen, dass er es rechtzeitig schafft.«

»Aber …«

Sam konnte nicht ganz folgen. War es möglich, dass die *Spy School* auf diese Situation nicht vorbereitet war? Hatten sie hier nicht immer für alles eine Lösung?

»Aber ist Autumns Krankheit eine neue Krankheit? Weshalb hat man noch keine Medizin dafür?«

»Ja, es handelt sich in der Tat um etwas Neues«, antwortete Summer. »Wir wussten davon, aber wir waren noch nie damit konfrontiert.«

»Was ist es denn?«

»Die genaue Wirkungsweise kennen wir noch nicht. Jedenfalls werden die Nervenzellen so angegriffen, dass eine völlige Lähmung einsetzt. Man fällt in ein Koma, und nach zehn Tagen stirbt man, es sei denn, man bekommt die richtige Medizin.«

Summer hielt inne.

»Zumindest hoffen wir das …«

Er sagte das ganz leise, fuhr dann aber mit kräftiger Stimme fort. »Aber ich würde es nicht Krankheit nennen, Herr Smith. Wir haben es hier mit etwas zu tun, das viel schlimmer ist. Etwas, das eine Bedrohung für die ganze Schule werden könnte!«

Sam sah ihn fragend an.

»Sie erinnern sich bestimmt an die grünen Striche auf Herrn Autumns Lippen?«

Sam nickte. Schließlich hatte er Summer ja selbst darauf hingewiesen!

»Nun, diese Streifen sind ein Hinweis darauf, dass Herr Autumn einen Trank aus Teufelskraut getrunken hat. Teufelskraut ist extrem gefährlich, aber sehr schwierig zu bekommen. Das Kraut wurde erst vor Kurzem entdeckt. Bestimmte Bestandteile des Teufelskrauts haben eine betäubende und sogar tödliche Wirkung. Daher auch der dämonische Name. January ist noch mit der Analyse des Krautes beschäftigt. Aber die Schlussfolgerung ist klar, Herr Smith: Autumn kennt die Wirkung von Teufelskraut. Niemals hätte er diesen Saft aus freien Stücken getrunken. Es sei denn, er wusste nicht, was er da trank.«

Ein schrecklicher Gedanke schoss Sam durch den Kopf. Was er schon befürchtet hatte, bestätigte sich nun.

»Ähm ... das ... heißt dann also ...«, stammelte er.

Summer nickte. »Das heißt, dass Herr Autumn vergiftet wurde!«

5

Eifersucht – Tag 2

Am nächsten Morgen wachte Sam wieder schweißgebadet auf. Schon bei Sonnenaufgang war es unangenehm heiß. Sam hielt die Augen noch kurz geschlossen.

Das Bild von Autumn, wie er in seinem Arbeitszimmer am Boden lag, hatte ihm bereits beim Aufwachen wieder vor Augen gestanden. Sam bekam eine Gänsehaut beim Gedanken daran, dass der Präsident-Generaldirektor vergiftet worden war. Denn das hieß ja, dass jemand in die *Spy School* eingedrungen war. Oder war etwa jemand aus der *Spy School* selbst der Täter? Das wäre natürlich noch schlimmer!

Als Sam die Augen öffnete, sah er zu seiner Verblüffung, dass BBJ neben seinem Bett stand! Was wollte der denn hier? Und wie lange stand er da schon?

»Entschuldige, dass ich hier so hereinplatze, Sam«, sagte BBJ. »Ich wollte nur schnell sagen, dass du zu spät in den Unterricht kommst.«

Sam sah auf die Uhr. Es war fünf vor zehn, er hatte verschlafen!

»Ich hörte Geräusche aus deinem Zimmer, also dachte ich ...«, fuhr BBJ fort.

»Ähm, ja, danke«, murmelte Sam.

Er holte seine Kleider, legte sie auf das Bett und wollte sich anziehen. Dann wurde ihm bewusst, dass BBJ immer noch im Zimmer stand. Er hielt inne. BBJ merkte, dass Sam ihn ansah, und wurde rot.

»Oh, entschuldige, ich bin schon weg, ich ... Ich hoffe, dass du es noch pünktlich schaffst. Tschüs!«

BBJ eilte aus dem Zimmer. Schließlich musste auch er pünktlich in seinem Klassenzimmer sein.

Sam zog sich schnell an. Er fühlte sich schmutzig, weil er nicht duschen konnte. Aber das war immer noch besser, als zu spät zum Unterricht zu kommen.

Er rannte durch die Gänge zu Januarys Klassenzimmer und überlegte gleichzeitig, warum er verschlafen hatte. Sein Wecker war immer an. Hatte jemand ihn ausgeschaltet? Er wies den Gedanken weit von sich. Nachdem das mit Autumn passiert war, wurde er anscheinend schon ein wenig paranoid.

Vor dem Klassenzimmer angekommen fand er die Tür bereits geschlossen. Mist, knapp zu spät. Sam klopfte an. January machte direkt auf, als hätte er gleich hinter der Tür gestanden. Sam machte sich auf eine Strafpredigt gefasst oder zumindest auf einen Tadel. Doch das Glück war auf seiner Seite. January brummte etwas Unverständliches vor sich hin und Sam setzte sich schnell.

Von seinem Platz aus musterte Sam den Lehrer. January sah müde aus. Die Ringe unter den Augen gaben ihm das Aussehen einer Eule. Offenbar hatte

January die ganze Nacht durchgearbeitet und war nun zu müde, ihm die Leviten zu lesen. Stattdessen wandte er sich mit bedächtigen Worten an die Klasse.

»Guten Morgen, alle zusammen. Heute werde ich Sie über Ihre Abschlussarbeit im dritten Jahr informieren.«

Sam hatte schon von dieser Abschlussarbeit gehört und freute sich darauf. Sie würden ihrer Kreativität freien Lauf lassen dürfen.

»Wie Sie ja wissen, hat das Fach *Technische Tricks* einen hohen Stellenwert in Ihrer Ausbildung zu Geheimagenten«, sagte January. »Dank neuer Entwicklungen können wir Kriminalität schneller und wirkungsvoller bekämpfen. Neue Erfindungen bieten uns auch einen besseren Schutz vor Angriffen. Und das ist gut so, denn nach wie vor sind die Straßen nicht gerade mit guten Geheimagenten gepflastert. Aber …«

Januarys Gesicht verdüsterte sich zunehmend.

»Aber auch im Kreise der Geheimagenten kann es schwarze Schafe geben.«

Sam wusste, worauf January anspielte. Für die anderen war es nur eine seltsame Bemerkung ihres Lehrers, doch Sam wusste Bescheid. Die Lehrkräfte gingen also davon aus, dass der Täter innerhalb der *Spy School* zu suchen war.

Daphné stupste ihn am Arm.

»Er meint die Sache mit Autumn«, flüsterte sie. Sam sah Daphné an, als habe sie soeben gesagt, die Erde sei eine Scheibe und man könne über den Rand hinausfallen.

Er hatte sie wohl falsch verstanden.

»Was sagtest du?«

»Ich sagte, dass die Bemerkung von January wahrscheinlich auf das abzielte, was mit Autumn passiert ist«, flüsterte Daphné.

»Was?«

»Dass die Bemerkung von ...«, wiederholte Daphné.

»Ja, ich hab dich schon verstanden«, unterbrach Sam sie. »Aber was weißt du denn über Autumn?«

»Hast du das noch gar nicht gehört?«, fragte Daphné. »Kommt davon, wenn man zu spät zum Unterricht kommt. Nicht erschrecken, Autumn wurde gestern vergiftet. Er ist nicht tot, liegt aber im Koma. Wenn er nicht innerhalb von zehn Tagen die richtige Medizin bekommt, wird er sterben.«

Sams Überraschung war so groß, weil Daphné genau die gleiche Erklärung wie Summer am Tag zuvor gegeben hatte. Die Erklärung, die angeblich nicht nach außen dringen durfte, aber irgendwie doch die Runde machte. Summer würde natürlich Sam verdächtigen.

»Woher weißt du das alles?«, fragte Sam.

Daphné zog die Schultern nach oben. »Ich weiß nicht. Die ganze *Spy School* spricht darüber.«

»Die ganze *Spy School?*«

»Ja, heute Morgen gab es kein anderes Gesprächsthema.«

Sam wurde schwarz vor Augen. Er war nach seinem Gespräch mit Summer direkt zu Bett gegangen. Er hatte mit niemandem mehr geredet. Wie hatte diese

Neuigkeit so schnell die Runde machen können? Es war doch unmöglich, dass ein Lehrer einem Schüler alles erzählt hatte?

»Aber wer hat dann ...«

»Herr Smith, hätten Sie die Güte, einmal den Mund zu halten?«

Januarys sonst so freundliche Stimme klang nun sehr scharf. Als er weitersprach, konnte Sam eben noch den letzten Teil von Januarys Ausführungen aufschnappen.

»Sie versuchen also zu zweit, eine neue technische Apparatur zu erfinden. Sie müssen diese nicht unbedingt realisieren, der Entwurf genügt schon. Sollten Sie es schaffen, es zu produzieren, ist das natürlich auch in Ordnung. Ich persönlich würde etwas auswählen, das nicht zu einfach ist. Denn die meisten unserer Vorrichtungen sind nicht einfach. Lassen Sie also Ihrer Fantasie und Kreativität freien Lauf. Mit der Abschlussarbeit ist auch ein Wettbewerb verbunden. Die beste Apparatur wird gekürt, und wir werden versuchen, diese auch zu realisieren. Achten Sie darauf, dass es etwas wirklich Neues ist. Und etwas, das für einen Geheimagenten auch nützlich ist. Sonst können wir nichts damit anfangen. Kommen Sie uns also bitte nicht mit der hundertsten Armbanduhr mit integrierter Bombe oder einem Kugelschreiber mit Mikrofon daher. Und erst recht nicht mit einem Gerät, um Toilettenpapierrollen auszuwechseln.«

January sah auf seine Uhr.

»Tun Sie sich in Kleingruppen zusammen. Den Rest der Stunde verbringen Sie dann damit, in Ihren Gruppen darüber nachzudenken, was Sie erfinden könnten. Darf ich davon ausgehen, dass ich Sie alleine lassen kann?«

January nahm das Schweigen der C-Klasse als Zustimmung.

»Wunderbar, viel Erfolg und bis zur nächsten Stunde.«

Nach diesen Worten eilte January aus der Klasse.

Sam vermutete, dass er die Suche nach der Medizin fortsetzen würde.

Die restliche Zeit wurde nicht dazu verwendet, Gruppen zu bilden, und schon gar nicht zum gemeinsamen Nachdenken. In der C-Klasse gab es nur ein Thema: Autumn. Offenbar wussten bereits alle, was passiert war – und dass Sam an den Geschehnissen beteiligt gewesen war.

»Wie sah Autumn aus?«

»Wird er durchkommen?«

»Wer hat das getan?«

»Warum warst du dort?«

Sam wurde mit einem Kreuzfeuer von Fragen beschossen. Die ganze Klasse versammelte sich um seine Bank. Alle wollten, dass er die Gerüchte bestätigte, die sie aufgeschnappt hatten. Aber er konnte nichts sagen. Er *durfte* nichts sagen. Das hatte er Summer versprochen.

Sams Klassenkameraden riefen immer lauter durcheinander. Er versuchte, einen klaren Gedanken zu fassen, aber es gelang ihm nicht. Zu viele Gedanken rasten in seinem Kopf. Er musste weg. Er musste nachdenken. Und vor allem musste er mit Summer sprechen.

Ohne eine Erklärung brach Sam durch den Ring seiner Mitschüler und lief nach draußen. Er rannte durch einige Flure. Schließlich blieb er keuchend stehen, lehnte sich mit dem Rücken an die Mauer und ließ sich zu Boden sacken.

»Sam?«

Daphné war ihm hinterhergelaufen.

»Sam, bist du in Ordnung?«

Sam nickte wenig überzeugend. Daphné legte ihm die Hand auf die Stirn. Er glühte.

»Du musst dich ausruhen«, sagte Daphné. »Ich wusste noch nicht, dass du Autumn gefunden hast. Armer Kerl, du zitterst vor lauter Anspannung. Komm, ich bring dich ins Bett.«

Daphné wollte ihn hochziehen, aber Sam half nicht mit. Daphné hatte keine Ahnung, wovon sie sprach.

Es war weniger die Vergiftung Autumns, die ihn beunruhigte, als vielmehr die Tatsache, dass alle davon wussten. Daphné konnte ihm nicht helfen, darüber nachzudenken.

»Tut mir leid, Daphné. Ich will jetzt allein sein. Ich kann nicht recht sagen, warum. Ich muss nachdenken.«

»Oh.«

Daphnés Gesicht sprach Bände.

»Ich erkläre es dir später. Wenn ich wieder bei klarem Verstand bin. Okay?«

Daphné zuckte mit den Schultern.

»Von mir aus. Sag einfach Bescheid. Ich wollte nur helfen.«

Sie versuchte vergeblich, ihre Enttäuschung zu verbergen.

Sam stand auf. »Bis später«, sagte er.

»Okay. Bis später.«

Langsam drehte Daphné sich um und schlenderte zum Klassenraum zurück. Sam ging zu seinem Zimmer.

Er bereute es bereits, dass er Daphné nicht ins Vertrauen gezogen hatte. Bisher hatten sie einander immer alles erzählt, warum also nicht auch jetzt? Aber Daphné war schon hinter einer Ecke verschwunden. Wenn er sie zurückholen wollte, musste er es erneut mit seinen Klassenkameraden aufnehmen, und dazu hatte er keine Lust. Er würde ihr später alles erzählen, beschloss er.

Da wurde er schon wieder gestört.

»Hallo, Sam, hast du keinen Unterricht?«

Wie aus dem Nichts war BBJ vor ihm aufgetaucht.

»Ähm, nein«, stammelte Sam. Woher war BBJ so plötzlich gekommen? »Herr January musste noch etwas erledigen. Aber du müsstest doch im Unterricht sitzen!«

»Nein«, sagte BBJ. »Frau August ist nicht gekommen. Wir haben einige Aufgaben bearbeitet, aber dann sind wir rausgegangen. Im Klassenzimmer war es viel zu warm.«

»Frau August ist nicht gekommen? Das ist ja seltsam!«

BBJ zuckte mit den Schultern. »So seltsam nun auch wieder nicht. Es wird wohl etwas mit der Sache mit Autumn zu tun haben. Ich glaube, dass die Lehrer eine Konferenz einberufen haben.«

Es überraschte Sam schon gar nicht mehr, dass auch BBJ über die Ereignisse informiert war.

»Eure Klasse weiß also auch schon Bescheid?«

»Ja, alle sprechen davon.«

»Und wer hat damit angefangen?«

BBJ dachte einen Augenblick nach. »Schwer zu sagen. Meine ganze Klasse wusste es schon, als ich hereinkam.«

»Wie bei uns also«, seufzte Sam. »Ich frag mich nur, wer diese Geschichte verbreitet hat. Und vor allem, wie derjenige davon Wind bekommen hat.«

»Dann stimmt es also, was man sagt?«, fragte BBJ. »Ich meine das mit Autumn. Dass du ihn gefunden hast.«

Sam nickte. »Es stimmt, ja, aber eigentlich darf ich nicht darüber sprechen.«

»Das verstehe ich«, sagte BBJ. »Meinetwegen brauchst du auch gar nichts zu erzählen. Aber wenn ich dir irgendwie helfen kann, sag Bescheid.«

»Vielleicht kannst du mir tatsächlich helfen«, sagte Sam. »Mich würde interessieren, was man so alles hört. Vielleicht kann ich den Maulwurf ertappen, wenn du mir alles erzählst, was du gehört hast – und möglichst auch, von wem du es gehört hast.«

BBJ zögerte nicht lange. »Ja, das ist eine gute Idee«, stimmte er zu. »Aber das Gespräch sollten wir besser nicht hier führen.«

»Wir könnten in dein Zimmer gehen«, schlug Sam vor. »Das ist ganz in der Nähe.«

»Lieber nicht«, antwortete BBJ schnell. »Bei mir ist es, ähm, ziemlich unaufgeräumt. Gehen wir lieber zu dir.«

Noch bevor Sam antworten konnte, ging BBJ bereits in Richtung von Sams Zimmer. Sam war es eigentlich egal, also folgte er BBJ.

Auf dem Weg blieb BBJ kurz stehen. Ohne etwas zu sagen, starrte er auf den Boden.

»Was ist denn los?«, fragte Sam.

»Wusstest du, dass zwei Stockwerke weiter unten der Kontrollraum ist?«, fragte BBJ, ohne den Blick abzuwenden.

Sam konnte ihm nicht folgen.

»Kontrollraum?«

»Ja. In dem Raum befinden sich alle Steuerungsinstrumente für die Technik der *Spy School*. January hat uns das einmal erklärt.«

Sam nickte gleichgültig und eilte weiter zu seinem Zimmer. Dieses Mal musste BBJ Sam folgen. In Sams Zimmer setzte BBJ sich auf einen Bürostuhl und Sam ließ sich aufs Bett fallen. BBJ berichtete, was er in der Klasse aufgeschnappt hatte. Besonders schlau wurde

Sam nicht daraus. Folgendes Gerücht war im Umlauf: Jemand hatte Autumn vergiftet und dann hatte Sam den Schulleiter gefunden. Danach waren Summer und die anderen Lehrer hinzugekommen und Autumn wurde auf die Krankenstation gebracht.

Alle wussten also Bescheid, folgerte Sam. Doch warum sie es wussten, blieb ihm ein Rätsel.

Als BBJ mit seinem Bericht fertig war, sah er Sam erwartungsvoll an.

»Tut mir leid, BBJ, ich kann deine Worte weder bestätigen noch dementieren.«

»Aber es stimmt doch, was sie sagen, oder?«

»Noch einmal, ich kann nichts darüber sagen.«

»Okay, tut mir leid, ich werde nicht mehr davon anfangen«, entschuldigte sich BBJ.

Sam sah in BBJs Augen, dass er die Wahrheit kannte. Sams Ausweichmanöver war nichts weiter als eine Formalität.

»Und, hast du schon eine Ahnung, wer es herumerzählt hat?«, fragte BBJ.

»Keinen blassen Schimmer«, antwortete Sam. »Es ist eine seltsame Geschichte. Sei mir nicht böse, aber ich wäre jetzt gerne allein. Ich will ein bisschen nachdenken.«

»Kein Problem«, sagte BBJ. »Ich verstehe schon, dass das für dich belastend ist.«

Er stand auf.

»Aber wenn du meine Hilfe brauchst, kannst du jederzeit auf mich zählen.«

»Danke, BBJ«, sagte Sam.

BBJ wollte gerade gehen, als plötzlich die Tür aufging. Daphné stand da, hielt aber im Eintreten inne, als sie BBJ sah. Langsam blickte sie von Sam zu BBJ und wieder zu Sam. Ihr Gesicht wurde rot vor Wut.

»Aha, so ist das also. Ich verstehe schon ...«

Schnell drehte sie sich um und rannte aus dem Zimmer.

»Daphné, warte!«, rief Sam. »Du verstehst nicht, ich wollte doch nur ...«

Doch Daphné war schon zu weit entfernt und hörte seine Worte nicht mehr. Sam ließ sich rückwärts auf sein Bett fallen.

Wie sollte er ihr das bloß erklären!

Die A-Klasse wartete auf sie. Sie musste sich jetzt dringend auf den Weg machen. Frau August wollte aufstehen, aber es gelang ihr nicht. So saß sie schon eine Stunde an ihrem Schreibtisch. Sie konnte sich kaum noch bewegen. Was war denn nur los mit ihr? Es war, als wäre alle Kraft aus ihrem Körper gewichen. Sie versuchte, sich zu erinnern, was in den letzten Stunden passiert war. Auch das wurde immer schwieriger, als ob ein kleines Tierchen langsam ihr Gehirn wegfräße.

Hatte sie etwas Falsches gegessen? Das war auf der *Spy School* eigentlich kaum möglich. Hatte sie sich eine Krankheit eingefangen? Das würde sie wundern, denn seit Wochen hatte sie die *Spy School* nicht mehr verlassen. Aber was war es dann?

Eine plötzliche Panikattacke überkam Frau August. Etwas geschah mit ihrem Körper, aber sie wusste nicht, was.

Es fiel ihr immer schwerer, die Augen aufzuhalten.

Nicht die Augen schließen! Nicht schließen! Augen auf!, sagte sie sich.

Doch ihr Widerstand war vergeblich. Die Augenlider waren schwer wie Blei und gingen stets weiter zu.

Die Panik wich nun einer Ruhe. Sie würde sterben, davon war sie überzeugt. Darauf war sie vorbereitet. Als Geheimagentin wusste sie, dass dies immer passieren konnte. Allerdings hätte sie lieber bei einer geheimen Mission das Zeitliche gesegnet. Nun saß sie da so blöd an ihrem Schreibtisch.

August lächelte innerlich. Es war doch eigenartig, was ein Mensch in seinen letzten Sekunden so alles denkt. Sie brauchte sich keine Sorgen zu machen. Nie mehr.

6

Knallharte Ermittlerinnen – Tag 2

Sam beschloss, die Sache mit Daphné sofort in die Hand zu nehmen. Er wollte gerade sein Zimmer verlassen, als sein Computer piepte. Sam blieb kurz an der geöffneten Tür stehen und überlegte, ob er zunächst noch die neue E-Mail lesen oder lieber direkt Daphné suchen gehen sollte. Er entschied sich für Ersteres.

Es war eine Mail des Zeitungsdienstes der *Spy School*. Die Schüler konnten einige Schlagwörter eingeben und dann wurden die Zeitungen daraufhin durchsucht. Wenn der Zeitungsdienst einen Artikel fand, in dem eines der Schlagwörter vorkam, schickte er ihn zu dem Schüler.

Neugierig öffnete Sam die Nachricht. Er hatte schon eine leise Ahnung, wovon der Bericht handeln würde, denn er hatte bisher nur zwei Namen eingegeben: »Tom Hops« und »Emma Block«. Diese beiden Namen hatte er zwei Jahre zuvor eingegeben, weil er den Werdegang der Gangster genau verfolgen wollte. Seither hatte er nichts mehr über sie gehört. Bis jetzt. Sam öffnete die Nachricht. Beim Lesen wurden seine Augen immer größer.

Gefährliche Gangster brechen aus Gefängnis aus
Tom Hops und Emma Block konnten vorgestern aus einem Gefängnis im Zentrum von London fliehen. Das Gangsterduo nahm einen Wachmann als Geisel und zwang diesen, ihnen die Türen zu öffnen.

Offenbar war es Tom Hops gelungen, sich ein Messer zu beschaffen. Woher das Messer stammte, müssen die weiteren Ermittlungen erst noch ergeben. Vor dem Gefängnis wartete ein Fluchthelfer auf die Verbrecher. Von den entkommenen Gefangenen fehlt bisher noch jede Spur.

Hops und Block saßen eine Strafe von zwölf beziehungsweise neun Jahren ab. Sie hatten vor zwei Jahren einen Anschlag auf den Premierminister geplant.

Sam starrte eine Weile mit offenem Mund auf den Artikel. Tom Hops und Emma Block waren geflohen? Wie war denn das möglich?

Er hoffte, dass sie das Land verlassen würden, dann wäre England sie wenigstens los.

Kopfschüttelnd stand Sam auf. Er war immer davon ausgegangen, dass Gefängnisausbrüche heutzutage so gut wie unmöglich waren. Doch offenbar hatte er sich getäuscht.

Doch nun erst einmal zu Daphné. Er ging aus seinem Zimmer und machte sich auf die Suche nach ihr.

Zuerst schaute er, ob sie in ihrem Zimmer war. Nachdem er einige Male vergeblich geklopft hatte, öffnete Sam die Tür. Keine Spur von Daphné. Wohin war sie gegangen?

Sam setzte seine Suche fort.

Das war alles andere als einfach. Daphné in der *Spy School* zu finden, war ungefähr so schwierig, wie die Königin von England in einem der vielen Räume im Buckingham Palace aufzuspüren.

Nachdem er eine halbe Stunde gesucht hatte, war er nahe daran, die Hoffnung aufzugeben. Er wollte die Suche schon abbrechen, als er ein leises Schluchzen hörte. Es kam aus einem Gang ein Stückchen weiter. Sam schlich näher heran und sah um die Ecke. Daphné saß mit dem Rücken an eine Mauer gelehnt und hatte den Kopf in ihren Armen vergraben. Ihre Schultern zuckten. Sie weinte.

Noch nie hatte Sam Daphné so gesehen. Bisher hatte er sie immer als ein starkes Mädchen mit einem eisernen Willen gesehen. Es war ihm noch nie aufgefallen, dass hinter dem starken Mädchen auch eine empfindsame Persönlichkeit verborgen lag. Und somit auch eine verletzliche Persönlichkeit.

Verdutzt starrte Sam zu seiner Freundin. Er brauchte sie jetzt, aber sie ihn auch. Sam hatte nicht erwartet, dass sie es sich so zu Herzen nehmen würde, wenn er sie wegschickte. Er hätte sie nicht wegschicken sollen, aber das würde er nun wieder gutmachen.

Doch noch bevor er einen Schritt auf Daphné zumachen konnte, wurde er von einer Hand mit kräftigem Griff gepackt. Der Unbekannte zog ihn mit sich und führte ihn durch eine Tür.

Wollte derjenige, der Autumn vergiftet hatte, nun auch ihn ausschalten?

Glücklicherweise blieb Sam ruhig. Der stählerne Griff lockerte sich und Sam sah auf. Zu seiner Überraschung blickte er geradewegs in das Gesicht von Summer.

Summer sah seine Verblüffung und beruhigte ihn.

»Entschuldigen Sie bitte die grobe Herangehensweise, Herr Smith, aber es musste schnell gehen, damit niemand sehen konnte, wo wir hingehen.«

Sam schaute sich in dem Raum um. Hier war er noch nie gewesen. Es dauerte eine Weile, bis er verstand, warum er hier noch nie gewesen war: Das Zimmer hatte keine Türe! Seltsam, hatte man ihn nicht vorhin durch eine Tür gezogen? Natürlich, bislang hatte, soweit er wusste, noch niemand an der *Spy School* Zauberkräfte und konnte durch Mauern gehen.

Obwohl – bei Summer hielt er eigentlich alles für möglich.

In dem Zimmer standen einige Schränke, ein Tisch und Stühle. Auf den Stühlen saßen zwei Damen. Sam wurde rot, weil er sie erst jetzt bemerkt hatte.

»Oh, hallo, angenehm, ich bin Sam Smith ...«, stammelte er.

»Das wissen wir, Herr Smith«, sagte die Dame auf der linken Seite. Sie hatte langes, rötlich gelocktes Haar und war die ältere der beiden. Sam schätzte sie auf etwa vierzig. Sie trug eine weite Hose und ein weites T-Shirt, auf dem eine Zeichenfilmfigur gedruckt war. Nicht gerade im Stil der *Spy School*.

»Herr Smith, das sind Thelma Dampsey und Louise McPeace«, stellte Summer die beiden Damen vor. »Sie untersuchen den Fall Autumn und möchten Ihnen einige Fragen stellen. Arbeiten Sie so gut wie möglich mit, dann sind unsere Chancen größer, den Fall aufzuklären.« Summer nahm ein Kästchen, das aussah wie die Fernbedienung eines Fernsehers. Er drückte auf ein Knöpfchen und eine der Seitenwände des Raumes wurde aufgeschoben.

»Meine Damen, ab jetzt gehört er ganz Ihnen«, sagte Summer noch und trat dann durch die Öffnung in den Flur. Hinter ihm schloss sich die Wand wieder. Sam war nun ganz Dampsey und McPeace ausgeliefert. Er betrachtete die Damen eingehender. Sie waren sich überhaupt nicht ähnlich. Dampsey war die Dame mit dem rötlichen Haar und dem eigenartigen Outfit, McPeace hingegen war modebewusster. Sie trug ein schwarzes Businesskostüm und darunter eine Bluse in frischem Rot. Ihr blondes Haar hatte sie mit ungefähr einer Million Haarnadeln hochgesteckt. Sie war jünger als ihre Partnerin – etwa Mitte zwanzig. Aber sie wirkte sicher nicht minder entschlossen.

»Herr Smith, was ist grün, fährt durch den Wald und ist kein Panzer?«, fragte sie scharf. Ihre Stimme klang, als hätte sie eine Wäscheklammer auf ihre Nase gesteckt.

Die Frage verunsicherte Sam. Ging es denn nicht um Autumn? Die Damen verzogen ihre Gesichter um keinen Millimeter.

Sam dachte kurz nach. Er musste auf diese Frage eine passende Antwort geben.

»Da es sich hier um einen Wald handelt, können wir direkt einige Dinge ausschließen«, sagte er. »Um einen Jumbojet auf der Suche nach einer Startbahn wird es sich wohl kaum handeln. Und weil es grün ist, schließe ich auch einen roten Lieferwagen aus. Folglich müssen wir es hier mit einem *grünen* Lieferwagen zu tun haben!«

Sam wusste kaum, was er da eigentlich gesagt hatte. Wie kam er nur auf so einen Unsinn? Zu seiner Überraschung sah er die Damen verständnisvoll nicken.

»Ihre Antwort war nicht korrekt, Herr Smith«, sagte Dampsey. »Es war doch ein Panzer.«

Doch ein Panzer? Das war nicht fair!

»Aber Sie sagten doch, dass ...«, protestierte Sam.

»Dass es kein Panzer war?«, vervollständigte McPeace seinen Satz. »Das haben wir in der Tat gesagt. Aber heißt das dann, dass Sie diese Möglichkeit einfach so ausschließen dürfen? Glauben Sie alles, was andere sagen?«

McPeace nahm einen Koffer, der zu ihren Füßen gestanden hatte, und legte ihn vor Sam auf den Tisch.

»Wenn ich Ihnen sage, dass dies kein Koffer ist, dann glauben Sie mir doch auch nicht? Oder werden Sie mir dann auch herleiten, dass dies ein grüner Lieferwagen sein muss?«

Sam wusste nicht, was er darauf sagen sollte. Nervös krallte er seine Finger in seine Handflächen. Er verstand nicht, worauf dieses Gespräch hinauslaufen sollte.

»Abgesehen von der Tatsache, dass Sie sich irreführen lassen von dem, was andere sagen, war Ihre Antwort gar nicht so schlecht«, sagte Dampsey nach kurzem Nachdenken. »Die meisten Menschen wissen überhaupt nicht, was sie antworten sollen. Ihre Antwort zeugt von Verständnis und auch Mut. Das ist gut, jetzt haben wir eine bessere Vorstellung davon, wen wir vor uns haben.«

Sam bezweifelte, dass die beiden Damen ihn anhand eines blöden Rätsels kennen konnten. Aber er war der Befragte und würde das Spiel der beiden mitspielen müssen.

»Gut, Herr Smith, genug Geplänkel«, sagte McPeace ernst. »Erzählen Sie uns doch einmal, was Sie gestern Abend im Büro von Autumn zu suchen hatten.«

Sam erzählte über seine Begegnungen mit Autumn. Er betonte, dass es Autumn selbst gewesen war, der ihn eingeladen hatte.

»Sie verstehen sicher, dass wir es verdächtig finden, wenn ein Schüler nach dem Unterricht noch bei seinem Direktor zu Besuch ist?«, fragte Dampsey.

Sam nickte. Es war sicher nicht üblich auf der *Spy School*.

»Und Sie verstehen sicher auch, dass wir keinen Verdächtigen einfach so ausschließen können?«

Sam nickte erneut.

»Sehr gut«, sagte Dampsey. »Dann wissen Sie, dass wir Sie ab jetzt im Auge behalten werden. Etwas spricht allerdings für Sie: *Falls* Sie der Täter sind, wäre es äußerst ungeschickt von Ihnen gewesen, anschließend Summer zu alarmieren! Es sei denn ...«

»Es sei denn, Sie sind so durchtrieben, dass Sie denken, dass wir so folgern würden und Sie somit aus der Schusslinie wären«, ergänzte McPeace. »Und eine dritte Möglichkeit wäre, dass Sie gar nicht vorhatten, Summer zu alarmieren, sondern einfach Pech hatten, Spyro über den Weg zu laufen, als Sie das Büro verließen.«

Sam sah von der einen zu der anderen. Worauf wollten sie denn nun eigentlich hinaus?

»Wir wollen damit eigentlich nur sagen, dass wir alle Möglichkeiten in Betracht ziehen«, sagte Dampsey. »Für uns kann es also immer noch ein Panzer sein!«

McPeace klopfte ihrer Kollegin anerkennend auf die Schulter.

»Das hast du schön gesagt, Thelma!«

Dampsey sah sie strahlend an. »Ja, nicht wahr? Und das hatte ich nicht einmal vorbereitet, es war einfach eine spontane Eingebung. Doch jetzt etwas anderes ...«

Dampsey suchte in ihrer Tasche und zog ein Foto heraus, das sie Sam unter die Nase hielt. Auf dem Foto war ein Mann zu sehen, den Sam nicht kannte. Der Mann hatte eine schwarze Lederjacke und eine leichte

Jeans an. Sein schwarzes Haar war streng nach hinten gekämmt. Mit seinem markanten Gesicht sah er aus wie ein Mitglied einer Rockergang.

»Was wissen Sie über diesen Mann?«, fragte Dampsey.

Sam zuckte mit den Schultern. »Nichts. Ich habe ihn noch nie gesehen.«

»Sicher?«, fragte McPeace. In ihrer Stimme schwang etwas Bedrohliches mit.

Sam nickte.

»Und wenn ich Ihnen erzähle, dass diese Person wahrscheinlich Autumn vergiftet hat? Hilft das Ihrem Gedächtnis etwas auf die Sprünge?«

Sam schüttelte den Kopf. »Dann kenne ich ihn immer noch nicht und kann folglich auch nichts über ihn erzählen.«

Er sah sich das Foto genauer an. »Also er hat ...«

»Nein, ganz und gar nicht«, unterbrach Dampsey ihn. »Dieses Foto stammt einfach aus der heutigen Zeitung. Dieser Mann hat nicht im Entferntesten etwas damit zu tun.«

»Aber Sie sagten doch ...«

»Das war ein Test, Herr Smith«, sagte McPeace.

Ein Test? Sam wunderte sich immer mehr über die Verhörtechnik der beiden Damen.

»Wir wollten einfach schnell testen, ob Sie der Typ sind, der schnell jemanden beschuldigt. Aber Sie ließen sich nicht in die Irre leiten, daher sind Sie vertrauenswürdig.«

»Ganz genau, Frau Kollegin«, stimmte Dampsey zu. »Und da wir das nun wissen, können wir Ihnen unsere eigentliche Hypothese vorlegen.«

Sie beugte sich nach vorne und flüsterte, als ob jemand in der Nähe wäre, der nicht hören dürfte, was hier vor sich ging. Sam sah sich noch einmal schnell in dem kleinen Zimmer um, um sich zu vergewissern, dass dem nicht so war. Danach wandte er sich Dampsey zu.

»Wir denken nämlich, dass Herr January hinter dem Anschlag steckt. Denn diesen Vorfall darf man doch durchaus einen Anschlag nennen.«

»Herr January?«, entfuhr es Sam. »Das ist doch unmöglich! Der würde das niemals tun!«

McPeace rieb mit Daumen und Zeigefinger übers Kinn. »Nun, Sie sind offenbar nicht der Typ, der schnell jemanden verdächtigt, aber sehr wohl der Typ, der schnell jemanden verteidigt.«

»Aber Herr January hat doch gar keinen Grund, Autumn zu vergiften!«, rief Sam.

Dampsey lehnte sich zurück und faltete ihre Hände. »Wir sind uns auch noch nicht im Klaren darüber, was Januarys Motiv gewesen sein könnte. Doch January hatte immerhin die Gelegenheit und die nötigen Mittel für die Tat.«

»Stimmt haargenau«, übernahm McPeace. »Wenn jemand auf der *Spy School* die erforderlichen Kenntnisse und Mittel hat, dann January. Nach so vielen Jahren Laborarbeit ist es mehr als wahrscheinlich, dass er irgendwann auf ein tödliches Gift gestoßen ist.«

»Und es ist auch vorstellbar, dass sich in all den Jahren ein gewaltiger Groll gegen die Schulleitung aufgestaut hat«, sagte Dampsey. »Vielleicht ging es um eine verweigerte Gehaltserhöhung oder um mangelnde Anerkennung. Oder er wollte eine teure Ausstattung und zusätzliches Material und hat nicht bekommen, was er wollte. Wer weiß? Vielleicht ist er bei der jahrelangen Laborarbeit auch einfach nur durchgedreht!«

January? Sam konnte das einfach nicht glauben. Der Lehrer für *Technische Tricks* war zwar ein Chaot, aber er machte seine Arbeit ungeheuer gerne. Warum sollte er das aufs Spiel setzen? Und ein Streit mit Autumn? Die beiden gerieten sich zwar ab und zu in die Haare, aber das war doch noch lange kein Grund, Autumn zu vergiften.

Und noch etwas hatten die Damen Sams Meinung nach übersehen.

»Aber warum würde January dann so intensiv nach einem Gegengift suchen?«, fragte er. »Es ist doch ziemlich unsinnig, jemanden erst zu vergiften und dann nach einem Gegengift zu forschen, oder?«

Dampsey und McPeace schienen von seiner Argumentation nicht recht beeindruckt. Mit einem Nicken spielte McPeace den Ball ihrer Partnerin zu, damit sie diese Frage beantwortete, während sie selbst ihren Koffer öffnete, Stift und Papier hervorholte und eifrig zu schreiben begann.

Wahrscheinlich notierte sie sich Stichpunkte über das Gespräch mit Sam.

»Werter Herr Smith«, sagte Dampsey und lächelte ermutigend. »Ist Ihnen schon einmal der Gedanke gekommen, dass January seine Suche nach dem Gegengift auch nur *vortäuschen* könnte? Und dass er in etwa neun Tagen mit geheucheltem Bedauern mitteilen könnte, dass es ihm nicht gelungen sei, seinen Direktor zu retten?«

Sam musste zugeben, dass er diese Möglichkeit tatsächlich nicht bedacht hatte. Aber dennoch wollte er einfach nicht glauben, dass January etwas mit dem Anschlag zu tun hatte.

»Und angenommen, January sucht wirklich nach einem Gegengift, dann besteht noch eine weitere Möglichkeit«, fuhr Dampsey fort. »Ich gebe zu, dass es eine ziemlich grausame Möglichkeit ist, aber dennoch müssen wir sie in Erwägung ziehen.«

Sie hielt kurz inne.

»Vielleicht hat January sie nicht mehr alle beisammen und will sich selbst testen«, fuhr sie dann fort. »Er entdeckt ein Gift und ist neugierig, wie es wirkt. Er fordert sich selbst heraus, indem er das Gift seinem Direktor verabreicht. Somit gibt er sich selbst zehn Tage, um ein Gegenmittel zu finden. Und dann kann er sofort austesten, ob das Gegengift wirkt oder nicht, denn er hat ja das perfekte Versuchskaninchen! Das ist für ihn sicher interessanter, als immer im Labor mit Mäusen und Ratten zu arbeiten.«

Diese letzte Option konnte Sam sich nur mit Mühe vorstellen. January als wahnsinniger Wissenschaftler?

Unmöglich! Noch bevor er eingehender über January als möglichen Täter nachdenken konnte, kamen Dampsey und McPeace schon wieder mit einer neuen Variante an.

»Angenommen, dass January es nicht getan hat«, sagte McPeace, »dann ist die logische Folgerung, dass es jemand anders war, nicht wahr?«

Sam fand das so naheliegend, dass er nicht reagierte. McPeace hingegen war nicht der Meinung, dass sie eine rhetorische Frage gestellt hatte.

»Ich warte auf eine Antwort!«, beharrte sie. »Oder hat der arme Autumn sich selbst vergiftet?«

»Nein, natürlich nicht«, stammelte Sam. Eine leichte Röte breitete sich auf seinen Wangen aus. Er hatte sich noch immer nicht an ihre spezielle Weise, Fragen zu stellen, gewöhnt.

»Gut, dass wir uns darüber einig sind«, übernahm Dampsey. »Nun, aus gesicherter Quelle haben wir erfahren, dass Autumn innerhalb der *Spy School* mehr Feinde haben könnte als gemeinhin angenommen.«

Sie nahm McPeace' Koffer und holte ein Blatt Papier heraus. Es war ein türkisfarbenes Papier, das sofort einen süßlichen Geruch verströmte. Die Damen parfümierten also ihre offiziellen Papiere? Dampsey bemerkte Sams Überraschung.

»An ihren Nasenflügeln erkenne ich, dass Sie mein *Papier de Cologne*, wie ich es selbst nenne, bemerkt haben. Riecht gut, nicht wahr? Es ist, als ob man plötzlich versteht, warum der Mensch eine Nase hat. Abgesehen davon natürlich, dass der Mensch ohne Nase idiotisch aussehen würde. Aber ich schweife ab ...«

Dampsey nahm einen Stift und markierte einen Satz auf ihrem Blatt. Danach drehte sie sich zu Sam um.

»Diese Worte sind kürzlich aufgezeichnet worden. Verdächtig, nicht wahr?«

Sam starrte auf den Satz und eine Kälte stieg in ihm auf. Nun hatten Dampsey und McPeace sich aber sehr weit vergaloppiert! Er las den Satz zur Sicherheit noch einmal: »Grr. In solchen Momenten würde ich ihn am liebsten ...«

»Sie wissen, wer das gesagt hat?«

Sam nickte. Aber Daphné sagte so viel aus Spaß. Das hatte sie doch nicht so gemeint?

»Und Sie wissen auch, wer mit ›ihn‹ gemeint ist?«

Autumn, der gesagt hatte, dass sie sich an den Schülern vom ersten Jahr ein Vorbild nehmen sollten. Aber das war doch kein Mordmotiv!

»Vielleicht nicht«, murmelte McPeace auf seinen Einwand, während sie geradeaus starrte, »aber vielleicht auch doch. Noch einmal, Herr Smith, wir schließen nichts aus!«

»Gut, Herr Smith«, sagte Dampsey. »Wir danken Ihnen herzlich für Ihre Mitarbeit. Auch wenn Sie nichts Wesentliches beigetragen haben, sind wir mit unserer Untersuchung doch ein Stückchen weiter. Ich bin mir sicher, dass wir uns noch einmal treffen werden. Auf Wiedersehen!«

Die Befragung endete genauso abrupt, wie sie begonnen hatte. Dampsey nahm die Fernbedienung und drückte auf das Knöpfchen, um die Wand zu öffnen. Sam stand auf und verließ den Raum.

7

Eins, zwei, drei – Tag 2

Zwei von zweien! Aber ja nicht euphorisch werden, der Weg ist noch lang. Sehr lang. Ich muss mich in Geduld üben. Ein wenig Euphorie ist vielleicht erlaubt, schließlich läuft es wie am Schnürchen. Dumme Frau August. Sie hatte keinen Schimmer. Sie fühlen sich alle ach so sicher in diesem Gebäude hier. Sie meinen, dass ihnen hier nichts passieren kann. Da haben sie sich aber geschnitten! Nirgends werden sie noch sicher sein! Wer muss als Nächster dran glauben? Gleich mal auf meine Liste schauen. Ah, das wird ein Kinderspiel. Also beinahe drei von dreien, ich muss schon ein wenig vorausschauen. Aber ich darf nicht zu euphorisch werden.

Sam ließ das Mittagessen ausfallen und suchte die ganze Zeit nach Daphné. Aber sie war wie vom Erdboden verschluckt. Sie war weder auf ihrem Zimmer noch im Innenhof. An keinem der Plätze, wo sie häufig zusammensaßen, konnte er sie finden.

Er musste an die Worte von Louise McPeace denken. »Wir schließen nichts aus«, hatte sie gesagt.

Vielleicht durfte auch er nichts ausschließen. Vielleicht musste er ganz unvoreingenommen an die Sache herangehen und zunächst jeden als verdächtig ansehen – auch Daphné.

Sam wies diesen Gedanken schnell von sich. Wenn er niemandem mehr vertrauen konnte, war er ganz alleine, und darauf hatte er überhaupt keine Lust. Doch Daphné blieb weiterhin unauffindbar.

Sam kam in den Flur, von dem die Büros der Lehrkräfte abgingen. Hier war sie sicher nicht. Schüler kamen hier nur her, wenn sie Nachhilfestunden brauchten, und die hatte Daphné noch nie nötig gehabt. Trotzdem ging Sam weiter – man konnte ja nie wissen. Auf halbem Weg fiel sein Blick auf eine offene Türe. Wahrscheinlich litt einer der Lehrer unter der Hitze und hoffte auf ein wenig frische Luft. Vergeblich, wie Sam fand, denn die Luft hier auf dem Gang war so heiß, dass man ein Brot hätte backen können.

Weil er seine Neugierde nicht im Zaum halten konnte, blickte Sam im Vorübergehen kurz hinein.

Erschrocken blieb er stehen. Dann betrat er vorsichtig das Büro.

Frau August saß mit geschlossenen Augen auf ihrem Stuhl. Sie hielt kein Mittagsschläfchen. Ihr Kopf war auf unnatürliche Weise vornübergesunken und ihre Arme hingen schlaff herab.

Doch das war noch nicht das Schockierendste! Über den Körper von August gebeugt stand Richard James aus Sams Klasse. In den Händen ein belegtes Brötchen, das er minutiös studierte. Er klappte die Hälften auseinander, nahm ein Salatblatt heraus und hielt es gegen das Licht.

»Richard?«, stammelte Sam. Er sah, wie Richard erschrak. Richard hatte sich so sehr auf das Brötchen konzentriert, dass er nicht gehört hatte, wie Sam den Raum betreten hatte. Schnell legte er das Brötchen auf die Seite und drehte sich um.

»Sam? Was machst du hier?«

»Das wollte ich dich auch gerade fragen«, antwortete Sam.

Richard fasste sich an den Hals. Sam wusste, dass Menschen das vor allem dann tun, wenn sie sich unsicher fühlen.

»Ich ... Ich wollte Frau August noch etwas zur gestrigen Stunde fragen. Als ich hier ankam, fand ich sie so, wie du sie jetzt siehst.«

»Was hast du denn mit dem Brötchen da gemacht?«

»Ich wollte es untersuchen«, sagte Richard. »Du weißt ja nur allzu gut, was mit Autumn passiert ist. Sicher ist Frau August auch vergiftet worden!«

Sam sah sofort auf Augusts Mund. Genauso wie bei Autumn waren auf den Lippen grüne Striche zu sehen. Richard hatte recht: August war demselben Täter zum Opfer gefallen!

»Ich denke, du solltest die Untersuchung lieber Summer überlassen«, warf Sam ein. »Der wird nicht gerade erfreut sein, wenn wir das Beweismaterial anfassen.«

Richard nickte. »Du hast ja recht. Ich konnte nur nicht gegen meine Neugierde an.«

»Komm, wir gehen zu Summer. Wir haben schon genug Zeit verloren.«

January seufzte und starrte auf die Papiere vor sich auf dem Tisch. Ihm fehlte nur noch eine Rechnung zu der Lösung. Nur ein einziger Bestandteil musste noch hinzugefügt werden, aber er wusste nicht, wie viel. Und noch wichtiger: Er wusste auch nicht, welcher Bestandteil. Aber er war müde von der harten Arbeit und die Ziffern tanzten vor seinen Augen.

Ein wenig Bewegung würde ihm guttun. Er stand von seinem Stuhl auf und spazierte durch das Labor. Dabei sah er sich die Fläschchen mit verschiedenen Flüssigkeiten an, die in den Vitrinen an den gegenüberliegenden Seiten des Raumes aufgestellt waren. Wie war Autumn wohl vergiftet worden? Hatte er das Gift als Getränk verabreicht bekommen oder war es als Pulver unter sein Essen gemischt worden? Oder war der Täter noch viel durchtriebener und hatte es ihm mit einer Art Zerstäuber verabreicht? So wie bei einem Nasenspray?

Ein Nasenspray! Das war es! January rannte zu dem Tisch und öffnete die oberste Schublade. Wie immer war Ordnung ein Fremdwort für January, und die Schublade offenbarte ein Chaos von Papieren, Fläschchen, Werkzeug und altbackenen Keksen, die January wegen einer neuen Entdeckung vergessen hatte aufzuessen. Einige mutige Fliegen, die es gewagt hatten, sich daran gütlich zu tun, hatten ihren Mut mit dem Leben bezahlen müssen.

Ohne Umschweife zog January die ganze Schublade heraus und kippte den Inhalt auf den Tisch. Hastig durchsuchte er den Haufen, wie ein Kind, das versucht, seine Schätze aus einem Sandkasten zu bergen.

»Verdammt!«, fluchte January laut.

Instinktiv hielt er sich den Mund zu, ein Überbleibsel der Erziehung, die seine Eltern ihm vor langer Zeit hatten zuteilwerden lassen. Doch weil man mit zwei Händen besser suchen kann als mit einer, nahm er die Hand wieder von seinem Mund weg und durchsuchte die Unordnung auf seinem Tisch erneut.

Vergeblich. Frustriert schob er mit einer Armbewegung alles, was auf dem Tisch lag, auf den Boden. Er öffnete nun auch die anderen Schubladen seines Tisches. Dabei wusste er, dass er dort kaum finden würde, was er suchte. Und richtig: Die anderen Schubladen waren fast leer, denn er stopfte immer alles in die oberste Schublade.

Auf ein Wunder hoffend lief January zu den Wandschränken und ließ seinen Blick über die vielen Fläschchen schweifen. Er hatte auf der *Spy School* so gut wie alle chemischen Substanzen zur Verfügung, von verschiedenen Säuren bis Äther und Morphin, von verschiedenen Getränken bis zum neuesten Parfüm.

January ging seitlich an den Schränken vorbei und bemerkte daher nicht, dass er eine der gläsernen Türen hatte offen stehen lassen.

Es schepperte, als er gegen die Tür krachte. January stürzte nach hinten. Er versuchte noch, sich an dem Schrank festzuhalten, konnte sich aber nicht mehr fangen. Im Gegenteil: Im Fallen riss er auch noch den ganzen Schrank mit sich. Klirrend und scheppernd fiel der Schrank mitsamt seinem Inhalt zu Boden. Flaschen und Reagenzgläser zerbarsten, unterschiedliche Substanzen reagierten miteinander. Der Knall war ohrenbetäubend. Die chemische Reaktion hatte die Wirkung einer kleinen Bombenexplosion. Die Tische und Stühle, die vor dem Schrank standen, fingen an zu schwelen.

Ein scharfer Schmerz durchzuckte January. Die Explosion hatte ihn, wie durch ein Wunder, kaum getroffen. Sein weißer Kittel war nun kohlschwarz, und sein Haar stand senkrecht in die Höhe, doch das war alles.

Nein, der Schmerz hatte eine andere Ursache. Er kam von einem spitzen Gegenstand, der sich in sein Hinterteil gebohrt hatte.

January sprang auf und begutachtete das schwelende Holz. Er wollte nach dem Feuerlöscher greifen, wurde sich jedoch wieder seines schmerzenden Hinterteils bewusst. Mit der Hand tastete er in der hinteren Hosentasche und holte den Übeltäter heraus: Es war die Flasche mit dem Nasenspray, das er immer nahm, damit seine Nase stets offen blieb. Er musste sich stets aller Gerüche in seiner Umgebung bewusst sein. Man stelle sich vor, dass er aus Versehen ein giftiges Gas zusammenbraute, doch statt so schnell wie möglich so weit wie möglich wegzurennen, weitermachte, weil seine Nase verstopft war, sodass er die Gefahr nicht riechen konnte!

Doch was in diesem Moment noch wichtiger war: Das Fläschchen mit dem Nasenspray war der Gegenstand, nach dem January schon die ganze Zeit gesucht hatte. Er vergaß die schwelenden Tische und Stühle – auf denen langsam, aber sicher kaum wahrnehmbare Flammen erschienen –, setzte sich wieder an seinen Schreibtisch und studierte seine Berechnungen, die ihn zu der Formel für das Gegengift führen sollten, mit dem er Autumn aus seinem Koma retten wollte.

January hielt sich das Fläschchen Nasenspray vor die Augen und las die auf dem Etikett angegebene Zusammensetzung. Wie er vermutet hatte: Das Spray enthielt verschiedene Sorten Nitrate! Nicht, dass er genau diese Nitrate für sein Gegengift brauchte, doch der Gedanke an das Nasenspray hatte ihn auf die Idee gebracht, Nitrate in seine Überlegungen miteinzubeziehen.

January fächerte sich ein wenig Luft zu. Sein körperlicher Einsatz in dieser Hitze hatte ihm den Schweiß aus den Poren getrieben. Sein Hemd war klatschnass! Es wurde wirklich Zeit, dass die *Spy School* die Klimaanlage reparierte.

January nahm einen Stift und brachte seine Erkenntnisse zu Papier. Nun war er einen großen Schritt weiter. Ein Lächeln erschien auf seinem Gesicht. Autumn würde ihm dankbar sein!

Voller Eifer machte er sich an die Arbeit, doch da wurde er von einem lauten Klopfen unterbrochen. Noch bevor er reagieren konnte, ging die Tür schon auf, und Thelma Dampsey und Louise McPeace traten mit einem mürrischen Blick ein. Die Zeichentrickfigur auf Dampseys Shirt war inzwischen mit Spaghettisoße bespritzt. Offenbar hatte Dampsey *Mafia* ausprobiert. Unter ihren Achseln waren riesige Schweißränder zu sehen.

Auch McPeace sah zerknitterter aus als vorhin. Ein großer Teil der Haarnadeln hatte sich aus ihrer Frisur gelöst. Ihr blondes Haar hing nun in dicken Strähnen herunter. Ihre Jacke hatte sie ausgezogen und die obersten beiden Knöpfe ihrer roten Bluse waren offen.

January blickte verstört von seinem Platz auf.

»Kann ich Ihnen helfen?«

»Das ist Louise McPeace und ich bin Thelma Dampsey«, sagte Dampsey. »Wir untersuchen den Mordanschlag auf Herrn Autumn.«

»Ah, Sie sind das? Nun, angenehm, Sie kennenzulernen, aber könnten Sie ein anderes Mal wiederkommen? Ich habe nämlich gerade viel zu tun. Danke. Auf Wiedersehen.«

Ohne die Damen noch eines Blickes zu würdigen, vertiefte January sich erneut in seine Aufzeichnungen. Dampsey warf McPeace einen vielsagenden Blick zu. Sie räusperte sich.

»Ähm, Herr January. Wenn ich sage, dass wir den Mordanschlag auf Autumn untersuchen, dann meine ich damit nicht, dass wir bei jedem kurz vorbeikommen, um zu fragen, wann er Zeit für eine kleine Unterhaltung hätte. Vielmehr meine ich damit, dass wir jeden befragen, von dem wir denken, dass wir ihn befragen müssen. Und zwar zu genau dem Zeitpunkt, an dem wir es für nötig halten!«

Während Dampseys Standpauke hatte McPeace einen Feuerlöscher von der Wand genommen. Völlig entspannt rückte sie dem sich ausbreitenden Feuer zu Leibe und übernahm zugleich das Wort von ihrer Kollegin.

»Und jetzt halten wir es für nötig, Sie zu befragen, Herr January. Das sage ich ganz unverblümt. Denn Blümchen sind nicht so unsere Art. Wir haben viel Wichtigeres zu tun! Zum Beispiel ...«

Sie wurde von ihrer Kollegin unterbrochen.

»Ähm, McPeace?«

»Was?«

»Dein Rock ...«

McPeace sah an sich herunter und stieß einen Schrei aus, als sie sah, wie Teile ihres Rockes blitzschnell verschwanden. Genüsslich fraßen die Flammen den teuren Stoff auf. McPeace richtete den Feuerlöscher auf die Überbleibsel, doch das Ding hatte den Geist aufgegeben. Es kam nichts mehr heraus.

Ohne zu zögern, ließ sie sich auf den Boden fallen und wälzte sich auf dem Boden, um die Flammen zu ersticken. Währenddessen nahm Dampsey den Faden wieder auf.

»Wie meine Kollegin Ihnen bereits mitgeteilt hat, sagen wir unverblümt, was Sache ist. Erlauben Sie mir also, direkt mit der Tür ins Haus zu fallen.«

»Ich würde mich gar nicht trauen, Sie aufzuhalten«, murmelte January verärgert. Hauptsache, er konnte schnell wieder an die Arbeit. »Warum sind Sie noch einmal hier?«

»Sparen Sie sich Ihre Scherze, January. Sie wissen nur zu gut, warum wir hier sind! Erzählen Sie uns doch kurz, warum Sie Ihren Chef vergiftet haben!«

»Wie bitte? Meinen Chef vergiftet? Ich warne Sie, Frau Dummpsie ...«

»Dampsey.«

»Nun, ich warne Sie, Frau Dampis, wenn Sie denken, dass Sie hier einfach in die *Spy School* hereinschneien und ein paar Beschuldigungen verbreiten können, dann haben Sie sich getäuscht!«

»Dann erzählen Sie uns doch, wo Sie gestern Nachmittag waren«, antwortete Dampsey ruhig.

»Gestern?«

January dachte nach.

»Gestern war ich den ganzen Tag im Labor.«

»Gibt es dafür einen Zeugen?«, fragte McPeace plötzlich. Sie war gerade vom Boden aufgestanden. Von ihrem Rock waren nur noch einige Fransen übrig. Glücklicherweise hatte sie noch einen Slip an.

January musste über ihre Frage nicht lange nachdenken. »Nein. Nur Summer hat mir am späten Nachmittag Gesellschaft geleistet, aber die meiste Zeit war ich alleine.«

»Das ist aber ärgerlich, nicht wahr? Sie hätten sich mal lieber um ein besseres Alibi gekümmert«, lächelte Dampsey verschmitzt.

»So langsam habe ich genug von Ihren Anschuldigungen, Frau Dummbo«, sagte January. »Ich habe schließlich etwas Besseres zu tun, als hier zu stehen und Ihnen zuzuhören. Zu Ihrer Information: Ich bin gerade dabei, das Gegengift für Autumn fertigzustellen! Würde der Täter denn so etwas tun?«

January wedelte mit den Papieren voller Formeln zu den beiden Damen. Diese sahen nachdenklich zu January und wechselten dann einen Blick untereinander.

»Sie können viel behaupten, Herr January«, sagte McPeace.

»Solange Autumn da im Krankenbett liegt, behalten wir Sie im Auge. Ich hoffe für Sie, dass Sie das Gegengift schnell fertig haben.«

»Wenn Sie mich nicht gestört hätten, dann wäre ich schon fast fertig, Frau McDonald!«, sagte January. Seine Stimme bebte vor unterdrückter Wut, aber er blieb ruhig.

»McPeace.«

»Das habe ich doch gesagt!«

Dampsey nickte kurz zu McPeace. Gemeinsam gingen die Damen zur Tür.

»Sie hören noch von uns, Herr January«, sagte Dampsey. Dann verschwanden die beiden, ohne sich noch einmal umzusehen.

January brauchte ungefähr fünf Minuten, bis er sich von dem Gespräch erholt hatte.

Wie kamen diese Frauen darauf, ihm einen Mordversuch anzuhängen? Er würde alles für seinen Chef tun. Und das würde er jetzt beweisen: Das Gegengift musste so schnell wie möglich fertig werden. January beugte sich wieder über seine Papiere, aber ein weiteres Klopfen an der Tür störte ihn erneut bei der Arbeit.

»Was ist denn jetzt schon wieder?«, schnauzte er. »Haben Sie sich noch mehr Dinge ausgedacht, die ich getan haben könnte? Dann schreiben Sie sie auf und schicken Sie sie mit der Post. Ich lese sie dann, wenn ich Zeit habe!«

Nach seiner Tirade sah er auf zu der Person, die sein Labor gerade betreten hatte.

»Ach, Sie sind es«, sagte January. »Was wollen Sie denn hier? Haben Sie etwas vergessen? Ich glaube, dass es in einem von den Schränken liegt. Aber passen Sie auf, denn hier herrscht ziemliches Chaos.«

Erneut versuchte er, sich auf seine Formeln zu konzentrieren. Herrje, war ihm heiß. Durch den Brand war es hier noch unerträglicher! Hatte er sich vorher nicht etwas zu trinken eingeschenkt?

»Komisch, wo habe ich denn mein Glas gelassen?«, sagte er laut. »Ach, da ist es, danke sehr. Was wollten Sie hier wieder? Ach ja, auf Wiedersehen!«

Mit einem Zug lehrte January sein Glas. Und jetzt an die Arbeit, dachte er. Er hoffte, dass er nun nicht mehr gestört würde. Und dass er die Formel schnell finden würde. Und dass die Hitze nachlassen würde.

Kurz darauf hoffte er gar nichts mehr.

8

Nervenkrieg – Tag 2

Nach Sams und Richards Alarmierung war Summer sofort aktiv geworden. Anscheinend hatte er schon befürchtet, dass es noch mehr Opfer geben würde. Wieder trommelte er alles Personal der *Spy School* zusammen. Sie mussten dafür sorgen, dass Frau August die bestmögliche Pflege bekam. Nur January blieb von allen zusätzlichen Aktivitäten verschont, denn der musste ungestört am Gegengift arbeiten.

Auch Dampsey und McPeace kamen vorbei und sahen sich den Tatort an. Sam hatte erwartet, dass die beiden Ermittlerinnen überrascht sein würden, ihn wieder am Tatort vorzufinden, doch sie schienen seine Anwesenheit gelassen hinzunehmen. McPeace zog allerdings ihre Augenbrauen hoch, als sie Richard sah. Sie flüsterte ihrer Kollegin etwas ins Ohr.

Die Jungen mussten noch kurz warten, bis sie befragt werden konnten. Dampsey und McPeace wollten erst das Opfer untersuchen.

Inzwischen sah Sam seinen Mitschüler neugierig an. Richards Gesicht war schon die ganze Zeit rot. War das von der Aufregung über seine Entdeckung oder gab es einen anderen Grund? Hatte er vielleicht nicht damit gerechnet, dass jemand hereinkommen könnte, und fühlte sich jetzt ertappt?

»Was ist los, Sam?«, fragte Richard plötzlich. Sam fluchte innerlich. Er hatte Richard natürlich viel zu auffällig angestarrt!

»Ähm, nichts, nein, ich ... ich frage mich nur, wer das getan haben könnte.«

»Das frage ich mich auch«, antwortete Richard. »Aber ich kann mir wirklich keinen Reim darauf machen.«

Sam nickte, sagte aber nichts. Da war noch etwas, das ihn beschäftigte. Sacht packte er Richard. Sein Griff war sanft, aber entschlossen.

»Richard?«

Richard sah Sam mit einem seltsamen Blick an. Der Ton in Sams Stimme gefiel ihm offenbar überhaupt nicht. »Ja?«

»Warum bist du gestern zu spät zum Unterricht gekommen?«

Richard zuckte mit den Schultern. »Einfach so, du weißt schon. Nicht rechtzeitig aufgestanden und dann noch viel zu lange unter der Dusche gestanden. Warum fragst du?«

»Nur so«, antwortete Sam, »es ist mir gerade eingefallen.«

Sie starrten einander an.

»Du denkst doch wohl nicht ...?«, fragte Richard, ohne seinen Blick abzuwenden. Nun war es Richard, der Sam am Arm packte.

»Ich denke gar nichts«, antwortete Sam. »Ich wollte es nur wissen.«

Sam riss seinen Arm los und drehte den Kopf weg. Nicht viel später kamen Dampsey und McPeace zu ihnen. Die beiden Jungen wurden nicht in einen anderen Raum gebracht, sondern direkt auf dem Gang befragt.

»So, Herr Smith. Ich muss schon sagen, dass es mich nicht überrascht, Sie hier anzutreffen«, sagte McPeace spöttisch. »Sie haben wirklich ein Talent dafür, die falsche Person am falschen Ort zu sein. Ich habe mir einmal Ihre Akte angesehen. Es ist schon ein enormer Zufall, dass ausgerechnet Ihnen ständig so etwas passiert!«

»Dennoch gehen wir vorerst von einem Zufall aus«, fuhr Dampsey fort, während sie die Reste eines *U-Bootes* von ihrem Teller leckte. Sie hatte Gefallen an dem unkomplizierten Essensservice der *Spy School* gefunden und machte ausgiebig Gebrauch davon. Sie leckte sich die Finger ab und ging weiter.

»Was Sie angeht, Herr James, so möchten wir einige Dinge klären. Dass Sie gestern zu spät in den Unterricht gekommen sind, ist verdächtig, das verstehen Sie doch? Sie sind noch nie zu spät zum Unterricht gekommen, und dann gerade an dem Tag, an dem Ihr Direktor vergiftet wird! Und einen Tag später werden Sie mit Beweismaterial in der Hand bei einer vergifteten Lehrkraft angetroffen. Was haben Sie dazu zu sagen?«

Richard war fassungslos. Seine Jahre auf der *Spy School* waren bisher ziemlich unspektakulär gewesen. Zwar war er einmal beinahe in einem Wasserreservoir ertrunken, als er in *Wie man sich aus misslichen Lagen befreit* während des Unterrichts als Versuchskaninchen herhalten musste. Und im Fach *Bomben entschärfen* waren regelmäßig Farbbomben direkt vor seiner Nase explodiert, doch verglichen mit dem, was nun passierte, war das alles nichts. Mit großen Hundeaugen sah er die beiden Damen an. Er brachte kein Wort heraus.

Sam musterte ihn genau. Fühlte sich Richard wirklich so mitgenommen oder tat er nur so?

McPeace und Dampsey schienen dasselbe zu denken. Sie warteten ungeduldig auf eine Antwort.

Da Richard noch immer stumm wie ein Fisch war, antwortete Sam für ihn.

»Richard kam gestern zu spät, weil er verschlafen hatte, und er hatte vorhin das Brötchen in der Hand, weil er vermutete, dass es an Frau Augusts Ohnmacht schuld war. Er ist schließlich nicht umsonst ein Geheimagent in Ausbildung!«

Auch nach Sams Plädoyer verzogen Dampsey und McPeace keine Miene.

»Es ist ja schön und gut, dass unter den Schülern eine gewisse Solidarität besteht, Herr Smith«, sagte McPeace, »aber ich darf Sie daran erinnern, dass wir hier in einem Mordanschlag ermitteln. Herr James, ich hoffe, dass Sie Ihr Sprachvermögen möglichst schnell zurückerlangen. Es ist eigentlich gar nicht so schwierig, einfach ausatmen, Ihren Hals ein wenig zusammendrücken und zur gleichen Zeit Ihre Zunge bewegen. Wir kommen später noch einmal bei Ihnen vorbei!«

Zügigen Schrittes gingen die Damen zu Summers Büro.

Sam klopfte Richard noch mal ermutigend auf die Schulter, sagte aber nichts. Er wollte sich erst selbst über Richards eigenartiges Verhalten klar werden. Erst dann konnte er ihn mit voller Überzeugung und rückhaltlos unterstützen. Vielleicht!

Und nun wollte Sam endlich weiter nach Daphné suchen. Er wollte ihr erzählen, was passiert war. Und je länger er auf sich warten ließ, desto verärgerter würde sie werden, fürchtete er.

Er beschloss, es zunächst noch einmal in ihrem Zimmer zu versuchen. Er klopfte leise an die Tür. Zu seiner Erleichterung hörte er von drinnen ein leises Gepolter, bevor die Tür surrend aufgeschoben wurde. Für einen Augenblick stand er Auge in Auge mit Daphné, doch sie wandte ihren Blick schnell wieder ab.

»Ach, du bist es«, murmelte sie leise. »Was willst du?«

»Mit dir reden«, antwortete Sam.

»So, auf einmal hast du also Zeit dafür? Wolltest du nicht unbedingt alleine sein?«

»Nicht mehr. Ich bin mir über einiges klar geworden.«

Sam dachte an Frau August.

»Zumindest mehr oder weniger. Inzwischen ist schon wieder einiges passiert. Wo hast du die ganze Zeit gesteckt? Ich habe dich überall gesucht!«

Daphné zuckte mit den Schultern. »Ach, hier und da. Wo man eben hingeht, wenn man sich unerwünscht fühlt.«

»Unerwünscht?«, rief Sam erschrocken. »Daphné, so hatte ich das überhaupt nicht gemeint! Ich wollte einfach kurz in Ruhe nachdenken. Das würdest du doch genauso machen, wenn du deinen Direktor halb tot aufgefunden hättest.«

»Ja, das würde ich auch so machen. Aber ich würde nicht meinen besten Freund wegschicken und dann mit einem anderen zusammen Ränke schmieden. Das verstehe ich nicht unter ›kurz allein sein‹.«

Sam hatte schon erwartet, dass sie ihm sein Gespräch mit BBJ vorwerfen würde. Daphné hatte BBJ schon vom ersten Augenblick an nicht ausstehen können. Und nun befürchtete sie, dass er ihren Platz an Sams Seite einnehmen würde.

»Das war reiner Zufall«, sagte Sam. »Ich habe BBJ im Flur getroffen ...«

»Ach, na dann ist ja alles in bester Ordnung! Das sagt doch alles: Du wolltest allein sein, aber dann hast du jemanden im Gang getroffen. Und wenn man jemanden im Gang trifft, dann kann man ja nicht einfach so an ihm vorbeilaufen. Nein, dann muss man mit dem sprechen, am besten noch über sehr wichtige Dinge!«

»Er konnte mir helfen, das ein oder andere besser zu verstehen!«

»Tja, dann brauchst du mich offenbar nicht mehr. Was willst du dann hier?«, fragte Daphné.

»Natürlich brauche ich dich, Daphné«, antwortete Sam leise. »Sonst würde ich nicht hier stehen. Es tut mir leid, dass es heute Morgen so blöd gelaufen ist, aber du brauchst auch nicht so zu übertreiben.«

»Jetzt bin ich auch noch selbst schuld?«, fauchte Daphné. »Der Herr beschließt, mich von einem Tag auf den anderen für jemanden einzutauschen, den er erst einmal getroffen hat, und *ich* reagiere übertrieben!«

Sie verschränkte ihre Arme und ließ sich aufs Bett fallen. Wie ein Kind, das keinen Lolli bekommt, starrte sie an die Wand. Sam kam näher, überlegte es sich dann jedoch anders und ging wieder zurück. Er wusste nicht, wozu eine verärgerte Daphné fähig war.

»Hör mal«, begann er, »es geht hier überhaupt nicht um Eintauschen. Ich würde dich doch niemals im Stich lassen! Aber du musst doch zugeben, dass dieser BBJ ein intelligenter Junge ist, der mir dabei helfen kann, besser zu verstehen, was passiert ist.«

»Ach, und ich kann das wohl nicht?«

»Doch, du kannst das auch«, beschwichtigte Sam geduldig. »Aber anders. Du bist in meiner Klasse, also sind wir auch sehr viel zusammen. Wenn wir sehr viel zusammen sind, ist es logisch, dass du dasselbe siehst und hörst wie ich. BBJ ist in der A-Klasse und hat daher eine ganz andere Sicht auf die *Spy School*. Verstehst du?«

Sam bekam keine Antwort. Daphné schaute zur Wand, als ob dort ein Film gespielt würde.

»Interessiert es dich vielleicht, was ich gerade erlebt habe?«, versuchte er es erneut. Er wusste, dass Daphnés Neugierde meistens die Oberhand über ihre Sturheit gewann. Aber sie antwortete noch immer nicht. Das würde schwierig werden.

»Frau August wurde auch vergiftet!«

Auch wenn Sam Daphnés Gesicht nicht sehen konnte, war er doch davon überzeugt, dass ihre Augenbrauen sich hoben.

»Ich habe dich gesucht, als ich an ihrem Büro vorbeilief. Ich sah hinein und sah ihren Körper leblos auf dem Stuhl sitzen. Sie bewegte sich nicht mehr. Und das ist noch nicht alles: Richard James aus unserer Klasse stand dabei!«

Daphné drehte sich um. »Richard? Was wollte der denn da?«

»Er brauchte ein wenig Nachhilfe«, antwortete Sam. »Das hat er zumindest gesagt. Ich weiß nicht recht, was ich davon halten soll.«

Daphné überlegte. »Ist Richard gestern nicht zu spät in den Unterricht gekommen?«

Ihre Sturheit war verschwunden wie ein Wassertropfen auf einer heißen Herdplatte.

»Das ist Dampsey und McPeace auch aufgefallen«, sagte Sam. »Richard sagte, dass er verschlafen hätte.«

»Wer sind Dampsey und McPeace?«, wollte Daphné wissen.

»Zwei Inspektorinnen, die den Mordanschlag auf Autumn untersuchen. Nun können sie direkt auch den Giftanschlag auf Frau August untersuchen.«

»Inspektorinnen? Warum führt Summer die Ermittlungen nicht selbst?«

Daphnés Enthusiasmus wuchs mit jeder Frage. Das Kind, das keinen Lolli bekommen hatte, witterte nun seine Chance auf Süßigkeiten.

»Ich denke, dass das eine Standardprozedur ist. Externe sind objektiver und sehen Dinge, die man selbst übersieht.«

Daphné nickte. »Da hast du recht. Dann gibt es jetzt also schon zwei Opfer: Autumn und August. Wer tut so etwas nur?«

Sie hielten kurz inne. Beide versuchten sich vorzustellen, was für eine Person so etwas tun könnte. Sam fühlte sich wohl – soweit das unter diesen Umständen möglich war. Das gemeinsame Nachgrübeln ließ ihren Streit in den Hintergrund treten.

»Arme Frau August«, seufzte Daphné. »Wer könnte ihr nur etwas antun wollen?«

Die Antwort auf ihre Frage kam von einer dritten Stimme aus dem Nichts.

»Da gibt es verschiedene Möglichkeiten: ein Kollege, der neidisch ist auf ihre Arbeit, jemand, der von ihr erpresst wird, oder ein früherer Freund, der die Trennung nicht verschmerzen kann. Oder vielleicht gibt es auch noch eine andere Möglichkeit: ein Schüler, der sich so über seine Lehrerin ärgert, weil sie ihn getadelt hat.«

BBJ stand in der Tür und blickte ernst zu Sam und Daphné. Mit seiner Hand machte er eine Klopfbewegung.

»Klopf, klopf, darf ich hereinkommen?«

Daphnés Blick war alles andere als einladend, doch Sam nickte.

»Entschuldigt, dass ich hier so hereinplatze«, sagte BBJ, »aber man kann euch bis in den Gang hören. Und das, was ihr gesagt habt, hat mich neugierig gemacht.«

Er trug ein schwarzes kurzärmliges Hemd, an dem die obersten Knöpfe offen waren, und sah aus, als habe er gerade heftig geschwitzt. Doch das war nicht besonders verwunderlich angesichts der Bruthitze.

»Vielleicht kannst du uns helfen«, sagte Sam. »Was hast du alles gehört?«

»Dass August auch vergiftet wurde. Stimmt das denn?«

»Ja«, sagte Sam. »Aber erzähl das nicht weiter. Summer will nicht, dass die Schüler Angst bekommen.«

»Ja, das verstehe ich«, sagte BBJ. »Ich gebe zu, dass ich mir selbst auch Sorgen mache.«

»Das wäre wirklich eine Tragödie, wenn der Täter *dich* erledigen würde«, murmelte Daphné.

BBJ hatte das anscheinend nicht gehört und fuhr fort. »Wer hat August denn gefunden? Wieder du, Sam?«

»Nein, Richard James«, antwortete Sam.
»Was wollte der denn da?«
»Ein wenig Nachhilfe.«
»Hm.«

Während die Jungen gemeinsam die Geschehnisse Revue passieren ließen, brodelte es in Daphné immer stärker. *Sie* sollte den Fall mit Sam durchgehen, nicht dieser Schleimscheißer aus der A-Klasse! Sie verstand einfach nicht, warum Sam sich mit so einem doofen A-Klässler einließ. Schon zum zweiten Mal an diesem Tag nahm der ihr Sam weg.

»Was denkst du, Daphné?«, fragte BBJ plötzlich.

Daphné sah auf. »Äh, worüber?«

»Über diese Damen Dampsey und McPeace«, sagte Sam.

Daphné konnte sich nicht mehr zurückhalten. »Was ich denke? Willst du wirklich wissen, was *ich* denke?«

»Sonst hätte ich ja nicht gefragt«, antwortete BBJ mit einem Grinsen.

Daphné stand vom Bett auf und sah BBJ tief in die Augen. Der erwiderte ihren Blick kühl. Sein Gesicht war völlig ausdruckslos.

»Nun, ich denke, dass du deine Nase in alles, aber auch alles steckst!«, rief Daphné. »Und ich denke, dass du uns hier belauscht hast, und Bubis, die uns belauschen, kann ich nicht ausstehen!«

»Nun mal langsam, Daphné«, versuchte es Sam.

Daphné drehte sich zu Sam um und richtete ihre Wut nun auf ihn. »Nein, Sam, nicht ›Mal langsam,

Daphné‹. Daphné kann sich gut um sich selbst kümmern. Ich sage, was ich zu sagen habe, und damit basta. Willst du alles mit diesem Möchtegern-C-Klässler besprechen? Gut, prima, ausgezeichnet. Dann besprich alles mit ihm, aber nicht hier. Verschwindet. Offensichtlich brauchst du ja die intelligente Gesellschaft von Herrn Bam Bam Jay hier mehr als meine.«

»Daphné, warte«, murrte Sam.

»Bist du taub oder war ich nicht deutlich genug? Verschwinde, Sam, und nimm deinen Kumpel da mit! Ich dachte, dass du mich aus einem bestimmten Grund gesucht hast, aber da habe ich mich offenbar getäuscht.«

Daphné nahm Sam beim Arm und führte ihn aus dem Zimmer.

»Eine Minute mit ihm, und ich bin Luft für dich. Gut, dann stehe ich dir nicht im Weg. Ich mache die Tür zu, dann brauchst du meine Gesellschaft nicht mehr zu ertragen. Bis morgen oder so. Wir werden uns sicher noch über den Weg laufen, oder?«

Bevor Sam es sich versah, hatte Daphné ihn und BBJ hinausmanövriert. Sie drückte auf einen Knopf und die Tür schloss sich.

Sam starrte noch kurz auf die Tür. So wütend hatte er Daphné noch nie gesehen. Was war denn nur los? Er hatte das Gefühl, dass ihre Aversion gegen BBJ nicht alles war. Was mochte noch dahinterstecken? Wahrscheinlich wollte sie ihn in ihrer rasenden Eifersucht einfach zum Nachgeben zwingen.

Doch so einfach ließ er sich nicht unter Druck setzen! Wenn sie meinte, ihn auf diese Weise manipulieren zu können, hatte sie sich geschnitten. Dieses Mal musste sie sich bei ihm entschuldigen. Den ganzen Tag hatte er sie gesucht, und das war der Dank!

»Komm, BBJ«, sagte Sam. »Wir besprechen das woanders. Wenn die Dame einen auf stur machen will, dann vergisst sie wohl, dass ich später das Fach *Sturheit* auf der *Betonkopf-Hochschule für Korinthenkackerei und Hirnverknöcherung* unterrichten will!«

9

Luft! – Tag 3

Ich bin wirklich gut, auch wenn Eigenlob stinkt. Alles läuft nach Plan, das gefällt mir. Doch mein Kampf ist noch längst nicht zu Ende. Ich muss vor allem vorsichtig bleiben. Ich glaube nicht, dass mir jemand auf der Spur ist. Und falls doch, hat derjenige Pech gehabt. »Der Zweck heiligt die Mittel«, sagte Machiavelli. Das war ein politischer Denker, der in der Zeit der Renaissance lebte. Verdammt lang her, aber er hat recht. Wenn sich mir jemand in den Weg stellen will, muss er weg. Auch wenn es jemand ist, den ich retten will. Ich kann die Zukunft der anderen nicht für einen Einzelnen aufs Spiel setzen. Ich kann es kaum erwarten, bis es endlich so weit ist. Geduld! Geduld ist eine wichtige Tugend, frag mal Summer! Der wartet schon eine ganze Weile ungeduldig auf das Gegengift. Soll er warten, bis er schwarz wird …

Sam wollte eigentlich ein wenig länger schlafen als normal, denn die Geschehnisse der letzten Tage hatten ihn geschafft. Doch um 8.30 Uhr piepte sein Computer laut.

Sofort war Sam hellwach. Das war das Signal für einen dringenden Appell! Er sprang aus dem Bett und sah auf den Bildschirm, der automatisch angegangen war.

Es war eine Nachricht von Summer an alle Schüler der *Spy School*. Die Nachricht war kurz.

Liebe Schüler und Schülerinnen,
bitte begeben Sie sich um 9.30 Uhr in die Aula zu einer kurzen Bekanntmachung.
Summer

Die Nachricht war echt Summer. Ganz im Gegensatz zu Autumn verlor er nicht gern unnötige Worte. Sein Motto war: Man soll sagen, was man zu sagen hat, alles andere ist überflüssig.

Sam fragte sich, was Summer wohl verkünden würde. Würde er ihnen von August erzählen oder nicht? Würde er den Schülern gegenüber ehrlich bleiben oder um der lieben Ruhe willen abwiegeln?

Sam tippte auf Ersteres. Summer spielte normalerweise keine Spielchen, sondern ging zielstrebig zu Werke.

Während er mit seiner Computermaus hantierte, begann Sam schon wieder zu schwitzen. In den Nachrichten hatte es geheißen, dass die Hitzewelle noch einige Tage dauern würde. So lange würden die Kleider ihm also sicher noch am Körper kleben. Seufzend machte Sam sich auf den Weg zum Duschraum.

Halbwegs erfrischt holte er sich etwas zu essen – *Landkarten mit Blut* – und machte sich überpünktlich auf den Weg zur Aula, die im sechsten Stock der *Spy School* war.

Sam war nicht als Einziger überpünktlich. Vor der Aula standen schon ungefähr zwanzig Leute – etwa die Hälfte der Schüler der *Spy School* – und warteten. Auch BBJ stand dabei. Sobald er Sam sah, ging er auf ihn zu.

»Guten Morgen. Gut geschlafen?«, fragte er.

»Nicht besonders«, antwortete Sam. »Ich habe noch eine Weile wach gelegen und über alles nachgedacht, was wir gestern besprochen haben.«

Am Abend zuvor hatten sie noch überlegt, wer denn wohl der geheimnisvolle Täter sein könnte, aber sie waren keinen Schritt weitergekommen.

Es schien allzu unglaublich, dass jemand innerhalb der *Spy School* zu so etwas imstande war. Und auf die Frage, auf welche Weise die Giftanschläge verübt worden waren, hatten sie auch keine Antwort gefunden. Sie waren zu dem Schluss gekommen, dass sie überhaupt keine Schlüsse ziehen konnten. Also hatte Sam bis weit in die Nacht wach gelegen und weitergegrübelt.

»Ich auch«, sagte BBJ, »aber ich bin noch genauso weit wie gestern.«

»Das kommt mir bekannt vor«, seufzte Sam.

Immer mehr Schüler fanden sich vor der Aula ein. Auch Daphné war darunter. Sam versuchte, Blickkontakt aufzunehmen, aber er hatte genauso viel Erfolg wie bei einem Blinden. Daphné zeigte ihm die kalte

Schulter und stellte sich zu einigen Mädchen ihrer Klasse.

»Ist sie immer noch so sauer?«, fragte BBJ.

Sam seufzte. »Ja, offensichtlich. Und ich fürchte, dass das noch eine Weile andauert. So kenne ich sie gar nicht.«

BBJ legte seine Hand auf Sams Schulter.

»Hör mal, Sam. Ich will mich nicht zwischen dich und Daphné drängen. Ihr beide seid schon so lange miteinander befreundet, das will ich nicht kaputt machen.«

Sam blickte von Daphné zu BBJ, dann wieder zu Daphné. Während er Daphné anstarrte, schüttelte er den Kopf.

»Nein, BBJ. So geht das nicht. Ich kann dich nicht bitten, Abstand zu halten. Das würde bedeuten, dass ich mit niemandem mehr eine Freundschaft eingehen kann. Ich gehöre ja nicht ausschließlich Daphné!«

Sam erschrak über seine eigenen Worte. Nach zwei Tagen nannte er BBJ schon einen Freund? Es fühlte sich immerhin so an. Er hatte das Gefühl, dass er auf einer Wellenlänge mit BBJ war.

BBJ nickte. »Ich freue mich, dass du das so siehst, Sam. Und ich bin mir sicher, dass sie sich schon wieder einkriegen wird!«

»Ja, das hoffe ich«, seufzte Sam. »Das hoffe ich wirklich.«

Inzwischen gingen die ersten Schüler in die Aula hinein. Sam und BBJ folgten ihnen. Die Aula der *Spy*

School bot Platz für ungefähr hundert Menschen, sie war jetzt also noch nicht einmal zur Hälfte gefüllt. Sam und BBJ nahmen in einer der mittleren Reihen Platz.

Summer hatte die Aula betreten, stieg sofort auf das Podium und trat ans Mikrofon. Zum Test tippte er einige Male daran und begann dann direkt zu reden. Offenbar wollte er keine Zeit verlieren.

»Guten Morgen, liebe Schülerinnen und Schüler der *Spy School*«, sagte Summer mit einer so heiseren Stimme, dass man vermuten konnte, er habe in den letzten Nächten entweder nicht genügend geschlafen oder zu viel getrunken. »Entschuldigen Sie, dass ich Sie so früh habe zusammenkommen lassen, aber diese Situation ist für unsere Schule völlig neu.«

Summer räusperte sich, um seiner Stimme mehr Kraft zu verleihen.

»Wie Sie ja bereits wissen, wurde unser Präsident-Generaldirektor Autumn vorgestern vergiftet. Wir tappen zwar im Moment noch im Dunkeln, wer der Täter ist, aber wir wissen, wie es geschah. Herrn Autumn wurde eine Dosis Teufelskraut verabreicht. Dieses Kraut sorgt dafür, dass das Opfer in ein tiefes Koma fällt. Bekommt der Betreffende nicht innerhalb von zehn Tagen ein Gegengift, stirbt er.«

Ein Raunen ging durch die Reihen. Diese Informationen hatten sich anscheinend noch nicht bis zu allen herumgesprochen.

Die Schüler begannen aufgeregt miteinander zu sprechen. Wie viele Tage hatte Autumn noch? Und vor allem: Wer war der Täter?

Summer hatte Mühe, sich wieder Gehör zu verschaffen.

»Meine Damen und Herren! Ruhe bitte!«, rief er einige Male. Doch vergeblich, die Schüler waren so aufgeregt, dass sie nicht mehr auf Summer hörten. Wütend klopfte dieser auf sein Mikrofon und rief, dass sie still sein sollten – ohne Erfolg.

»Nun haltet doch endlich alle mal die KLAPPE!«

Dieser Schrei war so laut gewesen, dass jeder plötzlich seinen Mund hielt und überrascht zu der Quelle des Lärms blickte.

Es war eine kleine, zarte Schülerin aus der B-Klasse, die auf ihrem Stuhl stand und erschrocken die Hand vor den Mund hielt. Sam kannte sie, sie hieß Nathalie Pope. So viel Aufmerksamkeit hatte sie noch nie bekommen.

»Könnt ihr alle einmal leise sein«, sagte sie erneut, dieses Mal sehr leise. »Herr Summer will uns etwas sagen.«

Alle Köpfe drehten sich wieder nach vorne. Summer schien von der plötzlichen Aufmerksamkeit ebenso überrascht.

»Vielen Dank, Frau Pope. Schön, dass mir noch jemand zuhören möchte. Ich muss Ihnen leider mitteilen, dass es noch mehr schlechte Nachrichten gibt.«

Summer blickte ernst in die Runde. Es war totenstill und die Schüler warteten gespannt.

»Gestern wurde auch Frau August bewusstlos aufgefunden«, fuhr Summer fort. »Auch sie ist dem Teufelskraut zum Opfer gefallen und liegt nun im Koma.«

Diesmal brach kein Tumult aus. Im Gegenteil, man hätte eine Stecknadel fallen hören. Das hatte niemand erwartet. Was hatte das zu bedeuten? Gab es jemanden auf der *Spy School*, der auf der Suche nach weiteren Opfern war? Oder war es ihm nur um Herrn Autumn und Frau August gegangen? Dann würde es bei diesen beiden Opfern bleiben. Und – das war die wichtigste Frage: Wo befand sich der Täter? Versteckte er sich irgendwo im Schulgebäude? Oder war er schon wieder aus der *Spy School* geflohen? Oder mussten sie gar vom Schlimmsten ausgehen, dass der Täter nämlich jemand von der *Spy School* selbst war?

All diese Fragen hatte sich Sam letzte Nacht im Bett auch gestellt, aber er war zu keinem Ergebnis gekommen.

Nach einer kurzen Pause ergriff Summer erneut das Wort.

»Bevor Sie sich nun ein Katastrophenszenario nach dem anderen ausmalen, kann ich Sie beruhigen. Herr January arbeitet in diesem Moment mit voller Kraft an einer Formel für das Gegengift. Er hat die ganze Nacht durchgearbeitet, und ich zweifele nicht daran, dass es ihm gelingen wird, die Formel zu finden!«

Die meisten Schüler nickten zustimmend. Sie kannten ja die Fähigkeiten ihres Lehrers für *Technische Tricks*. Es gab kaum etwas, das er nicht erfinden konnte.

Nur ein Mittel gegen seine eigene Zerstreutheit hatte er noch nicht erfunden.

»Bis dahin möchte ich Sie allerdings bitten, Ruhe zu bewahren«, fuhr Summer fort. »Betrachten Sie diese Vorfälle am besten als ein vorläufiges Problem, das in kurzer Zeit gelöst werden wird. Der Unterricht wird weiter wie gewohnt laufen. Die anderen Lehrkräfte und Herr Spring werden Frau August vertreten, sodass niemand einen Grund hat, dem Unterricht fernzubleiben.«

Summer sah sich im Saal um. Mit seinem eindringlichen Blick schien er jedem zur selben Zeit in die Augen zu schauen. Dann sagte er leise:

»Und zu guter Letzt will ich Sie noch daran erinnern, dass Sie hier zu Geheimagenten ausgebildet werden. Das bedeutet also, dass jeder von Ihnen mit gespitzten Ohren und geschärftem Blick durch das Leben gehen sollte. Melden Sie mir sämtliche Unregelmäßigkeiten, egal welcher Art. Wenn wir alle zusammenarbeiten, hat der Täter nicht den Hauch einer Chance!«

Die Schüler applaudierten spontan. Überall waren zustimmendes Nicken und entschlossene Blicke zu sehen. Wer auch immer die Anschläge verübt hatte, er oder sie würde nicht ungeschoren davonkommen!

Plötzlich öffnete sich die Tür und Herr April trat ein. Der Applaus verstummte. April winkte Summer zu sich, der mit besorgtem Blick vom Podium stieg. April beugte sich zu Summer und flüsterte ihm etwas ins Ohr. Im nächsten Moment wurde Summer leichenblass. Reglos starrte er geradeaus. April stand ein wenig unbeholfen daneben und kratzte sich am Hals.

Ohne noch ein weiteres Wort mit April zu wechseln, stürmte Summer hinaus. Mit einem lauten Schlag fiel die Türe zu.

April sah Summer kurz hinterher und ging dann ans Mikrofon. Die Schüler hatten diese Szene mit angehaltenem Atem beobachtet. Was war nur passiert?

April krächzte kurz in das Mikrofon. »Ähm. Liebe Schülerinnen und Schüler, die Versammlung ist nun zu Ende. Begeben Sie sich jetzt in den Unterricht. Alles Weitere folgt später.«

Damit flüchtete April vom Podium und eilte aus der Aula. Er wollte dem Ansturm einer Horde von Schülern entgehen, die ihm tausend Fragen stellen würden. In seiner Karriere hatte er es bereits mit gefährlichen Verbrechern und einmal sogar mit zwei Tigern zu tun gehabt, aber diesem Kampf wollte er sich nicht stellen.

Die meisten Schüler hatten bei der Versammlung viele Antworten auf ihre Fragen bekommen. Für Sam hingegen waren nur noch mehr Fragen hinzugekommen. Alles, was Summer gesagt hatte, wusste er schon. Aber er wusste nicht, warum Summer so plötzlich weggegangen war. Was war geschehen? Was hatte April ihm ins Ohr geflüstert?

Es gab zwei Möglichkeiten, folgerte er. Die erste war, dass January die Formel für das Gegengift endlich gefunden hatte. Das würde erklären, warum April die Versammlung unterbrochen hatte. Über so eine Neuigkeit musste Summer natürlich sofort informiert werden. Sam fand diese Möglichkeit allerdings nicht besonders wahrscheinlich. Hätte April wirklich gute Neuigkeiten gebracht, dann wäre Summer nicht so bleich geworden.

Damit war Sam bei der zweiten Möglichkeit angelangt. Vielleicht hatte man ein neues Opfer entdeckt. Damit wären es dann schon drei. Und wenn der Täter drei Menschen vergiftet hatte, würde er es wahrscheinlich nicht dabei belassen. Jeder musste nun auf der Hut sein.

Trotz der enormen Hitze wurde es Sam plötzlich eiskalt.

»Sam!«

Sam drehte sich um und entdeckte John Cole.

»Hast du nichts vergessen, Sam?«, fragte John.

»Vergessen?«, fragte Sam überrascht. »Was brauche ich denn?«

»Deine Schwimmsachen natürlich! Wir haben jetzt *Tauchen*, weißt du nicht mehr? Oder wolltest du deine Übungen nackt machen?«

Lachend ließ John seine weißen Zähne blitzen. Auch Sam konnte sich das Lachen nicht verkneifen. Gleichzeitig klatschte er sich auf die Stirn. Nach jeder Schwimmstunde mussten sie ihre nassen Schwimmsachen zur Wäschekammer bringen und vor jeder Stunde konnten sie dort ihre saubere und trockene Kleidung abholen. Doch in der ganzen Aufregung hatte er nicht mehr daran gedacht.

»Mist! Das habe ich total vergessen! Wie viel Zeit habe ich noch?«

John schaute auf die Uhr. »Genau fünfundzwanzig Sekunden. Gerade genug, um rechtzeitig zum Unterricht zu kommen. Viel zu kurz, um erst noch deine Schwimmsachen zu holen und trotzdem pünktlich zum Unterricht zu kommen.«

Sam wusste, dass er keine Wahl hatte. Es war ausgeschlossen, zu spät in den Unterricht zu kommen. Lieber pünktlich ohne Schwimmsachen als zu spät mit. Sam wusste auch, was ihm blühte. Da es öfter einmal vorkam, dass jemand seine Schwimmsachen nicht dabeihatte, hatte die *Spy School* eine Alternative: potthässliche, viel zu große Schwimmshorts. Wenn man seine Schwimmsachen nicht dabeihatte, musste man diese anziehen. Und wenn man die ganze Unterrichtsstunde mehr damit beschäftigt war, die Schwimmshorts hochzuziehen, als zu tauchen, dann vergaß man seine eigenen Schwimmsachen nicht mehr so leicht. Für die Mädchen war es sogar noch schlimmer. Sie bekamen eine Mischung aus einem handgestrickten Badeanzug und einem Overall und mussten dann eine Stunde lang einen unangenehmen Juckreiz ertragen.

Sam war immer davon ausgegangen, dass ihm das nie passieren würde, aber jetzt war es doch so weit.

»Ich fürchte, dass mir heute Tauchen mit Fallschirm bevorsteht, John«, seufzte er.

Die Jungen sahen einander an und brachen in Lachen aus. Die während der letzten halben Stunde aufgestaute Anspannung platzte nun in einem Lachanfall aus ihnen heraus. Auch wenn Sam eigentlich nichts besonders Lustiges gesagt hatte, konnten sie sich nicht mehr beherrschen.

Laut prustend kamen John und Sam in die Umkleidekabine. Frau February, die Tauchlehrerin, hob ihren Blick.

»Herr Smith und Herr Cole. Freuen Sie beide sich so sehr auf die Tauchstunde oder möchten Sie uns etwas anderes mitteilen?«

»Entschuldigen Sie bitte, Frau February«, begann Sam. Er versuchte ernst zu bleiben und rieb sich die Tränen aus den Augen. Doch ein Blick auf John genügte und sie versanken beide wieder in Lachen. Sam musste sich an der Garderobe festhalten, um nicht zusammenzubrechen.

Auch die anderen Jungen aus der C-Klasse – David Edwards, Richard James und James Richards – fingen nun an zu kichern. Das Gelächter von John und Sam war so ansteckend, dass auch sie Mühe hatten, sich zu beherrschen, obwohl sie gar nicht wussten, worüber eigentlich gelacht wurde.

Frau February sah hilflos zu, wie John und Sam sich am Boden wälzten. Die Stunde würde heute ein wenig später beginnen müssen.

Als alle fertig gelacht hatten, erinnerte Sam sich wieder, dass er keine Schwimmsachen dabeihatte. Er befürchtete eine neue Lachsalve, sobald die anderen ihn mit dieser Hängematte von Schwimmhose sahen. Auch February hatte inzwischen bemerkt, dass Sam sich nicht umzog.

»Keine Badehose, Herr Smith?«

Sam errötete leicht und schüttelte den Kopf.

February lächelte. »Sie wissen ja, was das bedeutet, nicht wahr?«

Sam nickte demütig und zog eine Schmolllippe.

»Ich werde ein hübsches Exemplar für Sie aussuchen«, sagte February. »Die neue Sommerkollektion ist gerade hereingekommen. Gestern noch auf dem Laufsteg in Mailand, heute in den Schränken der *Spy School!*«

February öffnete einen Schrank in der Umkleidekabine und wühlte darin herum. Sie holte zwei Badehosen hervor und hielt sie sich abwechselnd an die Hüften.

»Was meinen Sie, Herr Smith? Hätten Sie lieber die orange mit den lila Punkten oder diejenige, bei der alle Farben des Regenbogens so unsagbar hässlich verarbeitet sind?«

Sam überlegte kurz, schloss dann seine Augen und streckte seinen Arm aus.

»Ich lasse mich überraschen, Frau February. Sie sind beide so hübsch, dass ich mich nicht entscheiden kann!«

Er bekam etwas Weiches in die Hand gedrückt. Als er die Augen öffnete, war February schon weg, und Sam starrte auf lila Punkte. Es war noch das kleinere Übel von den beiden. Schnell zog er sich um und folgte seinen Klassenkameraden zum Schwimmbecken.

Im Schwimmbad war es voll. Einige Schüler aus dem ersten und zweiten Jahr bekamen von Herrn October Nachhilfe. Alle Schüler der *Spy School* mussten ausgezeichnete Schwimmer werden, mittelmäßiges Brustschwimmen war also nicht genug.

Drei aus dem zweiten Jahr – ein Junge und zwei Mädchen – kicherten bei einer Einzelkabine neben dem Schwimmbecken. Als sie die Jungen aus der C-Klasse hereinkommen sahen, rannten sie plötzlich in verschiedene Richtungen davon. Sams Klassenkameraden nahmen davon keine Notiz und gingen zum anderen Ende des Schwimmbeckens, wo Frau February alles für den Unterricht vorbereitet hatte.

Sam hielt kurz inne und ging dann zu der Umkleidekabine. Er hatte das Gefühl, dass die Schüler der B-Klasse – im Unterschied zu ihnen vorhin – nicht ohne Grund gelacht hatten.

Unterdessen kamen auch die Mädchen aus der C-Klasse herein. Als sie an ihm vorbeigingen, sah Sam zu Daphné. Noch immer würdigte sie ihn keines Blickes. Es schien ihr sogar Spaß zu machen, ihn so links liegen zu lassen, denn Sam meinte, den Hauch eines Lächelns um ihren Mund zu erkennen.

Nun gut, wenn sie es so wollte, dann würde er sich auch keine Mühe mehr geben!

Er wartete, bis die Mädchen an ihm vorbeigegangen waren, und ging dann weiter zur Umkleidekabine. An der Tür blieb er stehen und lauschte. Er vernahm ein leises Schluchzen. Was war denn das? Sam streckte seine Hand aus und drückte vorsichtig die Klinke nach unten. Er öffnete die Tür und konnte ein Grinsen nicht unterdrücken. Vor ihm stand ein kleiner blonder Junge. Sam erkannte sein Gesicht, konnte sich aber nicht an seinen Namen erinnern. Er wusste nur, dass der Junge im ersten Jahr war.

Nun verstand er, warum die aus der B-Klasse so kicherten: Der Junge stand splitternackt da! Mit knallroten Wangen und einem verdatterten Gesicht sah er Sam an.

Sam versuchte sein Grinsen zu unterdrücken, aber das gelang ihm nicht ganz. Auch die *Spy School* war immerhin noch eine Schule, wenn auch eine besondere. Auch hier trieben die Schüler manchen Unfug. Doch Sam vermutete, dass der nackte Junge vor ihm nicht so glücklich darüber war. Sam nickte fragend zu den Händen des Jungen, mit denen er alles bedeckte, was bedeckt bleiben sollte. Statt einer Antwort starrte der Junge zum Schwimmbecken. Sam drehte sich um und sah, was er meinte: Mitten auf dem Wasser trieb eine Badehose wie eine einsame Seerose auf einem Weiher.

Sam ging zum Beckenrand und stach elegant ins Wasser. Noch bevor er untertauchte, hörte er, wie Frau

February verärgert »Herr Smith!« brüllte. Das Wasser war erfrischend. Es war zwar nicht eiskalt, aber es tat gut, der trockenen, warmen Luft zu entfliehen. Ohne aufzutauchen, packte Sam die Badehose und schwamm unter Wasser zurück zur anderen Seite. Er zog sich am Beckenrand hoch und stieß dabei beinahe mit seiner Lehrerin zusammen. Die sah ihn verärgert an.

»Herr Smith! Nach drei Jahren sollte es sich bis zu Ihnen herumgesprochen haben, dass Sie nur mit meiner Zustimmung ins Wasser gehen dürfen! Und ich kann mich nicht erinnern, dass ich Ihnen diese Zustimmung erteilt habe! Oder etwa doch?«

»Nein, Frau February«, keuchte Sam, der nach seinen Tauchzügen erst einmal wieder zu Atem kommen musste. »Aber ich ...«

»Kein Aber, Herr Smith«, antwortete February. »Keine Zustimmung ist keine Zustimmung! Sie räumen nach der Stunde alles auf, was noch im Wasser herumliegt. Und nun los, gehen Sie zu den anderen aus Ihrer Klasse. Mit Ihren Spielchen haben wir schon genug Zeit verloren!«

Sam stöhnte. Das Schwimmbad aufräumen war eine Heidenarbeit. Übertrieb February nicht? Sonst was sie immer superfreundlich, aber durch die Anschläge auf Autumn und August war sie, genau wie die anderen Lehrkräfte, besonders empfindlich geworden.

Sam warf schnell die Badehose über die Tür der Umkleidekabine und ging zu seinen Klassenkameraden. Der Junge nahm seine Badehose dankbar an, zog sie an und lief zur großen Umkleidekabine. Dass er, ein paar Augenblicke nachdem er in die Umkleidekabine gegangen war, seine Badehose schon wieder loswar, sah Sam nicht mehr.

Sam hörte den Anweisungen von February nur mit halbem Ohr zu. Heute sollten sie, wie schon das ganze Jahr, so lange wie möglich unter Wasser bleiben und gleichzeitig so viele Dinge wie möglich erledigen.

Die Stunde war anstrengend. Die Szene, die February sich ausgedacht hatte, hätte direkt aus einem Film stammen können. Sie sollten sich vorstellen, in einem U-Boot zu sitzen, das gerade von einem abgesetzten südamerikanischen Diktator gekapert worden war. Der Diktator wollte um jeden Preis in seinem Land wieder an die Macht kommen und, wenn möglich, sogar die Weltherrschaft übernehmen. Er war ein Trinker und verantwortlich für den Tod vieler seiner Landsleute.

Das U-Boot war gegen einen Fels gefahren und sank nun langsam. Der unterste Teil war schon völlig unter Wasser, und wie der Zufall es wollte, befand sich gerade dort der Diktator. Der Auftrag bestand darin, diesen lebend zu fassen, damit man ihm wichtige Informationen über kriminelle Banden in seinem Land entlocken konnte.

Der Diktator lag bewusstlos irgendwo in der Mitte des U-Bootes auf einem eisernen Gitter. Um seine Leibwachen – die keine Sekunde von seiner Seite wichen – zu umgehen, musste man bis zum untersten

Teil des U-Bootes tauchen. Dort war eine schwere Türe zu öffnen. Im U-Boot waren dann weitere Hindernisse zu überwinden, bis man zu dem Gitter kam. Dort konnte man kurz Luft holen. Doch nicht zu lang, denn beim Auftauchen wurde man von den Leuten des Diktators entdeckt. In Windeseile musste man nun mit dem Diktator im Schlepptau den Hindernisparcours erneut absolvieren, bis man aus dem U-Boot heraus war.

Nun schwamm man, so schnell man konnte, nach oben, wo eine heiße Schönheit – für die Mädchen ein gut gebauter Kerl – auf einen wartete. Diese hatte man am Abend zuvor verführt, und sie war nun bereit, einem bis zum Ende der Welt zu folgen. Gemeinsam mit ihm oder ihr sauste man in einem Speedboot einem Happy End entgegen.

Die Konstruktion, die February aufgebaut hatte, kam einem echten U-Boot verblüffend nahe. Das zumindest dachten die Schüler der C-Klasse, denn keiner von ihnen hatte jemals ein echtes U-Boot gesehen.

Gitter, Türen, Rohre, Rädchen, Lämpchen und selbst die Puppe des Diktators, all das sollte die Situation so echt wie möglich wirken lassen.

Einer nach dem anderen sprang ins Wasser und kämpfte sich durch den Hindernisparcours. Selbst über Wasser hätte es dieser in sich gehabt, unter Wasser war er noch viel schwieriger. Die Lungen brannten, und die Schüler spürten nur noch den Drang, möglichst rasch aufzutauchen, auszuatmen und dann frische Luft in die Lungen zu pumpen.

Nachdem sie sich eindreiviertel Stunden ausgepowert hatten, lagen die Schüler der C-Klasse flach auf dem Rücken neben dem Schwimmbecken. Ein- und Ausatmen war noch nie so schön gewesen wie jetzt. February beobachtete sie lächelnd.

»Ich kann nur sagen, dass Sie gute Arbeit geleistet haben! Wenn Sie so weit sind, aufzustehen, dürfen Sie sich umziehen.«

Sam und seine Klassenkameraden standen ächzend auf und staksten wie eine Gruppe pensionierter Tagediebe zur Umkleidekabine.

»Moment mal, Herr Smith!«, rief February plötzlich. »Für Sie ist die Stunde noch nicht zu Ende. Haben Sie schon vergessen, was Sie am Anfang der Stunde getan haben?«

Sam rollte mit den Augen zu David, drehte sich dann um und schenkte seiner Lehrerin ein zuckersüßes Lächeln.

»Natürlich nicht, Frau February. Ich wollte nur kurz meine Muskeln lockern, bevor ich mit meinem Wahlfach *Schwimmbeckenaufräumen* beginne.«

»Na gut«, antwortete February. »Dann machen Sie sich schnell an die Arbeit. Nicht, dass Sie Ihr Wahlfach versäumen. Sie haben zwanzig Minuten, um alles aus dem Wasser zu holen. Wenn ich zurück bin, muss das Schwimmbecken leer sein!«

Sam sah zu, wie die anderen das Schwimmbad verließen, seufzte tief und tauchte in das Wasser. So eine gemeine Strafe! Das hatte er nun davon, dass er einem armen Jungen aus dem ersten Jahr geholfen hatte. Hatte Autumn nicht gesagt, dass dieser Jahrgang besonders gut war? Auf diesen Jungen traf das aber nicht zu! Wahrscheinlich war er die Ausnahme, die die Regel bestätigte.

Mit letzter Kraft zog Sam die Teile des U-Bootes aus dem Wasser. Mit einer Taucherbrille würde das viel einfacher gehen, dachte er, während er das eiserne Gitter über den Beckenrand hievte. Er holte tief Luft und tauchte erneut zum Boden. Das Wasser war nicht so klar, und manchmal war es schwierig zu sehen, was er eigentlich nach oben holte. Er packte ein großes Zahnrad und wollte sich wieder zur Wasseroberfläche stoßen. Doch es gelang ihm nicht, sich abzustoßen. Sein Fuß berührte zwar den Boden, aber er stieg keinen Meter nach oben. Er steckte fest!

Eine leichte Panik überfiel ihn. Was hielt ihn fest? Oder wer hielt ihn fest? Sam zog, aber er konnte sein Bein nicht bewegen. Er hatte sich irgendwo den Fuß eingeklemmt. Wild ruderte er mit den Armen, konnte aber nichts berühren und stieg auch nicht nach oben auf.

Vor lauter Schreck hatte Sam einen Großteil des Sauerstoffs ausgeatmet. Mund und Lungen waren beinahe leer. Er presste seine Kiefer aufeinander, damit auch wirklich keine Luft entweichen konnte.

Noch einmal fasste er sich mit den Händen in die Kniekehle und zerrte an seinem rechten Bein. Wieder ohne Erfolg. Panisch blickte er um sich, sah aber nichts, was ihm helfen konnte.

Ob es jemandem auffiel, dass er so lange unter Wasser blieb? Sam wusste, dass seine Hoffnung vergeblich war. Seine Klassenkameraden zogen sich gerade um und Frau February trank sicher irgendwo eine Tasse Kaffee. Sie wollte ja erst in zwanzig Minuten nachsehen kommen. Dann würde es schon zu spät sein.

Sam ließ nun auch den letzten Rest Luft aus den Mundwinkeln entweichen. Er hatte keine Kraft mehr, sich noch dagegen zu wehren.

Nicht aufgeben! Diese zwei Wörter schwirrten ihm noch immer durch den Kopf. Nicht aufgeben!

Doch er wurde immer matter, das Denken fiel ihm immer schwerer. Mit letzter Kraft schüttelte er noch einmal das Bein. Aber was auch immer ihn festhielt, ließ nicht locker.

Nicht aufgeben!, mahnte er sich.

Dabei hatte er längst aufgegeben. Ohne Sauerstoff war es sinnlos zu kämpfen.

Plötzlich fühlte er etwas am Bein. Sam versuchte, sich umzudrehen, konnte aber seinen Kopf nur leicht nach rechts bewegen. Gerade als er dachte, dass seine Vorstellungskraft ihm einen Streich gespielt hatte, spürte er zwei Hände unter den Achseln. Dann wurde er grob nach oben gezogen.

Die Luft fühlte sich an wie ein großer Schokoriegel nach vier Jahren Diät. Gierig schnappte Sam und atmete so viel Sauerstoff wie möglich ein. Gleichzeitig hustete er das Wasser aus, das er geschluckt hatte.

Er wurde an den Rand gezogen, aus dem Becken gehievt und dort auf den Boden gelegt.

»Sam! Alles in Ordnung?«

Sams Augen waren noch immer geschlossen.

»Sam! Antworte doch! Ist alles in Ordnung?«

Langsam öffnete er die Augen und sah sich seinen Retter an: Es war Richard!

10

Romeo und Julia – Tag 4

Menschenhändler sind das, Sklaventreiber! Würden sie in der Wüste wohnen, würden sie all ihre Gefangenen für Kamele und Waffen eintauschen! Zum Glück gibt es mich noch. Beinahe die Hälfte habe ich schon geschafft. Nun heißt es ruhig bleiben und nicht zu viel auf einmal wollen. Wenn ich auffalle, dann war's das. Aber jetzt schauen wir erst einmal die Formel an, an der January gearbeitet hatte. Hm, ich glaube, dass er es beinahe hatte. Schade für ihn, ich fand ihn eigentlich ganz sympathisch. Doch jetzt ist der zweite Häuptling dran! Wenn ich den zweiten Chef dieser Mörderschmiede aus dem Weg räumen kann, wissen sie hier überhaupt nicht mehr weiter. Es wird schwieriger sein als bei den anderen, denn er ist schlauer. Viel schlauer. Darum muss er jetzt so schnell wie möglich weg. Er darf mir nicht in die Quere kommen. Niemand darf mir in die Quere kommen. Ach, warum mache ich mir Sorgen? Niemand kann *mir in die Quere kommen!*

Sams Gedanken machten Überstunden. Seit seiner wundersamen Rettung aus dem Schwimmbecken am Tag zuvor waren sie nicht zur Ruhe gekommen. Das war auch kein Wunder, denn zum ersten Mal hatte sich die Bedrohung, die die *Spy School* in ihrem Bann hielt, gegen ihn ganz persönlich gerichtet.

Es war ein Unterschied, ob man jemanden halb tot auffand oder man selbst halb tot war.

Doch zum Glück war Richard da gewesen. Richard hatte mit Sam über die Geschehnisse in Frau Augusts Büro sprechen wollen. Er wusste, dass Sam ihn mit Argwohn betrachtete, und wollte alles aufklären. Als er sah, dass Sam nicht auftauchte, war er mitsamt Kleidern ins Schwimmbecken gestochen. Richard hatte Sams Bein aus der Schlinge befreit, in die es geraten war, und Sam aus dem Wasser gezogen. Gerade noch rechtzeitig. Den Rest des Tages hatte Sam an nichts anderes denken können. Er fühlte sich schuldig. Er hatte Richard verdächtigt, der Giftmischer zu sein, und nun rettete der sein Leben!

Doch nicht nur das Schuldgefühl machte Sam zu schaffen. Tief in seinem Innersten meldete sich eine Stimme, die ihm eine andere Möglichkeit einflüsterte. Was, wenn Richard ihm etwas vorlog? Was, wenn Richard doch der Täter war. Vielleicht hatte er Sam ermorden wollen, weil der ihm auf der Spur war?

Aber warum hatte Richard ihn dann aus dem Wasser gerettet? Oder hatte er ihn nur warnen wollen: Komm mir bloß nicht zu nahe, oder du bist dran!

Ganz in der Nähe von Sam zerbrach sich auch Summer den Kopf. Die Neuigkeit über January war ein schwerer Schlag für ihn. Der Mann, der zuständig für das Gegengift war, wurde selbst vergiftet!

Er könnte sich dafür ohrfeigen, dass er keine Wache vor das Labor gestellt hatte. Dann wäre der Täter nicht so einfach zu January gelangt. Es sei denn, er hatte auf eine andere Weise zugeschlagen. Vielleicht war das Gift schon vorher im Labor gewesen. Dann hätte auch eine Wache nichts geändert.

Dass January vergiftet worden war, war das eine, doch dass seine Papiere verschwunden waren, war mindestens ebenso schlimm. January hatte Summer gerade informiert, dass er beinahe eine Lösung gefunden hatte. Wenn sie nun seine Ergebnisse hätten, könnten sie daran weiterarbeiten. Summer hatte schon einige andere Wissenschaftler und Lehrkräfte darauf angesetzt, doch die waren bei Weitem nicht so gut wie January. Summer fragte sich, ob einer von ihnen die Lösung finden könnte. Die Zeit drängte. In sieben Tagen sollte Autumn sterben, und einen Tag später sollten August und January seinem Beispiel folgen.

Der Täter hatte das jedenfalls sehr schlau eingefädelt. Erst den wichtigsten Mann der *Spy School* auszuschalten und danach den einzigen, der ihn retten könnte. Summer wusste, dass er es mit einem gefährlichen Gegner zu tun hatte. Aber wer war dieser Gegner? Meist kannte man als Geheimagent seinen Gegner, doch der Gegner wusste nicht, mit wem er es zu tun hatte. Das war der Vorteil eines Geheimagenten. Nun waren die Rollen vertauscht, und das gefiel Summer überhaupt nicht.

Er zerknüllte das Blatt Papier, auf das er etwas gekritzelt hatte, und zielte damit auf den Papierkorb. Es fiel genau in den Behälter und gesellte sich dort zu den anderen zerknüllten Papieren, die sich hier in den letzten Tagen angesammelt hatten. Summer schaffte es einfach nicht, etwas Schlüssiges zu Papier zu bringen.

Seufzend griff er zu dem Brötchen, das auf seinem Schreibtisch lag. Doch statt herzhaft hineinzubeißen, sah er es sich genauer an. Besonders lecker sah es nicht aus. Summer öffnete das Brötchen und betrachtete die Zutaten. Das Salatblatt sah eigenartig aus. Plötzlich bekam Summer ein komisches Gefühl im Magen. Etwas sagte ihm, dass er dieses Brötchen nicht essen sollte. Er legte es hin und nahm sich vor, es ins Labor zu schicken.

Als er wieder aufsah, standen plötzlich Dampsey und McPeace in seinem Büro. Summer hatte sie nicht hereinkommen hören. Wären die beiden keine hoch angesehenen Detektivinnen gewesen, hätte Summer sie ohne Zögern wieder vor die Tür gesetzt und sie zuerst anklopfen lassen.

Die braunen Ränder um Dampseys Mund herum verrieten, dass sie gerade erst eine *Landkarte mit Schlamm* verputzt hatte.

Ihr Motto lautete offenbar: Eine Stunde ohne Essen ist eine Stunde, die ich umsonst gelebt habe.

McPeace hatte sich an die Hitze gewöhnt und sah wieder so aus wie am ersten Tag, als Summer sie kennengelernt hatte: sexy und entschlossen. Wäre er zehn Jahre jünger, würde er sie sicher verführen wollen.

»Gute Neuigkeiten, Summer«, sagte Dampsey, während sie die Haselnusscreme von ihren Mundwinkeln ableckte. Summer vermutete, dass sie diese absichtlich so verschmiert hatte. So hatte sie immer Nachschub.

»Ich habe eine Mordslust auf gute Neuigkeiten!«, sagte Summer.

»Dann müssen Sie sich hinten anstellen, Summer«, sagte McPeace. »Erst einmal hatte jemand anders eine Mordslust.«

»Oder war das gerade ein Eingeständnis?«, fragte Dampsey mit einem Schokolächeln.

»Zur Sache, meine Damen«, sagte Summer. »Ich habe keine Zeit für Scherze. Welche gute Nachricht möchten Sie mir denn bringen?«

Dampsey setzte sich auf Summers Schreibtisch und drehte sich zu ihm.

»Wir sind dem Täter dicht auf den Fersen«, flüsterte sie.

»Ach ja?«, erwiderte Summer. »Das ist wirklich eine gute Nachricht! Wer ist es denn?«

Dampsey spitzte die Lippen, drehte den Kopf und sah zu McPeace. Die schüttelte den Kopf.

Mit einer schnellen Bewegung neigte sich Dampsey ganz nahe zu Summer.

»Das können wir noch nicht sagen«, flüsterte sie.

»Leider«, sagte McPeace.

»Ja leider!«, bekräftigte Dampsey.

Summer sah von der einen zur anderen. Sollte das ein Scherz sein? Geschah das gerade wirklich? Er schloss kurz die Augen und öffnete sie schnell wieder. Nein, sie standen wirklich vor ihm!

»Also«, begann Summer, während er den Zeigefinger gekrümmt vor seinen Mund hielt, »Sie wissen, wer der Täter ist, aber Sie können es mir nicht erzählen?«

Dampsey und McPeace nickten eifrig.

»Aber sind Sie nicht darum hier? Vielleicht liege ich ja falsch, aber war es nicht so gedacht, dass Sie den Täter suchen und mir dann von Ihren Ergebnissen berichten?«

Wieder nickten die beiden Damen enthusiastisch. Sie erinnerten Summer an zwei kleine Mädchen, die ihre Mutter mit einem selbst gebackenen Kuchen überraschen wollten, aber beim Backen die ganze Küche verwüstet hatten.

»Aber Sie können es mir doch noch nicht erzählen ...«

»Nein, tut uns leid«, sagte McPeace. »Wir müssen erst noch etwas kontrollieren. Wir müssen in diesem Fall nämlich ganz sicher sein.«

»Ganz sicher«, wiederholte Dampsey und schwang sich vom Schreibtisch. »Aber nun wissen Sie schon, dass die Lösung zum Greifen nah ist.«

»Das hoffe ich wirklich«, sagte Summer. »Dann müssen wir uns nur noch um das Gegengift kümmern.«

»Dabei können wir Ihnen leider nicht helfen«, sagte McPeace. »Geben Sie uns einen Mordfall und wir lösen ihn, aber eine Giftlösung ist nichts für uns!«

Dampsey und McPeace grinsten wegen des Wortspiels. Summer schaute nachdenklich. Zum einen hatte er keine Zeit für Witze und zum anderen fand er den Witz nicht einmal gut. Er stand auf und begleitete die Detektivinnen zur Türe.

»Gut, vielen Dank für die Information, meine Damen! Ich hoffe, dass Sie mir sehr bald erzählen können, wer der Täter ist, denn ich würde ihn wirklich gerne in die Hände bekommen.«

»In Ordnung!«, konnten Dampsey und McPeace gerade noch rufen, bevor sie vor die Tür gesetzt wurden.

Summer rieb sich mit den Händen übers Gesicht.

Denken, denken, denken! Was sollte er als Nächstes tun? Sosehr er sich auch anstrengte, sein Gehirn glich momentan einer afrikanischen Steppe. Er setzte seine Hoffnung lieber darauf, dass andere sehr wohl nachgedacht hatten. Summer machte die Tür auf und ging zu Herrn Aprils Büro. Der sollte sich ein Bild über den Täter machen. April hatte ihm gemeldet, dass er schon ein erstes Profil erstellen könne. Zum Glück, denn Summer wollte sich nicht ausschließlich auf Dampsey und McPeace verlassen.

Summer klopfte kurz an Aprils Tür und trat dann direkt ein. Keine Spur von April. Summer sah nach, ob das Dossier, das er brauchte, auf dem Schreibtisch lag. Doch abgesehen von Aprils Unterrichtsunterlagen war nichts zu finden.

Verstimmt durchwühlte Summer den Schreibtisch. Er brauchte das Dossier sofort. Er brauchte irgendetwas, womit er weitermachen konnte. Es war keine Zeit mehr zu verlieren.

Wo konnte April sein Dossier hingelegt haben? Summer überprüfte die Schubladen des Schreibtisches. Er hatte kein Glück. Nur ein einziges Fach war nicht verschlossen und in dem lag nur wertloses Zeug. Es blieben nur noch die Einbauschränke, in denen sich das Dossier befinden konnte.

Summer öffnete einen nach dem anderen. Glücklicherweise war April sehr ordentlich.

Summer überflog die Mappen, die im Schrank lagen. Weil ihm das nicht schnell genug ging, holte er einen Stapel heraus. Er sah sich eine Mappe nach der anderen an und schleuderte sie dann wieder in den Schrank. Auf dem Weg in den Schrank verloren einige Mappen einen Teil ihres Inhalts. Die Blätter segelten langsam zu Boden. Andere Mappen öffneten sich bei der Landung, sodass sich auf den Regalbrettern im Schrank riesige Papierberge bildeten. Summer juckte das überhaupt nicht. Wenn April wollte, dass seine Schränke ordentlich blieben, dann hätte er wie verabredet auf ihn warten sollen!

Nachdem er vier Schränke durchwühlt hatte, widmete Summer sich dem letzten Schrank. Sein Ärger über April wuchs, denn Summer hegte wenig Hoffnung, dass er im letzten Schrank fündig werden würde. April hatte das Dossier wahrscheinlich irgendwohin mitgenommen. Summer wusste, dass er nicht zu ungeduldig sein durfte. Aber die ganze Situation machte ihn wahnsinnig.

Als Summer die Tür des letzten Schranks öffnete, setzte sein Herz kurz aus. Aus dem Schrank kamen ihm die regungslosen Körper von April und June entgegen!

Sam klickte sich im Internet durch die Homepage einer Tageszeitung. Es war wieder ein Artikel über Tom Hops und Emma Block darin. Nach einer wilden Verfolgungsjagd durch London war Emma Block beinahe von der Polizei gefasst worden. Sie hatte nur entkommen können, indem sie mit dem Auto quer durch ein Kaufhaus raste. Wie durch ein Wunder hatte sie den Hinterausgang gefunden.

Die Polizei ließ noch verlauten, dass man es eigenartig finde, dass Tom Hops nicht dabei gewesen sei. Emma Block sei so gut wie nie ohne ihn anzutreffen. Das sei vielleicht ein Hinweis darauf, dass Hops irgendwo anders untergetaucht sei.

Wie ein Blitz durchfuhr es Sam. Ihm wurde ganz anders zumute. Irgendwo anders? Er wird doch nicht etwa hier ...?

Es war der *Spy School* zu verdanken, dass Hops im Gefängnis gelandet war. Daher war es gut denkbar, dass er sich rächen wollte.

Sam wollte den Gedanken von sich weisen. Hops würde doch niemals in die *Spy School* eindringen können? Und er konnte sich doch hier nicht tagelang herumtreiben, ohne aufzufallen?

Die Argumente erschienen alle logisch – und doch: Sams mulmiges Gefühl blieb.

Ohne dass jemand angeklopft hatte, ging plötzlich die Türe auf. Sam drehte den Kopf und sah aus den Augenwinkeln BBJ auftauchen.

»Hallo, BBJ«, sagte Sam.

»Hallo, Sam«, grüßte BBJ und plumpste mit einer Selbstverständlichkeit auf Sams Bett, als wäre er schon seit Jahr und Tag ein Familienmitglied.

»Na, war der Unterricht am Vormittag gut?«, fragte Sam.

»Ist ausgefallen«, antwortete BBJ. »Wir hätten normalerweise *Technische Tricks* bei January gehabt, aber Summer kam vorbei und hat die Stunde abgesagt.«

»Das ist ja seltsam«, sagte Sam. »Der Unterricht sollte doch ganz normal weiterlaufen?«

»Ja, das dachte ich auch. Aber wahrscheinlich arbeitet January noch am Gegengift.«

Sam nickte. Das konnte der Grund sein. Hätte January die Formel bereits gefunden, hätten sie sicher davon gehört. Und Autumn war im Moment ein bisschen wichtiger als der Unterricht.

»Ich fand es einmal ganz schön, dass ich keinen Unterricht hatte«, sagte BBJ, »so konnte ich gemütlich im Bett bleiben und ein wenig lesen.«

»Was liest du denn?«, fragte Sam.

»Eine Geschichte, die meine Eltern mir immer vorgelesen haben, als ich klein war: *Romeo und Julia* von William Shakespeare. Kennst du das?«

»Ich hab schon mal davon gehört«, antwortete Sam. »Aber ich könnte dir jetzt nicht sagen, worum die Geschichte geht.«

»Wirklich nicht?«, fragte BBJ mit gespielter Entrüstung. »William Shakespeare, der größte englische Schriftsteller aller Zeiten! Und Sam Smith ›hat schon mal davon gehört‹.«

»Ja, sorry. Meine Eltern haben mir nicht so oft vorgelesen. Manchmal kam mir sogar der Gedanke, dass sie gar nicht lesen konnten!«

Sie lachten beide.

»Okay, das ist vielleicht ein bisschen übertrieben«, sagte Sam. »Aber es stimmt schon, dass ich auf dem Gebiet der Literatur alles selbst entdecken musste, ohne die Hilfe meiner Eltern. Und bis zu Shakespeare bin ich noch nicht vorgestoßen. Zu meiner Schande offenbar!«

»Nicht verzweifeln, Sam«, lachte BBJ. »Ich werde dir schon mal ein bisschen auf die Sprünge helfen und deine Bildungslücke füllen.«

BBJ setzte sich im Schneidersitz auf das Bett und begann zu erzählen.

»Die Geschichte spielt in Verona. Und Shakespeare hat ein Drama daraus gemacht, das heute noch immer in den Theatern aufgeführt wird. Es geht um zwei Familien, die Capulets und die Montagues, die miteinander verfeindet sind. Sie treiben es so bunt, dass Fürst Escalus ein Gesetz erlässt, das Kämpfen in der Stadt mit dem Tod bestraft.«

»Mit dem Tod?«, unterbrach Sam ihn. »Ist das nicht ein wenig übertrieben?«

BBJ sah ihn verärgert an. »Sam, ich kann die Geschichte nicht erzählen, wenn du mich schon nach drei Sätzen unterbrichst!«

Er meinte es ernst. Sam vermutete, dass die Geschichte ihm wirklich am Herzen lag.

»Und wenn du das Gesetz übertrieben findest, dann musst du dich bei Herrn Shakespeare beschweren. Ich erzähle die Geschichte so, wie er sie geschrieben hat.«

Sam machte eine Geste der Entschuldigung. »Ist schon gut, entschuldige!«

BBJ starrte kurz vor sich hin. Dann erzählte er weiter, sein Blick war die ganze Zeit in die Ferne gerichtet, als wäre er selbst dabei.

»Eines Tages organisieren die Capulets einen Maskenball. Dort wollen sie ihre Tochter Julia mit dem Grafen Paris in Kontakt bringen, der um ihre Hand angehalten hat. Als Romeo Montague und seine Freunde von dem Ball hören, beschließen sie, auch daran teilzunehmen. Es ist schließlich ein Maskenball, also wird niemand sie erkennen. Auf dem Ball sieht

Romeo plötzlich Julia. Er geht zu ihr, spricht und tanzt mit ihr und die beiden verlieben sich Hals über Kopf ineinander. Die Feststimmung ist zunichte gemacht, als Tybalt, ein Cousin von Julia, Romeo erkennt. Tybalt fordert Romeo zu einem Kampf heraus, aber Vater Capulet hält ihn davon ab.«

BBJ sah Sam an. »Wegen des strengen Gesetzes, weißt du noch?«

»Wie sollte ich das jemals vergessen«, antwortete Sam. »Wie reagiert Romeo?«

»Romeo bleibt angesichts Tybalts Drohungen ziemlich ruhig, denn er ist mit den Gedanken ganz bei Julia. Beide sind überrascht, dass sie sich in jemanden aus der anderen Familie verliebt haben. Nach dem Fest beschließt Romeo, noch ein wenig im Garten der Capulets zu bleiben. Unter dem Balkon von Julia hört er, wie sie ihre Liebe zu ihm besingt. Er tut dasselbe und sie schwören einander ewige Liebe.«

»Schon nach einem einzigen Treffen?«, rief Sam. »Macht dieser Romeo das bei jedem Mädchen, das er trifft? Der hat sicher einen ganzen Harem?«

Ein böser Blick von BBJ ließ ihn verstummen.

»Ach ja, du wolltest ja nicht unterbrochen werden. Entschuldige, erzähl weiter, was machte Romeo, nachdem er bei Julia landen konnte?«

»Landen? Sam, darf ich dich darauf hinweisen, dass das eine romantische Geschichte ist?«, ermahnte BBJ. »Ihre Liebe ist rein. Shakespeare schrieb keine Schundromane, weißt du!«

Sam nahm sich vor, nichts mehr zu fragen, bis die Geschichte zu Ende war. Er war neugierig, ob ihm das gelingen würde.

»Am nächsten Morgen geht Romeo zu Bruder Lorenzo, um zu fragen, ob der sie trauen möchte«, fuhr BBJ fort.

Trauen? Jetzt schon? Sam behielt die Worte wohlweislich für sich.

»Romeo hofft, dadurch die zwei Familien einander anzunähern. Bruder Lorenzo stimmt zu und traut das junge Paar. Sie sind überglücklich. Doch nur für kurze Zeit, denn Tybalt sucht nach Romeo und will noch immer mit ihm kämpfen. Romeo will eigentlich nichts von einem Kampf wissen, weil er gerade so glücklich ist und Tybalt außerdem noch zu seiner angeheirateten Familie gehört. Mercutio, Romeos Freund, ist empört über Romeos Feigheit und nimmt die Herausforderung an seiner Stelle an. In dem Duell, das darauf folgt, tötet Tybalt Mercutio. Romeo ist außer sich vor Wut und tötet Tybalt.«

Sam hörte aufmerksam zu. Nun wurde es spannend. BBJ war beim Erzählen anscheinend wieder in eine Art Trance gefallen.

»Beide Familien wollen, dass Fürst Escalus für Gerechtigkeit sorgt. Der versucht einen Kompromiss zu finden, da Romeo aus Wut gehandelt hat. Er lässt Romeo am Leben, verbannt ihn aber nach Mantua. Romeo und Julia sind der Verzweiflung nahe, denn das bedeutet, dass sie getrennt voneinander leben müssen. Romeo verbringt noch eine Nacht bei Julia und dann müssen sie Abschied nehmen. Julias Vater will inzwischen die Hochzeit mit Paris vorantreiben. Ihre Mutter erzählt ihr von der bevorstehenden Hochzeit, was Julia vollständig in die Verzweiflung treibt. In Panik geht sie zu Bruder Lorenzo. Der lässt sich eine Lösung für ihr Problem einfallen. Und hier ist das Geniale von dieser Geschichte, Sam. Die Idee von Lorenzo wird das dramatische Ende der Geschichte bestimmen.«

»Was für eine Idee ist es denn?«, fragte Sam, der glaubte, dass er nun etwas sagen durfte. Gleichzeitig wurde ihm bewusst, wie eigenartig es war, dass er BBJ nicht unterbrechen durfte. Als ob sie in einem Schüler-Lehrer-Verhältnis zueinander stünden.

»Bruder Lorenzo schlägt vor, dass Julia ein bestimmtes Gift nimmt, durch das sie wie tot wirkt. Romeo soll sie dann im Familiengrab der Capulets mit einem Gegengift aufwecken, damit sie dann zusammen aus der Stadt flüchten und woanders glücklich zusammenleben können. Julia stimmt zu und geht nach Hause, wo sie das Gift nimmt.«

Die Geschichte mit dem Gift ließ bei Sam die Alarmglocken läuten. Doch er beschloss, erst das Ende der Geschichte abzuwarten.

»Bruder Lorenzo schickt einen Brief zu Romeo in Mantua, in dem er den ganzen Plan erklärt. Doch der Brief kommt niemals an! Romeo hört in Mantua, dass Julia tot ist, und reist sofort nach Verona. Dort kauft er bei einem Apotheker ein tödliches Gift. Er sieht nämlich keinen Grund mehr zu leben, da seine Geliebte tot ist.«

BBJ seufzte leise. Dann fuhr er fort:

»Romeo geht zu dem Grabmal, in dem Julia liegt. Er nimmt Abschied von ihr und nimmt das Gift. Als Julia aufwacht, sieht sie den Leichnam ihres Geliebten neben sich liegen. Sie erkennt, dass der Plan missglückt ist. Sie erklärt ihm ihre Liebe und bringt sich dann um. So kann sie in der Ewigkeit bei Romeo sein.«

Sam war von dem düsteren Ende beeindruckt. Das war wirklich ein missglückter Plan!

»Durch den Tod ihrer Kinder erkennen die Familien, dass es so nicht weitergehen kann. Sie versöhnen sich und begraben die zwei Liebenden zusammen«, beendete BBJ die Geschichte.

Beide saßen still da. Schließlich brach Sam das Schweigen.

»Das Gift ...«

»Ja?«

»Erinnert dich das nicht an etwas?«

BBJ nickte. »Sobald ich von der Sache mit Autumn hörte, musste ich an *Romeo und Julia* denken. Deshalb habe ich die Geschichte auch noch einmal gelesen.«

»Ob der Täter sich auf diese Geschichte gestützt hat?«, fragte Sam.

»Das glaube ich nicht«, antwortete BBJ. »Ich denke nicht, dass jemand, der so etwas tut, ins Theater geht oder Shakespeare liest.«

»Er braucht es ja nicht gelesen zu haben«, sagte Sam. »Er kann es auch irgendwo gehört haben.«

BBJ überlegte. »Das kann sein. In der Schule oder so. Aber das Gift in *Romeo und Julia* ist kein echtes Gift. Julia sollte nicht innerhalb von zehn Tagen sterben. Sie wurde einfach wieder wach. Autumn und August dagegen ...«

»Die werden auch wieder aufwachen!«, sagte Sam überzeugt. »January findet ganz sicher ein Gegengift!«

»Dann muss er sich aber langsam ranhalten«, sagte BBJ. »Viel Zeit hat er nicht mehr!«

Sam stand auf. Er wollte sich zu seiner nächsten Stunde aufmachen. Er hatte gleich *Wie man sich aus misslichen Situationen befreit – III* bei Herrn July.

»Ich bin trotzdem davon überzeugt, dass es ihm gelingen wird!«, sagte er zum Abschluss. »Ich glaube sogar, dass January in diesem Moment Autumn und August das Gegengift gibt!«

Sams Worte waren gut gemeint, aber er hatte keine Ahnung, wie sehr er danebenlag.

11

Wie ein Dieb in der Nacht – Tag 4

Sam machte sich bettfertig. Er hatte gerade seine Zähne geputzt und zog sich nun aus. Der Tag war schnell vorbeigegangen. Wieder ein Tag weniger für Autumn und August. Mittlerweile drängte die Zeit. Wenn January nicht bald mit einer Lösung ankam, würden sie rettungslos verloren sein.

Und vielleicht auch noch andere. Sam hatte noch nicht vergessen, wie entgeistert Summer aussah, als April ihm etwas ins Ohr geflüstert hatte. Seither hatte er Summer nirgends mehr gesehen. Sam spürte, dass etwas nicht in Ordnung war.

Bei Herrn July hatte Sam am Nachmittag gelernt, wie er sich aus einem Raum befreien konnte, der mit einem Schieberiegel verschlossen war. Dieses Jahr nahmen sie alle Typen von Schlössern durch: von Vorhängeschlössern über elektronische und normale Schlösser bis hin zu Gittern, die aus tödlichen Laserstrahlen bestanden. So vergrößerte sich ihre Chance zu entkommen, sollten sie jemals irgendwo von einem Verbrecher eingeschlossen werden.

Ein Schloss mit Schieberiegel konnte man relativ einfach öffnen. Natürlich gab es zunächst die brutale Methode, bei der man mit der Schulter so fest gegen die Tür stieß, dass das Schloss aufsprang. Diese Methode war in hohem Maße abhängig von der Stärke des Schlosses und der Tür sowie von der Kraft der Schulter. Außerdem verursachte sie viel Lärm, daher hatte July auch noch andere Methoden erklärt.

Am tollsten war die Magnetmethode. Viele Geheimagenten hatten einen starken Magneten in der Tasche, der für verschiedene Zwecke verwendet werden konnte. Beinahe alle Schieberiegel bestanden aus Eisen. Man brauchte also nur den Magneten an die Tür zu halten und das Schloss auf der anderen Seite der Tür aufzuschieben. Sobald man draußen war, konnte man die Tür wieder verriegeln, sodass die Wachen rätselten, wie der Gefangene entkommen war, ohne etwas zu zerstören.

Sam machte das Licht aus und legte sich auf sein Bett. Er wusste schon, dass er noch mindestens eine Stunde wach liegen würde. Erst einmal musste er in seinem warmen Bett eine angenehme Position finden und irgendwie seinen Kopf leer bekommen. Aber das war nicht gerade einfach. Sam fühlte sich, als würde er versuchen, auf einer heißen Herdplatte einzuschlafen.

Sam war nicht der Einzige, der mit Schlaflosigkeit zu kämpfen hatte. In den letzten Tagen liefen immer mehr Schüler mit dunklen Ringen unter den Augen herum. Und der Schlafmangel sorgte dafür, dass sie alle empfindlicher wurden. Jede Kleinigkeit konnte im Nu zu Aufregung und Streit führen.

Plötzlich spitzte Sam die Ohren. Er hatte gehört, wie ein Stück von seinem Zimmer entfernt eine Tür geöffnet worden war. Wer war denn um diese Uhrzeit noch unterwegs?

Die Leuchtziffern seines Radioweckers zeigten Mitternacht an. Normalerweise lief um diese Zeit niemand mehr in den Gängen herum. Es sei denn, jemand musste zur Toilette. Vielleicht war das ja der Grund. Vielleicht machte ihn die ganze Situation so verrückt, dass er schon aufschreckte, wenn jemand nur dem Ruf der Natur folgte.

Aber vielleicht auch nicht.

Sam sprang aus dem Bett, zog sich schnell ein T-Shirt über und schlüpfte in eine Hose. Er öffnete die Tür und sah auf den Gang hinaus. Weder links noch rechts war etwas zu sehen. Woher war das Geräusch gekommen? Sam beschloss, der Sache auf den Grund zu gehen.

Barfuß schlich er durch den Gang. Wieder hörte er etwas. Dieses Mal war er sich sicher, dass es Schritte waren. Am Ende des Ganges linste er um die Ecke und sah gerade noch jemanden in einen anderen Gang abbiegen.

Schnell und lautlos folgte Sam. Wie ein Schatten huschte die unbekannte Person im Dunkeln vor ihm her. Plötzlich hielt der Verfolgte an. Hatte er etwas gehört? Sam blieb auch stehen. Er sah sich hastig um und suchte ein Versteck. Langsam drehte die Person sich um. Blitzschnell öffnete Sam die Tür neben sich und glitt in den Raum. Aus der Türöffnung betrachtete er die dunkle Gestalt im Gang. Es war Richard!

Sam hätte es wissen müssen! Jeder Verdacht, den er gegen Richard gehegt hatte, erhärtete sich in dieser einen Sekunde. Die Puzzlestücke ergaben ein Ganzes.

Richard war zu der Stunde *Maskieren* zu spät gekommen, weil er erst noch Autumns Getränk vergiftet hatte. Richard hatte neben August gestanden, weil er sie gerade vergiftet hatte und anschließend das Beweismaterial verschwinden lassen wollte. Doch Sam hatte ihn ertappt!

Richard hatte gewusst, dass er ihm auf der Spur war. Darum hatte er ihn beinahe ertrinken lassen. Doch Sam ließ sich durch diese Drohung nicht einschüchtern. Er war sich sicher, dass Richard auf dem Weg zu seinem nächsten Opfer war, und war wild entschlossen, den nächsten Anschlag zu verhindern.

Sam erschrak, als er ein lautes Brummen hörte. Er sah sich um und entdeckte, dass er im Zimmer seiner Mitschülerin Julia Stevenson gelandet war. Julia lag bäuchlings mit nach vorne gestreckten Armen auf dem Bett. Ihr Mund stand weit offen und produzierte alle zehn Sekunden einen Schnarcher, der es ohne Probleme mit dem Gebrüll eines ausgewachsenen Berglöwen aufnehmen konnte. Es war nicht gerade ein liebreizender Anblick.

Sam schaute erneut durch die Türöffnung und bemerkte, dass Richard verschwunden war. Sam musste hinterher! Was tat Richard eigentlich im Gang der Mädchen? Auf wen hatte er es abgesehen?

Als Sam wieder am Ende des Ganges ankam, konnte er gerade noch sehen, wie Richard hinter einer Tür verschwand. Sam stockte der Atem. Er kannte diese Tür und das dazugehörige Zimmer nur zu gut. Richard hatte gerade das Zimmer von Daphné betreten!

Warum hatte Richard es auf Daphné abgesehen? Weil sie mit ihm, Sam, befreundet war? Aber warum nahm Richard es nicht direkt mit ihm auf?

Sam wusste, dass etwas nicht stimmte, aber er konnte nicht sagen, was.

Darüber konnte er sich später Gedanken machen, jetzt war Richard vermutlich gerade dabei, Daphné zu vergiften.

Es war keine Zeit zu verlieren. Was sollte er tun? Einfach hineinstürmen und versuchen, Richard zu überwältigen? Nein, er brauchte Beweise. Wer weiß, vielleicht quatschten die beiden einfach nur. Wenn er dann wie ein wild gewordenes Nilpferd hereingestürzt käme, würden alle denken, dass er bloß eifersüchtig sei. Schließlich wusste jeder, dass Sam und Daphné sich gestritten hatten.

Sam wunderte sich, was ihm in wenigen Sekunden alles durch den Kopf ging. Aber er wusste auch, dass er seinen Gedanken Beachtung schenken musste. Er brauchte Beweise, aber wollte er dafür das Leben von

Daphné in Gefahr bringen? Sie würde ihm niemals verzeihen, wenn Richard sie bedrohte und er ihr nicht zu Hilfe kam, obwohl er die Möglichkeit dazu hatte.

Doch würde sie ihm vergeben, wenn er Richard vermöbelte, während sie sich nur mit ihm unterhalten wollte? Sam überlegte hin und her. Er gab sich noch fünf Sekunden bis zu einer Entscheidung.

Er würde warten, bis Richard zugeschlagen hatte.

Er musste jetzt einschreiten.

Oder doch noch kurz warten?

Er würde zum Helden der *Spy School* werden.

Nein, nicht auf Kosten von Daphné. Sam hatte einen Entschluss gefasst. Er holte tief Atem, bereit, in das Zimmer zu stürmen. Gerade als er den ersten Schritt zur Tür machen wollte, hielt ihn eine Hand an der Schulter fest. Diese Hand zog ihn sanft, aber energisch nach hinten.

Dampsey und McPeace sahen ihn fragend an.

»Herr Smith, ich weiß, dass meine Frage vorhersehbar ist, aber ich werde sie dennoch stellen: Was machen Sie hier?«, fragte Dampsey.

Sam hatte das plötzliche Auftauchen der Inspektorinnen die Sprache verschlagen.

»Ich ... Richard ... Daphné ... Gift«, stammelte er.

»Bauen Sie diese Worte einmal in einen ganzen Satz«, sagte McPeace, wie eine Lehrerin, die einem Schüler Grammatikunterricht gab.

»Aber ich ... Ich muss ... Daphné ... Ich will ...«, war alles, was Sam herausbringen konnte.

»Sie wollen Daphné?«, fragte Dampsey. »Sind Sie dafür nicht noch ein wenig zu jung, Herr Smith? Nachts durch den Mädchentrakt zu schleichen ist doch nicht erlaubt hier, oder?«

»Nein, aber ich schleiche nicht herum!«

Sam hatte seine Sprache wiedergefunden.

»Kommen Sie mal mit. Dann dürfen Sie uns erklären, was genau Sie hier tun«, sagte McPeace.

»Aber Sie verstehen nicht! Ich muss jetzt zu Daphné!«, rief Sam und drehte sich um.

»Hiergeblieben!«, sagte Dampsey und packte Sam am Oberarm. »Es ist unhöflich, mitten in einem Gespräch wegzulaufen! Sie kommen nun mit mir mit. McPeace wird bei Frau Wickman nach dem Rechten sehen. Ich bin mir sicher, dass alles in Ordnung ist.«

Sam versuchte noch, sich zu wehren, aber das war sinnlos. Dampseys Griff war so fest wie eine Fuchsfalle. Es blieb ihm nichts anderes übrig, als mit zu dem kleinen Verhörzimmer zu gehen, in dem er Dampsey und McPeace zum ersten Mal getroffen hatte.

Er hoffte nur, dass McPeace Richard auf frischer Tat ertappen und noch rechtzeitig kommen würde, um Daphné zu retten.

Als McPeace keine halbe Minute nach ihnen in das Verhörzimmer kam, begriff er, dass seine Hoffnung vergeblich gewesen war. Es war kaum anzunehmen, dass sie in dieser halben Minute Richard hatte überwältigen und einsperren können.

Dampsey blickte ihre Partnerin fragend an. Die schüttelte den Kopf.

»Ein Junge und ein Mädchen, die noch ein wenig gequatscht haben. Ich habe ihn in sein eigenes Zimmer geschickt. Der Junge wollte direkt gehen, sagte er.«

»Und das glauben Sie?«, rief Sam.

Dampsey und McPeace sahen einander überrascht an.

»Und warum sollten wir das nicht glauben?«, fragte Dampsey. »Gibt es da etwas, das wir nicht wissen?«

»Richard will Daphné vergiften! Er ist der Täter!«, sprudelte es aus Sam heraus.

Die zwei Damen nickten verständnisvoll.

»Ich verstehe schon, warum Sie das denken, Herr Smith«, sagte McPeace. »Doch Herr James ist keineswegs der Täter. Er ist einfach ein Junge, der ab und zu im falschen Moment am falschen Platz ist.«

»Aber er hat versucht, mich zu ermorden!«, entgegnete Sam.

»So, so, er hat versucht, Sie zu ermorden?«, fragte McPeace. »Und wie genau? Und wann? Und wie kommt es, dass Sie uns darüber nicht in Kenntnis gesetzt haben? Oder denken Sie, ein Mordversuch ist nicht wichtig genug, um uns zu informieren?«

Sam überlegte. Tja, warum hatte er eigentlich niemandem von seinem Erlebnis im Schwimmbad erzählt? Er konnte es sich selbst nicht recht erklären.

»Weil ... Weil ich nicht sicher wusste, ob es wirklich ein Mordversuch war«, sagte er zögernd.

Sam erzählte, was am Tag zuvor im Schwimmbad geschehen war. Dampsey und McPeace schauten nachdenklich, bis er seine Erzählung beendet hatte.

»Also Herr James hat Ihnen eigentlich das Leben gerettet?«, fragte Dampsey. »Und zum Dank dafür bezichtigen Sie ihn eines Mordversuchs?«

Sam wusste, dass das seltsam wirkte. Er wollte sich aus der Affäre ziehen.

»Es war vielleicht eine Warnung! Richard wusste, dass ich ihm auf die Schliche gekommen war, und er wollte mir klarmachen, dass ich meine Nase nicht in seine Sachen stecken sollte.«

»Nehmen wir einmal an, dass er wirklich der Täter war«, sagte McPeace, während sie sich mit dem kleinen Finger im linken Auge rieb, »dann hätte er Sie doch genauso gut ermorden können, nicht wahr? Dann wäre er das Problem sofort los gewesen!«

Sam seufzte. Er wusste, dass sie recht hatte. Hier lief seine Argumentation ins Leere. Dennoch: Richard war ganz gewiss der Täter! Es musste Richard sein. Oder nicht?

»Nein, Herr Smith«, fuhr McPeace fort, während sie sich nun dem rechten Auge widmete. »Sie sind auf einer völlig falschen Spur. Dachten Sie wirklich, dass jemand wie Herr James imstande wäre, so viele Menschen zu vergiften?«

So viele? Waren es etwa doch mehr als Autumn und August? Sam sagte nichts und ließ McPeace weiterreden.

»Dass Herr James August und June hätte vergiften können, mag ja noch sein, aber niemals Menschen wie Autumn, January und April. Dafür braucht es doch ein wenig mehr!«

June, April und January waren auch vergiftet worden? Das war ja eine Katastrophe! Wenn January selbst im Koma lag, wer sollte dann das Gegengift entwickeln? Darum hatte BBJ heute also keinen Unterricht gehabt. Und nichts wies darauf hin, dass der Täter es bei seinen bisherigen Opfern belassen würde.

»Wir sind uns deshalb so sicher, dass es nicht Richard ist«, übernahm Dampsey, »weil wir den wirklichen Täter kennen.«

Langsam sah Sam von Dampsey zu McPeace und wieder zurück.

»Ich will ja nicht unhöflich sein, aber wenn Sie wissen, wer der Täter ist, was tun Sie dann noch hier? Müssen Sie den Täter nicht festnehmen und für den Rest seines Lebens hinter Gitter sperren?«

Dampsey lächelte. »Nicht so ungestüm, Herr Smith. Die Stunden des Täters sind gezählt, aber wir wollen nicht überhastet zu Werke gehen. Wir müssen dafür sorgen, dass wir genügend Beweise haben.«

Diese Argumentation kannte Sam, er hatte sie gerade noch selbst vorgebracht. Die Damen hatten ihn neugierig gemacht.

»Und wer ist dann der Täter?«

Statt einer Antwort grinsten die beiden ihn nur breit an.

»Netter Versuch«, hieß das. »Aber Sie denken doch nicht etwa, dass wir Ihnen das auf die Nase binden würden?«

»Ist es ein Schüler oder eine Lehrkraft?«, versuchte Sam es weiter.

»Ich verstehe Ihre Neugierde, aber aus verschiedenen Gründen kann ich Ihnen darüber nichts sagen«, antwortete McPeace. »Ich kann Ihnen lediglich sagen, dass es sich um jemanden handelt, der zu solchen Gräueltaten fähig ist und außerdem über die nötigen Kenntnisse der Chemie verfügt. Vielleicht können Sie dann schon den ein oder anderen ausschließen.«

Sam nickte, auch wenn er nicht viel schlauer aus ihren Worten geworden war.

»Und wie weit ist man mittlerweile mit dem Gegengift?«, fragte er in der Hoffnung, auf diese Weise doch noch das eine oder andere über den Fall herauszubekommen.

Aber Dampsey ließ sich auf das Spielchen nicht ein.

»Gut, Herr Smith«, antwortete sie. »Ich denke, dass es Zeit für Sie ist, zu Bett zu gehen. Sie werden die Lösung dieses Falls in Kürze erfahren. Und ich rate Ihnen, keinen Umweg über Daphnés Zimmer zu machen. Andernfalls sehe ich mich genötigt, Summer darüber zu informieren.«

Sie nahm die Fernbedienung und öffnete die Tür des Verhörzimmers.

Sam stand auf. Er sah ein, dass es vergeblich war, ihr noch weitere Informationen zu entlocken. Dampsey und McPeace würden ihm nichts verraten. Er hätte genauso gut mit zwei Taubstummen verhandeln können.

Ungefähr zur selben Zeit erhob sich Richard James von Daphnés Bett.

»Ich werde dann mal aufbrechen, Daphné. Sonst gibt es noch mehr Opfer«, sagte Richard.

»Aber wäre es nicht besser, du würdest alles Summer erzählen?«, fragte Daphné. »Dann wird er sich um alles kümmern.«

»Nein, das will ich selbst machen. Wer sagt denn, dass Summer mir glauben wird? Im Moment verdächtigt ja jeder jeden!«

»Dann nimm doch wenigstens mich mit!«

Richard schüttelte den Kopf. »Ich will niemanden mit hineinziehen.«

»Aber ich will ja selbst mit hineingezogen werden«, bettelte Daphné. »Du kannst mir doch nicht erst alles erzählen und mich dann nicht helfen lassen.«

Richard zögerte. Er neigte seinen Kopf zur Seite und dachte angestrengt nach. »Gut, aber ich werde erst vorsichtig vorfühlen. Wenn ich sicher bin, hole ich dich, und wir machen es zusammen.«

Daphné war klar, dass ihr nichts anderes übrig blieb, als zuzustimmen. Sie war schon froh, dass er sie überhaupt helfen ließ.

»Okay, beeil dich und komm so schnell wie möglich zurück.«

Richard nickte und ging zur Tür.

»Und – Richard?«

Er drehte sich um. Daphnés Gesicht war sehr ernst.

»Pass auf dich auf!«

Ich muss dringend noch ein wenig von meinem Zaubertrank machen. Offenbar bin ich recht verschwenderisch damit umgegangen! Wo habe ich nur die Formel hingelegt? Ich hatte sie doch irgendwo aufgeschrieben? Ah, da ist mein Block. Nun noch die Zutaten. Ich fühle mich wie Miraculix, der den Zaubertrank für Asterix und Obelix zubereitet. Oder zumindest für Asterix, denn Obelix ist ja schon als Kind in den Kessel gefallen. Der braucht keinen Zaubertrank mehr. Was würde wohl passieren, wenn jemand in einen Kessel mit diesem Zaubertrank fiele? Da will ich nicht dabei sein! Ob Summer schon im Koma liegt? Wenn ich ehrlich bin, würde mich das enttäuschen. Von Summer erwarte ich doch ein wenig mehr Widerstand. Natürlich auch nicht zu viel. Wenn Summer weg ist, bricht die ganze Sklavenfabrik hier zusammen. Aber …

Was um Himmels willen machst du denn hier? Hat dir niemand beigebracht anzuklopfen? Dann wirst du es von mir lernen! Mit links, mit rechts! Nun hat's dir die Sprache verschlagen, oder? Willst du noch mehr? Schweigen heißt zustimmen. Hier, nimm mal! Wie ärgerlich, was mache ich nun mit dir? Willst du auch ein wenig Zaubertrank? Nein? Hm, ich kann dich ja schlecht vergiften. Das ist nicht der Sinn meines Plans. Aber ich kann dich natürlich auch nicht gehen lassen. Du würdest das ein oder andere weitererzählen können, stimmt's? Und das wollen wir nicht!

Ah, ich weiß schon, was ich mit dir tun werde. Was? Willst du nicht? Das hätte mich auch überrascht!

12

Champagner – Tag 5

Louise McPeace und Thelma Dampsey hatten sich auf einer Mission in Deutschland kennengelernt. Ohne es zu wissen, hatten sie am selben Fall gearbeitet. McPeace war einem Baron auf der Spur, der unter Verdacht stand, Frauen zu entführen und sie an den Meistbietenden zu verkaufen. Dampsey suchte einen reichen Geschäftsmann, der bedeutende Kunstwerke aus einem Museum gestohlen hatte. Was hatten sie gelacht, als sich herausstellte, dass es sich um denselben Mann handelte.

Nun ja, gelacht ... Zunächst hatten sie sich darum gestritten, wer ihn festnehmen durfte. Sie waren nämlich im selben Moment in das Schloss des Barons eingedrungen. Der Baron hatte den beiden streitenden Damen, die ihn gerade überwältigt hatten, verblüfft zugesehen. Nach einer Weile hatte er es sattgehabt und selbst vorgeschlagen, die eine solle ihm die Handschellen anlegen und die andere ihn hinter Gitter sperren. Danach mussten sie zusammen den Bericht schreiben.

Erst dann waren Dampsey und McPeace in Lachen ausgebrochen, weil ihnen die Absurdität dieser Situation klar geworden war. Auch später noch, als sie schon lange zusammenarbeiteten, trieben sie ihre Gegner mit ihren Streitereien häufig an den Rand des Wahnsinns. Als sie beispielsweise im Keller eines französischen Verbrechers eingeschlossen waren, hatten sie so gestritten, dass ihr Bewacher den Schlüssel fallen gelassen, sich die Ohren zugehalten und die Flucht ergriffen hatte.

So zumindest erzählten sie die Geschichte gerne. Meist verschwiegen sie, dass Dampsey zugleich auch einen Revolver auf den Bewacher gerichtet hatte!

Diese Geschichten tischten die beiden Inspektorinnen auf, während sie sich ein Glas Champagner genehmigten. Im Verhörzimmer stießen sie miteinander an.

»Auf uns!«, sagte Dampsey.

»Auf uns!«, antwortete McPeace.

»Champagner, weil wir so gut sind!«, lobte Dampsey sich selbst.

»Ich würde sogar sagen, weil wir fantastisch sind!«, überbot McPeace.

Die Inspektorinnen nippten zufrieden an ihrem Champagner. Diesen Fall hatten sie wieder einmal prima gelöst. Gleich würden sie zu Summer gehen und zusammen mit ihm den Täter festnehmen. Doch zuerst kämpften sie noch mit einer sprudelnden Erfrischung gegen die Hitze an.

McPeace erhob erneut ihr Glas.

»Und auf Summer natürlich!«

Dampsey schaute nachdenklich. »Auf Summer? Warum stoßen wir auf Summer an?«

»Weil er uns dieses Fläschchen spendiert hat!«, erklärte McPeace. »Was dachtest du denn, woher wir diese Flasche haben? Ich packe doch nicht bei jedem Fall eine Flasche Champagner ein!«

»Ach so«, murmelte Dampsey leise. Etwas verunsicherte sie noch immer. Doch weil sie ihren Finger nicht direkt darauflegen konnte, ließ sie sich von ihrer Welle von Selbstvertrauen erneut mitreißen. »Auf Summer dann!«

Erneut klirrten die Gläser. Genussvoll starrten sie vor sich hin und dachten daran, was für gute Inspektorinnen sie waren. Bis Dampsey sich erneut McPeace zuwandte.

»Woher wusstest du, dass diese Flasche von Summer war? Hat er sie selbst gebracht?«

McPeace schüttelte den Kopf. »Nein, sie stand heute Morgen vor der Tür meines Zimmers.«

»Woher weißt du dann, dass der Champagner von Summer ist?«

McPeace sah ihre Partnerin verwirrt an. Warum stellte die sich so an?

»Weil ein Kärtchen daran hing, auf dem stand: *Herzlichen Glückwunsch! Summer.*«

»Nun, na gut.« Dampsey klang nicht recht überzeugt. Seit sie zusammenarbeiteten, waren sie perfekt aufeinander eingespielt und hatten oft im gleichen Moment denselben Gedanken. Auch jetzt war es nicht anders. Genau im gleichen Moment bekamen beide Inspektorinnen große Augen.

»Summer wusste ja gar nicht, dass wir den Fall schon gelöst haben!«, rief Dampsey.

»Also kann er uns auch keine Flasche Champagner vor die Tür gestellt haben!«

Die Verzweiflung in McPeace' Stimme war deutlicher zu spüren als das Selbstvertrauen vorhin.

»Aber wer hat dann …?«, fragte Dampsey. Sie versuchte nachzudenken, merkte aber, dass ihr das immer schwerer fiel.

»Es gibt nur einen, der weiß, dass wir den Fall gelöst haben«, folgerte McPeace. Auch sie tat sich nun schwerer. Sie stützte sich mit einer Hand am Tisch auf und fasste sich mit der anderen an die Stirn. Auf ihren Lippen war bereits ein dünner grüner Streifen zu sehen.

»Wer denn?«, rief Dampsey. Sie saß immer noch auf ihrem Stuhl. Aufstehen konnte sie nicht mehr. Ihr Glas fiel ihr aus den Händen und zerbrach am Boden. Sie konnte sich kaum mehr bewegen.

»Mist! Sam Smith!«

McPeace konnte sich am Tisch nicht mehr festhalten und fiel auf die Knie. Dampsey versuchte den Kopf zu schütteln, doch das gelang ihr nur noch in Gedanken.

»Nein, er ist doch nicht … Er kann nicht …«, stammelte sie.

»Aber wer dann?«, brachte McPeace gerade noch heraus, bevor sie vornüberstürzte. Sie fühlte keinen Schmerz, sie fühlte beinahe nichts mehr.

Dampsey konnte nicht mehr antworten. Sie konnte nur noch denken. Sie wusste, wer die Flasche vor die Tür gestellt hatte. Es war derjenige, nach dem sie schon seit Tagen suchten. Doch weder sie noch McPeace würden den Täter festnehmen können. Sie konnten nur noch hoffen, dass jemand anders es tat.

Und dass jemand erfolgreich ein Gegengift entwickelte.

Mit kleinen Augen saß Sam im Unterricht.

Langsam zählte er die Sekunden bis zum Ende der Stunde ab. Es passierte nicht häufig, dass er so widerwillig in der Klasse saß, aber im Augenblick waren seine Gedanken ganz woanders.

Vorne erzählte Herr October über John Fitzgerald Kennedy. Kennedy war Anfang der Sechzigerjahre Präsident der Vereinigten Staaten von Amerika gewesen. Er war unglaublich beliebt beim Volk gewesen. Seine Amtsperiode hatte er nicht vollenden können, weil er 1963 ermordet wurde. Offiziell hieß der Mörder Lee Harvey Oswald, aber bis zum heutigen Tag war man sich dessen nicht hundertprozentig sicher. Oswald selbst konnte man nicht mehr fragen, denn der war kurz nach seiner Verhaftung selbst erschossen worden. So waren Kennedy und der Anschlag auf ihn ein richtiger Mythos für die Amerikaner geworden.

Sam blickte auf den leeren Platz neben sich. Normalerweise saß dort immer Daphné, doch seit einigen Tagen setzte sie sich neben jemand anderen. Es gab allerdings nur zehn Bänke in dem Klassenzimmer, daher konnte eigentlich kein Platz frei bleiben.

Sam überlegte.

Richard fehlte!, fiel ihm dann ein.

Er verfluchte Dampsey und McPeace dafür, dass sie ihn am Abend zuvor aufgehalten hatten. Was war in Daphnés Zimmer geschehen? Warum fehlte Richard? Sam sah kurz zu Daphné. Auch sie war mit den Gedanken woanders. Genervt starrte sie zu October, während sie mit dem Finger Locken in ihr schwarzes Haar drehte.

Sam hätte zu gern gewusst, was sie dachte. Sie musste doch wissen, wo Richard war. Hatte Richard versucht, sie anzugreifen, und hatte sie sich erfolgreich gewehrt? Das hätte Sam nicht überrascht.

Eines war in jedem Fall positiv an diesem Morgen: Daphné war gesund und wohlauf! Trotz des Gesprächs mit Dampsey und McPeace hatte er sich doch die ganze Nacht Sorgen um sie gemacht. Sam hatte nicht mehr nach dem Rechten gesehen. Er fand, es wäre an der Zeit, einmal jemanden beim Wort zu nehmen. Dampsey und McPeace hatten zwar einige eigenartige Methoden, doch Sam hatte durchaus das Gefühl, dass sie ihren Job verstanden.

Laut ihrer Aussage war Richard nicht der Täter. Andererseits kam ebendieser Richard nach einem nächtlichen Ausflug nicht in den Unterricht!

Das Rätsel um das Teufelskraut wurde nur noch verwirrender.

Ob Richard einfach nur verschlafen hatte?

Sam lehnte sich zurück und ließ seinen Blick über die Klasse schweifen. Nicht nur Daphné und er konnten sich nicht recht konzentrieren, die ganze C-Klasse starrte vor sich hin! Die wildesten Gerüchte über das Teufelskraut machten die Runde, und wenn dann einer aus der Klasse nicht auftauchte ...

Sam versuchte vergeblich, October zuzuhören.

Das Desinteresse der Schüler an seinen Ausführungen war auch dem Lehrer nicht entgangen.

»Und dann verwandelte sich Präsident Kennedy in eine Kuh und sein Vizepräsident in einen Brüllaffen. Und erst als Marilyn Monroe ihn küsste, wurde er wieder normal«, sagte er.

Keine Reaktion

October seufzte. »Spielt es überhaupt noch eine Rolle, was ich sage?«

Darauf wurde es so still, dass man selbst das Junge einer Zwergmaus hätte piepen hören können. Einige Schüler starrten nach oben, manche blickten um sich und andere hatten den Blick auf October gerichtet. Doch selbst Letztere hatten nicht begriffen, dass October eine Frage gestellt hatte.

»Ich verstehe ja, dass es Ihnen gerade schwerfällt, sich zu konzentrieren ...«, startete October einen erneuten Versuch, doch als er immer noch keine Reaktion erhielt, gab er es auf.

»Ach was, die Stunde ist sowieso beinahe um. Sie dürfen gehen.«

Sam sah sich um und bemerkte, dass niemand sich bewegte. Das hatte er noch nie erlebt: Ein Lehrer entlässt die Schüler und die Schüler bleiben einfach sitzen!

October nahm es sich nicht zu Herzen, packte seine Unterlagen und stopfte sie in eine kleine Aktentasche.

Erst als Sam den Anfang machte und beim Aufstehen seinen Stuhl geräuschvoll nach hinten schob, schien die C-Klasse aus ihrer Lethargie zu erwachen. Langsam erhoben sich die Schüler. Zombies gleich verließen sie ohne viele Worte das Klassenzimmer. Wie auf Autopilot kamen sie zum Innenhof, in der Hoffnung, dort ein wenig Kühle zu finden.

Falls die Schüler der C-Klasse auf einen ruhigen Nachmittag gehofft hatten, hatten sie sich getäuscht. Der Innenhof glich dem Stadion eines kleinen Fußballvereins. Lautes Stimmengewirr erfüllte den Platz. Niemand hielt auch nur fünf Sekunden lang seinen Mund.

»Hast du gehört, dass nun auch schon ein Schüler verschwunden ist?«

»Die Stunde von Frau March wurde heute abgesagt, ob sie etwa auch ...?«

»Wer, denkst du, hat das getan?«

Es war völlig klar, dass die Geschehnisse der vergangenen Tage die Schüler beschäftigten. Doch Sam fiel auf, dass nun noch eine andere Qualität hinzugekommen war. Er entdeckte auch Angst in einigen Gesichtern. Der unsichtbare Täter hatte sich zum ersten Mal an einem Schüler vergriffen. Solange nur Lehrkräfte vergiftet worden waren, hatten die Schüler sich noch einigermaßen sicher gefühlt. Doch nun konnte jeder von ihnen das nächste Opfer sein. Und dieser Gedanke war schwer zu ertragen.

Sam sah, wie viele Schüler sich umsahen. Als ob sie herausfinden wollten, wer hinter den Mordanschlägen steckte. Konnte es sein, dass der Täter einfach zwischen ihnen stand? Dass er einer von ihnen war?

Sam wusste nicht, was er davon halten sollte. Es war ein ziemlich scheußlicher Gedanke, dass derjenige, der für ihre Furcht verantwortlich war, sich hier mit ihnen unterhielt.

Er musste wieder an die Worte von McPeace denken. Es musste jemand sein, der über die nötigen Chemiekenntnisse verfügte. Hatte jemand von den Schülern schon so viel Ahnung von Chemie, dass er so ein Gift herstellen konnte? Sam fand das nicht besonders wahrscheinlich.

Sam ließ den Blick über den Platz schweifen. Er sah, wie BBJ sich mit seinen Klassenkameraden unterhielt. Sam streckte zum Gruß seine Hand in die Luft. BBJ sah es, nickte kurz und widmete sich dann wieder dem

Gespräch. Auch dort wurden wohl Überlegungen angestellt, wer der Täter sein könnte.

Plötzlich sah Sam, wie das Grüppchen verstummte. Auch andere Schülergruppen verstummten. Alle drehten sich zum Eingang des Innenhofs um. Sam folgte ihrem Beispiel und erschrak.

Christopher Owen aus der B-Klasse stolperte auf den Innenhof. Verwirrt starrte er vor sich hin. Er hatte offenbar seine Muskeln nicht mehr unter Kontrolle, denn bei jedem Schritt sah es so aus, als würde er fallen. Nach einigen Metern hielt er an. Christopher sah noch kurz in die Runde und fiel dann wie Pudding in sich zusammen. Sam eilte zu Christopher und sah ihn sich genauer an. Was er schon befürchtet hatte, fand er nun bestätigt: Auf Christophers Lippen war eine dünne grüne Linie!

Die anderen Schüler kamen näher und bildeten einen Kreis um Sam und Christopher.

»Ist er ...?«, hörte Sam aus der Menge.

Sam hob den Blick, sah aber nicht, wer die Frage gestellt hatte. Er nickte.

»Ich denke schon.«

Eine ängstliche Stille setzte auf dem Innenhof ein. Sam stand auf. Sie mussten Summer Bescheid geben, mehr konnten sie selbst nicht tun.

Sam wollte gerade die anderen anweisen, einen Schritt zurückzutreten, damit Christopher nicht so eingeengt war, als er ein leises Kichern hörte. Es war eine Art Grunzen, wie wenn jemand sein Lachen nicht zurückhalten kann. Auch die anderen Schüler schauten überrascht. Wer wagte es, in dieser Situation zu lachen?

Sam sah sich um, aber er konnte niemanden ausmachen, der auch nur die Spur eines Lächelns auf den Lippen hatte. Und doch hörte man nicht viel später wieder ein grunzendes Lachen, diesmal ein wenig lauter. Dieses Mal konnte man jedoch ausmachen, woher das Lachen kam. Alle Köpfe drehten sich in dieselbe Richtung: nach unten.

Christopher hatte seine Augen geöffnet und konnte sich nicht mehr halten. Von Lachen geschüttelt zuckte sein Körper auf dem Boden. Es war ein Scherz gewesen.

Allerdings keiner, den die anderen gut fanden. Christopher erntete für seine Vorstellung nichts als böse Blicke. Sie alle fanden Christophers Auftritt so unpassend wie den eines Clowns, der in voller Montur während eines Begräbnisses in eine Kirche marschiert.

Die meisten Schüler drehten Christopher den Rücken zu und gingen weg, empört über so viel Taktlosigkeit.

Für eine Person war das offenbar nicht genug.

Stefanie Owen aus der B-Klasse, die, obwohl sie denselben Nachnamen hatte, nicht verwandt mit Christopher war, ging auf ihn los und packte ihn am Hals.

»Fandst du das etwa lustig? Hat es Spaß gemacht, uns so zu erschrecken? Ich werde dir mal zeigen, wie es sich anfühlt, im Koma zu liegen!«

Christophers Gesicht wurde feuerrot. Er versuchte, Stefanie wegzuschieben, aber es gelang ihm nicht. Schlaff hing er in ihrem Griff.

»Jetzt ist dir das Lachen vergangen, stimmt's?«, rief Stefanie.

Selbst wenn er gewollt hätte, hätte Christopher nicht lachen können. Stefanie drückte ihm die Kehle beinahe völlig zu.

»Stefanie!«, rief Sam. »Hör auf! Du bringst ihn noch um!«

»Er verdient es nicht anders!«, antwortete Stefanie wütend.

»Natürlich verdient er es anders!«, rief Sam.

Todesmutig sprang er auf Stefanie zu und versuchte, sie wegzuziehen.

Inzwischen war jegliche Farbe aus Christophers Gesicht gewichen.

»Okay, okay!«, schrie Stefanie und lockerte ihren Griff.

»Ich bring ihn schon nicht um!«

Diese Worte waren Musik in Christophers Ohren. Gierig schnappte er nach Luft.

»Ich wollte diesem Ekelpaket einfach mal eine Lektion erteilen«, sagte Stefanie, während sie Christopher einen verächtlichen Blick zuwarf. »Mit manchen Dingen ist einfach nicht zu scherzen, verstanden?«

Christopher nickte eifrig seine Zustimmung. Er hätte allem zugestimmt, solang sie nur seine Kehle in Ruhe ließ.

Sam legte seine Hand auf Stefanies Schulter. »Ich bin mir sicher, dass er das nie mehr tun wird.«

Stefanie grinste. »Da bin ich mir auch ziemlich sicher.«

Sie streckte Christopher ihre Hand entgegen.

»Ach, ich hab es auch nur zum Spaß gemacht, das ist dir doch klar?«, sagte sie. »Vielleicht fandst du es nicht lustig, das kann schon sein, aber ich fand es zum Schießen! Und ich fand deine Vorstellung nicht lustig, also sind wir quitt, okay?«

Christopher ließ sich hochziehen, wagte es aber nicht, ihr in die Augen zu sehen. Er war noch immer benommen. Sam hielt das für ziemlich normal, für jemanden, der gerade beinahe erwürgt worden war.

Als Sam aufstand, sah er noch einen anderen Grund für Christophers plötzliche Scham. Seine Hose war klatschnass! Und die Hitze konnte er nicht als Entschuldigung anführen, das war kein Schweiß!

Eilig flüchtete Christopher unter den Blicken seiner Mitschüler aus dem Innenhof. Dies sollte er noch Jahre zu hören bekommen. Aber das hatte er sich selbst zuzuschreiben, er hatte damit begonnen.

Sam konnte sich ein Lächeln nicht verkneifen. Wer Wind sät, wird Sturm ernten. Oder war es andersherum?

13

Gefährliches Misstrauen – Tag 6

Das Computersignal, das an diesem Samstagmorgen eine neue Nachricht ankündigte, überraschte Sam nicht besonders. Früher hatten sie so gut wie nie Nachrichten bekommen – und erst recht nicht vor zehn Uhr morgens. Aber in den letzten Tagen war so viel passiert, dass es jeden Tag etwas zu berichten gab. Sam wartete kurz, bevor er die Augen öffnete. Eigentlich hatte er keine Lust aufzustehen. Er wollte nicht wieder mit vergifteten Lehrkräften, Schülern, die mit den Nerven am Ende waren, der ganzen Situation mit Daphné, allen möglichen Fragen über den mysteriösen Täter und, nicht zu vergessen, mit der immer noch anhaltenden Hitze konfrontiert werden.

Sam bemerkte, dass seine Bettwäsche ausnahmsweise nicht nass war. War die Hitze vorbei, oder hatte er einfach keine Flüssigkeit mehr in seinem Körper, die noch ausgeschwitzt werden konnte? Er hoffte auf Ersteres, vermutete aber Letzteres.

Endlich siegte seine Neugierde über das Verlangen, noch kurz in seiner heimeligen Traumwelt zu bleiben.

Er stand auf und machte den Computer an. Die Nachricht kam von Summer.

Liebe Schüler der C-Klasse,
aufgrund von unvorhergesehenen Umständen findet Ihr Unterricht am Vormittag nicht statt. Am Nachmittag werden Sie wie gewohnt zur Stunde Informatik bei Frau March erwartet.
Summer

Sam stöhnte. Unvorhergesehene Umstände ... Das hieß, dass womöglich noch eine Lehrkraft vergiftet worden war. Er fragte sich, wie viele Opfer es nun schon gab. Bis jetzt hatte Summer ihnen darüber nichts mehr erzählt, doch Sam hörte ständig Schüler sagen, dass ihr Unterricht ausfiel.

Welches Fach hätte er normalerweise am Vormittag gehabt? Sam sah auf seinem Stundenplan nach: *Kultur* bei Frau May. Sam befürchtete das Schlimmste für seine Lehrerin.

Wie kam es nur, dass der Täter noch immer nicht festgenommen worden war? Schließlich war das hier eine Schule für Geheimagenten! Sie wurden ganz schön an der Nase herumgeführt, dachte Sam. Wie eine Bank, die einem Bankräuber Unterschlupf gewährt und ihn jeden Tag etwas Geld stehlen lässt. Sam beschloss, seine Gedanken einmal geordnet festzuhalten. Er wechselte ins Textverarbeitungsprogramm und fing an zu tippen.

Als Erstes notierte er die Namen von Tommieboy Hops und Emma Block. Sam hatte keine Beweise, dass sie etwas hiermit zu tun hatten, aber er wollte sie nicht ausschließen. Er wusste nur zu gut, dass Tom Hops auf Rache aus war. Wenn er an den Täter dachte, erschien automatisch Tommieboys Gesicht vor Sams Augen.

Doch wie hatte noch einmal alles begonnen? Damit, dass er den bewusstlosen Autumn gefunden hatte. Sam begriff, dass er für jemanden, der den Fall untersuchte, ziemlich verdächtig sein würde. Was hatte er da auch zu suchen gehabt? Aber Sam wusste von sich selbst, dass er nichts getan hatte, daher konnte er sich schon einmal von seiner Liste der Verdächtigen streichen.

Wie war er noch einmal in das Büro gekommen? Richtig, Autumn und seine Regel, dass bei der dritten Begegnung etwas ausgegeben werden müsse. Und die liebe Daphné hatte Autumn darauf hingewiesen, dass sie einander gerade zum dritten Mal begegnet waren. Sam erinnerte sich an ihr Grinsen, als sie ihm die Suppe eingebrockt hatte.

Sams Finger hüpften über die Tasten. Blind tippen konnte er nicht, aber im Sechs-Finger-Suchsystem ging es doch einigermaßen flott.

Am nächsten Tag hatte jeder schon gewusst, dass Sam Autumn gefunden hatte. Wie hatte das passieren können? Nur er selbst, Summer und einige Lehrkräfte hatten Bescheid gewusst. Er konnte sich nicht vorstellen, dass von den Lehrkräften jemand den Mund nicht halten konnte. Dann blieb nur er selbst übrig. Und der Täter. Sollte der Täter das Gerücht verbreitet haben? Aber warum? Um Panik zu verbreiten?

Ein seltsamer Gedanke kam ihm plötzlich. Daphné hatte nicht gewusst, dass Sam Autumn gefunden hatte. Während alle anderen darüber Bescheid wussten! Hatte sie es wirklich nicht gewusst oder hatte sie nur so getan?

Sam wusste nicht, was er davon halten sollte. Er schrieb es zu seinen Notizen.

Erst alles aufschreiben, später nachdenken, beschloss er.

Danach hatte Sam Richard bei Frau August ertappt.

Halt, erst war er noch von dem pfiffigen Duo Dampsey und McPeace verhört worden. Was genau hatten die wieder gesagt? Dass sie January verdächtigten. Aber der lag nun selbst im Koma. Diese Spur war also eine Sackgasse gewesen. Was noch?

Erneut bekam Sam eine Eingebung, die ihm nicht gefiel. Sie hatten ihm eine Äußerung Daphnés vorgelegt. Irgendetwas in dem Sinne, dass sie Autumn durchaus etwas antun könnte. Aber das hatte sie doch im Scherz dahingesagt. Oder etwa nicht?

Danach hatte er Richard und August gesehen. Richard war wirklich verschwunden. Bedeutete das, dass Sam ihn nun von seiner Liste der Verdächtigen streichen konnte oder gerade das Gegenteil? Sam tippte ein Fragezeichen dahinter.

Seitdem waren noch January, April und June vergiftet worden. Zumindest soviel er wusste.

Sam hoffte, dass die Liste der Opfer nicht zu lang war.

Er ließ den Blick wieder auf dem Namen Richard ruhen. Da war doch noch etwas. Richard war an dem Tag, als Autumn vergiftet worden war, zu spät in den Unterricht gekommen. Er hatte auch August gefunden und verdächtig an dem Salatblatt herummanipuliert. Richard hatte Sam aus dem Schwimmbecken geholt, als er beinahe ertrunken war. Hatte Richard ihn ermorden wollen oder hatte er ihn gerettet? Sam hatte immer das Erste gedacht, doch nun zweifelte er allmählich daran.

Zu guter Letzt hatte er Richard durch die Gänge der *Spy School* zu Daphnés Zimmer schleichen sehen.

Daphné.

Sam erschrak. Richards Name stand häufig in seinen Notizen, aber der von Daphné kam auch verdächtig oft vor.

Schon seit mehr als zwei Jahren waren sie beste Freunde. Warum stritten sie jetzt so viel? Lag es an Sam oder war mit Daphné etwas los?

Sam wusste, dass sie auf seine Freundschaft mit BBJ eifersüchtig war. Oder war es gar keine Eifersucht? Vielleicht wusste BBJ etwas, das er nicht wissen durfte. Vielleicht hatte Daphné irgendwie Angst vor ihm. BBJ war ein schlauer Junge, das wusste Sam schon seit ihrer ersten Begegnung.

Sam schüttelte den Kopf. Das konnte nicht sein. Das durfte nicht sein. Daphné war seine Freundin. Er kannte sie in- und auswendig, so etwas würde sie niemals tun.

Aber was war dann mit Richard passiert? Der war in der Nacht noch zu Daphné gegangen. Und dabei war es ihm ganz sicher nicht um Unterrichtsmitschriften gegangen. Er hatte ihr etwas erzählen wollen, überlegte Sam. Aber was?

Sam seufzte tief. Er fand es schwierig, irgendwelche Schlüsse zu ziehen. Normalerweise stellte er solche Überlegungen zusammen mit Daphné an. Zusammen kamen sie meistens zu einer Lösung. Nun aber dachte er *über* Daphné nach, nicht mit ihr. Er fühlte sich schuldig. Das gehörte sich doch nicht für Freunde?

Aber Sam konnte nicht anders. Unwillkürlich schweiften seine Gedanken zu dem Abend, an dem Richard verschwunden war. Was, wenn Richard zu Daphné gegangen war, um ihr zu erzählen, dass er etwas entdeckt hatte?

Etwas über sie?

Das war knapp! Ich hätte nicht gedacht, dass die zwei Schnepfen mir auf die Spur kommen würden. Sie waren also nicht so dumm, wie sie aussahen. Das war aber auch ihr Pech: Mit meiner Enttarnung haben sie ihr eigenes Todesurteil unterschrieben. Sie waren vielleicht nicht dumm, aber doch dumm genug, meine Flasche Champagner zu trinken! Zum Glück hatte April eine Flasche in seinem

Büro. Ich hätte nicht gewusst, wo ich sonst eine bekommen hätte. Vielleicht hat ja Autumn irgendwo in seinem Büro eine geheime Bar. Ich würde es ihm zutrauen. Andererseits, heimlich trinken gehört sich eigentlich nicht für einen guten Geheimagenten.

Schon eine Viertelstunde starrte Sam auf seinen Bildschirm. Dass mittlerweile der Bildschirmschoner lief, war ihm gar nicht aufgefallen. Selbst eine Schatzkiste voller Gold vor seiner Nase hätte ihn nicht aus seiner Trance gerissen.

Als plötzlich die Tür aufging und Daphné ins Zimmer kam, drehte Sam nur den Kopf und reagierte ansonsten überhaupt nicht. Er sah sie an, als wäre sie ein Gespenst. Die ganze Zeit hatte er an sie gedacht und plötzlich stand sie direkt vor ihm. Sam konnte das auf die Schnelle gar nicht einordnen.

»Sam? Was ist los?«

Daphné sah ihn argwöhnisch an.

»Sam, warum schaust du so?«

Sie hatte das Gefühl, als spräche sie mit einer der lebenden Statuen, die in den Städten manchmal mit ihren komischen Kostümen in der Fußgängerzone standen und sich nur bewegten oder redeten, wenn jemand Geld in das zu ihren Füßen aufgestellte Kästchen warf.

»Sam, sag doch endlich was, man könnte meinen, du seist hypnotisiert oder so.«

Langsam kam wieder Leben in Sam.

»Daphné«, stammelte er. »Daphné.«

»Ganz richtig, Sam. So heiße ich. Daph-né.« Sie lächelte. »Ich bin froh, dass du mich noch kennst.«

Seit Tagen hatte sie nichts mehr von Sam wissen wollen, und nun kam sie hier hereingeschneit, als ob nichts geschehen wäre. Sam beschloss, abzuwarten und mitzuspielen.

Er lachte nun auch. »Ja, ich kann mich noch dunkel erinnern. Ich habe kurz zwischen Daphné und Akne gezweifelt, habe mich dann aber glücklicherweise richtig entschieden.«

Daphné überging geflissentlich Sams schlechten Witz und platzte direkt mit dem Grund ihres Kommens heraus.

»Sam, ich weiß, wer der Täter ist!«

Was?

»Ich habe es schon eine ganze Weile vermutet, aber jetzt bin ich mir wirklich sicher.«

Sam wurde kurz wieder zu der lebenden Statue von vorhin. Die Person, die er gerade noch verdächtigt hatte, kam nun selbst mit der Behauptung an, den Täter zu kennen. Da musste man ja einen Knoten in die Gehirnwindungen bekommen.

»Na? Du sprudelst ja nicht gerade vor Neugierde. Willst du nicht wissen, wer es ist?«, fragte Daphné enttäuscht.

Wie es sich für einen ordentlichen Geheimagenten gehört, erlangte Sam schnell wieder die Fassung. Er setzte sich auf und sah Daphné in die Augen.

»Entschuldige, ich habe selbst schon eine ganze Weile über dem Fall gebrütet, aber ich bin auf keinen grünen Zweig gekommen. Du hast mich ein bisschen überrascht.«

Sam wollte nicht auf sein eigenes Verhalten eingehen. Er wollte nicht, dass Daphné von seinem Verdacht erfuhr.

»Wer ist denn der Täter?«, lenkte er ab.

Heute setzte Daphné sich nicht auf sein Bett, sondern auf den harten Fußboden. Im Schneidersitz sah sie Sam eindringlich an.

»Eigentlich hättest du es schon längst wissen können«, sagte sie. »Aber du wolltest es nicht sehen.«

Sam sah sie fragend an. Nun war es auch noch seine eigene Schuld!

»Kurz vor seinem Verschwinden war Richard noch bei mir«, sagte Daphné.

»Ja, ich weiß«, nickte Sam.

»Wie, das weißt du?«, fragte Daphné überrascht. »Woher weißt du das denn? Nachdem er von mir weggegangen war, hat ihn niemand mehr gesehen.«

»Ich habe ihn nicht nach seinem Besuch bei dir gesehen, sondern davor«, erklärte Sam.

»Und er hat dir erzählt, dass er auf dem Weg zu mir war? Offenbar weißt du mehr davon als ich.«

Sam schüttelte den Kopf. Er stand kurz auf und drehte seinen Bürostuhl um. So konnte er die Unterarme auf der Rückenlehne aufstützen, während er mit Daphné sprach.

»Das ist alles, was ich weiß. Ich habe Richard nicht recht vertraut. Er war einmal zu spät in den Unterricht gekommen. Ich hatte ihn ertappt, als er bei Frau August stand. Und ich vermutete, dass er versucht hatte, mich zu ermorden.«

»Richard wollte dich ermorden?«, erschrak Daphné. »Wie? Wann?«

»Langsam«, beschwichtigte Sam. »Mittlerweile bin ich mir nicht mehr so sicher, dass er mich wirklich ermorden wollte. Bei näherem Hinsehen kann es gut sein, dass er mich gerettet hat.«

Daphné neigte ihren Kopf leicht zur Seite und lächelte.

»Ich will ja keine offenen Türen einrennen, Sam, aber es macht schon einen kleinen Unterschied, ob man jemanden ermorden will oder ihm das Leben rettet.«

Sam seufzte und stützte das Kinn auf die Rückenlehne seines Stuhls. »Ja, schon klar, aber in dem Moment wusste ich nicht, was ich davon halten sollte. Ich war im Schwimmbecken gefangen und Richard hat mich herausgeholt.«

»Das sieht mir aber doch eher nach einer Rettung als nach einem Mordversuch aus«, sagte Daphné. »Die Tatsache, dass du hier vor mir sitzt, scheint mir dafür der beste Beweis zu sein.«

»Du hast ja recht«, sagte Sam. »Aber wir schweifen ab. Was ich eigentlich sagen wollte: Vorgestern hörte ich etwas im Gang. Ich schaute nach und sah Richard durch die Gänge schleichen. Wie ferngesteuert folgte ich ihm, du weißt ja, wie gut ich meine Neugierde im Zaum halten kann!«

»Der Tag, an dem du etwas nicht untersuchen willst, ist der Tag, an dem die Sonne sich plötzlich um die Erde dreht«, bestätigte Daphné scherzend.

»Genau. Ich konnte Richard gerade noch in dein Zimmer gehen sehen, als Dampsey und McPeace mich abfingen.«

»Wirklich? Und was haben sie gesagt?«

»Dass ich Richard ohne Grund verfolgen würde. Dass sie wüssten, wer der Täter sei.«

»Dann weißt du also auch schon, wer es getan hat? Warum hast du das denn nicht gleich gesagt?«

Daphné klang aufgebracht. Auf einmal hatte sie vergessen, dass sie es war, die Sam die letzten Tage geschnitten hatte.

»Nein, ich weiß nicht, wer es getan hat. Das wollten sie mir nicht einfach so auf die Nase binden! Und davon abgesehen, selbst wenn ich es gewusst hätte, wann hätte ich es dir denn erzählen sollen? Du hast mich tagelang keines Blickes gewürdigt!«

Sams Vorwurf ließ Daphné kurz verstummen. Sie lehnte sich auf ihren Ellbogen gestützt nach hinten.

»Dafür hatte ich einen guten Grund«, sagte sie nach einer Weile.

»Einen Grund, den mir Richard vor zwei Tagen auch noch einmal bestätigte. Ich habe nicht dich ignoriert, Sam, sondern das Anhängsel, das dir nun schon eine ganze Weile wie ein Schatten folgt.«

Sam überlegte. »BBJ?«

»Wer denn sonst? Ich glaube, dieser Junge folgt dir selbst auf die Toilette! Sicher praktisch, sollte dir das Klopapier ausgehen, dann kann er dir gleich neues holen.«

»Nun übertreib mal nicht. BBJ ist ein intelligenter Kerl und ich mag ihn. Das würdest du vielleicht auch so sehen, wenn du ihm eine Chance geben würdest. Aber du hast ihn ja noch nie ausstehen können!«

»Stimmt, ich hielt ihn schon von Anfang an für einen unangenehmen Gesellen«, bestätigte Daphné. »Und mit Stolz kann ich sagen, dass meine Intuition mich nicht getrogen hat.«

»Wie meinst du das?«, fragte Sam.

Daphné setzte sich wieder auf.

»Schnallst du es denn immer noch nicht, Sam? All dieser Mist, den wir nun auf der *Spy School* mitmachen, ist diesem unangenehmen Gesellen zu verdanken. BBJ ist der Täter!«

»Was?«

Sam traute seinen Ohren nicht. Dass Daphné BBJ nicht ausstehen konnte, war das eine, ihn aber der Giftanschläge zu beschuldigen, ging etwas zu weit.

»Verteidigst du ihn also weiterhin?«, fragte Daphné ungläubig. »Willst du wirklich den in Schutz nehmen, der dein Vertrauen derart missbraucht hat?«

Sam wusste nicht, was er darauf sagen sollte. Was wollte Daphné damit erreichen? Dass er seinen Freund mir nichts, dir nichts fallen ließ? Wollte sie ihn zwingen, sich zwischen BBJ und ihr zu entscheiden?

Normalerweise wäre diese Entscheidung einfach gewesen. Daphné war immer seine Freundin gewesen, er würde sie nicht einfach so fallen lassen. Doch was er eben über sie entdeckt hatte, ließ ihn zweifeln. Konnte er ihr noch glauben? Sam beschloss, ihr erst weiter zuzuhören und eine Entscheidung auf später zu verschieben.

»Okay, Daphné«, sagte er. »Überzeuge mich von BBJs Schuld.«

Das ließ sich Daphné nicht zweimal sagen. Sie stand auf und ging während ihrer Ausführungen im Zimmer umher.

»Richard kam zu mir, um mir zu sagen, dass er herausgefunden hat, wer der Täter war.«

»BBJ«, ergänzte Sam ungefragt.

»Wer sonst? Richard hatte allerdings keine Beweise, sondern nur Vermutungen. An dem Tag, an dem er August im Koma vorfand, hatte er sowohl August als auch BBJ mit dem gleichen Brötchen herumlaufen sehen. Mit dem Unterschied, dass auf dem von BBJ Salat war und auf dem von August nicht. Aber als Richard August entdeckte, war auf ihrem Brötchen ebenfalls Salat. Vergifteter Salat.«

Sam war nicht besonders beeindruckt.

»Nun, lass mich dann auch verhaften, denn ich glaube, dass ich an diesem Tag auch ein Brötchen mit Salat gegessen habe!«

»Ha, ha, sehr witzig, Sam. Ich habe doch gesagt, dass es keinen konkreten Beweis gibt. Jedenfalls hat

Richard BBJ von da an beobachtet, und er fand, dass BBJ sich sehr eigenartig verhielt.«

»Was verstehst du unter ›eigenartig‹?«

»Wenn er nicht bei dir war, lief BBJ immer alleine herum. Es sah aus, als wollte er niemanden sonst auf der *Spy School* näher kennenlernen.«

»Na und? Er wollte eben seine Ruhe haben«, widersprach Sam der Folgerung. »Wenn man jemanden beobachtet, scheint derjenige immer seltsame Dinge zu tun. Wenn man jemanden verdächtigt, interpretiert man alles, was er tut, als verdächtig.«

»Das ist mir klar, Sam, aber das Beste kommt noch«, sagte Daphné.

»Da bin ich aber neugierig«, sagte Sam so aufgeregt wie ein Kind, das merkt, dass sein Geschenk das x-te Kuscheltier enthielt und nicht die neueste Spielkonsole.

»Richard hat mir auch erzählt, dass er zu BBJ gehen wolle, um ihn zur Rede zu stellen. Er wollte BBJ dazu bringen, sich zu verplappern. Dann hätte Richard zu Summer gehen und BBJ aufhalten können.«

Mit ihren letzten Worten hatte Daphné Sams Aufmerksamkeit doch noch gewinnen können.

»Nun ist Richard verschwunden«, fuhr Daphné fort. »Und der Letzte, der ihn gesehen hat, ist – genau – BBJ!«

In Sam regten sich Zweifel. Er war davon überzeugt gewesen, dass Daphné die Letzte war, die Richard gesehen hatte, aber nun behauptete sie etwas anderes.

»Du glaubst mir nicht?«

Es klang eher nach einer Feststellung als nach einer Frage.

»Warum sollte ich dir nicht glauben?«, fragte Sam unschuldig.

»Weil du mich so komisch ansiehst.«

»Entschuldige mal, ich brauche eben ein bisschen, bis ich all diese Informationen verarbeitet habe. Du kommst hier mit lauter Beschuldigungen hereingeschneit, da ist es doch normal, dass ich erst einmal kurz nachdenken muss.«

Daphné hörte auf, durch das Zimmer zu tigern. »Gut, denk du mal in Ruhe nach. Inzwischen gebe ich dir noch etwas zusätzliches Futter: Hast du dich schon gefragt, warum alle Schüler so schnell wussten, dass Autumn vergiftet wurde?«

»Gefragt habe ich mich das durchaus«, antwortete Sam. »Aber eine Antwort habe ich noch nicht gefunden.«

»Dann werde ich dir die Antwort geben: BBJ hat das Gerücht verbreitet.«

»Jeder Schüler hätte das Gerücht verbreiten können. Warum sollte ausgerechnet er es gewesen sein?«

Daphné warf ihm einen Blick zu, mit dem sie ihm deutlich zeigte, was sie von dieser dummen Frage hielt. »Um Panik auf der *Spy School* zu verbreiten, natürlich. Oder wie wäre es damit: um dich in einem schlechten Licht erscheinen zu lassen. Ich könnte wetten, dass Summer dich gebeten hat, nichts über das, was du gesehen hattest, zu erzählen.«

Sam nickte. »Stimmt.«

»Und was denkt Summer, wenn plötzlich die ganze Schule Bescheid weiß? Doch sicher nicht, dass eine der Lehrkräfte sich verplappert hat. Nein, Summer denkt dann, dass sein Schützling, ein gewisser Sam Smith, den Mund nicht halten konnte!«

So hatte Sam es noch gar nicht gesehen. Sollte das wirklich BBJs Absicht gewesen sein? Er erschrak. Nun nannte er selbst schon BBJ den Täter. Daphnés Ausführungen hatten deutliche Spuren hinterlassen.

»Okay, ich sehe, worauf du hinauswillst«, sagte Sam. »Aber ich will noch keine Schlüsse daraus ziehen.«

Daphné hob die Hände in den Himmel.

»He, meinetwegen brauchst du gar keine Schlüsse zu ziehen! Ich sag einfach nur, was ich denke.«

»Ja, ja, das kann schon sein. Hast du noch mehr Anhaltspunkte?«, fragte Sam grummelnd.

»Weißt du noch, als wir vor ein paar Tagen in meinem Zimmer saßen und BBJ hereinkam?«

Sam nickte.

»BBJ schwitzte wie ein Schwein.«

»Im Moment schwitzt doch jeder wie blöd. Ich hoffe, du hast noch bessere Argumente in petto.«

»Nein, BBJ schwitzte mehr. Stärker ... Als hätte er gerade etwas sehr Anstrengendes getan.«

Daphné hielt inne und starrte auf Sams Computer. Der Bildschirmschoner zauberte allerlei farbige Linien auf den Monitor.

»Weißt du noch, was kurz zuvor passiert war?«, fragte sie.

Sam wusste es nur allzu gut. Bevor er zu Daphné gegangen war, hatte er Richard und August entdeckt.

»Dass BBJ so schwitzte, hat also deiner Meinung nach mit dem Giftanschlag auf Frau August zu tun?«, fragte er.

»Ja. Was genau, weiß ich nicht, aber es hat sicher etwas damit zu tun!«

Sam überlegte. Daphnés Vermutungen waren vage, aber nachvollziehbar. Vor allem weil ihm selbst noch ein Vorfall einfiel. Am Morgen, nachdem er Autumn gefunden hatte, hatte BBJ an seinem Bett gesessen. Was hatte er da zu suchen gehabt? Sams Wecker hatte nicht geklingelt, hatte BBJ ihn verstellt? Oder hatte er etwas in sein Zimmer legen wollen und war durch Sams unzeitiges Aufwachen überrascht worden?

Sam seufzte und wischte sich den Schweiß aus dem Gesicht.

Vielleicht hatte BBJ ihn ja wirklich wecken wollen. Warum konnte er das nicht einfach glauben? Warum musste er im Moment alles hinterfragen?

Wahrscheinlich waren alle Schüler der *Spy School,* ihn selbst eingeschlossen, inzwischen schon ein wenig paranoid.

Als Sam sich mit seinem Stuhl drehte, stieß sein Arm an die Computermaus. Der Bildschirmschoner verschwand, und das Dokument, an dem er gearbeitet hatte, kam zum Vorschein.

Daphné sah neugierig auf den Monitor.

»Was ist das?«

Sam sah erschrocken auf. Seine Notizen zu dem Fall! Die durfte Daphné auf keinen Fall sehen.

»Das, oh, ähm, ach nichts, einfach etwas, an dem ich gearbeitet habe.«

Das unbeholfene Lächeln auf seinem Mund bestärkte Daphnés Vermutung nur, dass er etwas vor ihr verbarg.

»Na, lass mich mal schauen! Ich habe meinen Namen gesehen.«

Grob schob sie Sam zur Seite und überflog den Monitor. Beim Lesen klappte ihr langsam die Kinnlade nach unten. Ihr Gesicht zeigte erst Verzweiflung und dann reine Wut.

»Was? Du verdächtigst mich? Ist das dein Ernst?«

»Daphné, warte«, bettelte Sam, der wusste, wie schnell Daphné manchmal Schlüsse zog.

»Das glaube ich jetzt nicht!«, tobte Daphné. »Die ganze Zeit, die wir hier sitzen und über BBJ reden, denkst du, dass ich die Täterin bin?«

»Nein, Daphné, ich habe nur ... Ich wollte nur alles ...«

Sam suchte vergeblich nach Worten, die ihn aus dieser Misere retten konnten.

»Nach allem, was wir zusammen durchgemacht haben«, flüsterte Daphné. Mit Tränen in den Augen sah sie Sam an. »Denkst du wirklich, dass ich ...?«

Sam schluckte und schüttelte den Kopf. »Nein. Nein, natürlich nicht, aber ich ...«

Das Wort blieb ihm im Halse stecken. Er hätte sich ohrfeigen können. Warum hatte er unbedingt alles am Computer festhalten müssen?

Daphné drehte sich um. Bevor sie das Zimmer verließ, sah sie Sam noch einmal an. »Dass du mir das antun kannst, Sam. Alle anderen, aber doch nicht du.«

Sie schüttelte den Kopf und lief, gegen ihre Tränen kämpfend, auf den Gang.

Sam ließ sich vom Stuhl fallen und schlug einige Male mit dem Kopf gegen den Boden. Er hatte das Gefühl, sämtliche Kontrolle verloren zu haben. Es war, als hätte jemand ein Drehbuch für ihn geschrieben, dem er folgen musste, ob er wollte oder nicht. Er fühlte sich, als ob er vom Strom der Ereignisse einfach mitgerissen wurde, und fragte sich, wo er wohl an Land gespült werden würde.

14

Ruhe vor dem Sturm – Tag 7

Sonntag war ein freier Tag auf der *Spy School.* Die Schüler hatten keinen Unterricht und durften ihre Zeit frei einteilen. Manche lernten, andere machten Sport und wieder andere hatten sich entschieden, einfach zu faulenzen. Doch selbst wenn die *Spy School* auch am Sonntag Unterricht gehabt hätte – heute hätten die Schüler dennoch freigehabt. Es waren schlicht und ergreifend kaum noch Lehrkräfte übrig.

Summer sah sich seufzend die Liste der Opfer an: Autumn, August, January, April und June waren die ersten gewesen. Wäre es doch nur dabei geblieben! Seitdem waren noch February, October und May dazugekommen. Selbst Dampsey und McPeace hatten die Segel streichen müssen. Summer ärgerte sich noch immer, dass sie ihm nicht erzählt hatten, wen sie in Verdacht hatten. Nun war ihre Detektivarbeit völlig für die Katz gewesen.

Im Moment gab es nur noch vier Lehrkräfte auf der *Spy School:* July, September, March und November. Zu wenige, um alle Klassen zu unterrichten. Zu allem

Überfluss war sein Kollege Spring einige Wochen in Ostasien auf geheimer Mission. Auch die zwölfte Lehrkraft, December, war auswärts zu einem Auftrag. Summer konnte keinen von beiden erreichen.

Er hatte eine Rundmail an alle geschickt, dass der Unterricht bis auf Weiteres ausfallen würde. Sobald ein wenig Licht in die Geschehnisse der vergangenen Woche gekommen war, sollte der Unterricht wieder aufgenommen werden. Summer hoffte, dass seine Schüler in der Zwischenzeit nicht von der Hitze und der Spannung, die in der Luft hing, völlig verrückt werden würden. Es wäre jammerschade, vierzig zukünftige Geheimagenten auf diese Weise zu verlieren.

Dem übrigen Personal hatte er eine Woche Urlaub gegeben. Die Opfer brauchten im Moment keine Pflege, daher hatte Summer am liebsten möglichst wenige Leute in der *Spy School*.

Summer musste husten, doch auch das brachte ihm keine Erleichterung. Seine Kehle war staubtrocken, denn seit Tagen hatte er nichts mehr gegessen oder getrunken. Er traute sich nicht. Er hatte sein Brötchen im Labor untersuchen lassen. Sein sechster Sinn hatte ihn nicht getäuscht: Das Brötchen war vergiftet gewesen. Der Salat war voller Teufelskraut.

Der mysteriöse Täter hatte also auch ihn im Visier. Das überraschte Summer nicht. Wenn schon beinahe das ganze Kollegium im Koma lag, würde der Täter nicht gewillt sein, für ihn eine Ausnahme zu machen. Dass ihm jemand nach dem Leben trachtete, war nicht neu. Die Arbeit als Geheimagent war nun einmal kein Bürojob, bei dem die existenziellste Bedrohung eine kaputte Kaffeemaschine war. Durchaus neu für ihn war allerdings die Tatsache, dass er so machtlos war. Die *Spy School* war doch, verdammt noch mal, ein Institut zur Ausbildung von Geheimagenten. Dennoch gelang es ihnen nicht, dem mysteriösen Giftmischer das Handwerk zu legen. Das konnte nur heißen, dass es jemand aus der *Spy School* selbst sein musste. Ein Fremder wäre schon längst aufgefallen. Und nichts ist schwieriger zu bekämpfen als ein Verräter in den eigenen Reihen. Summer versuchte die Lippen mit der Zunge zu benetzen. Er musste etwas trinken, sonst ging er auch ohne Teufelskraut vor die Hunde. Aber nicht hier, er musste nach draußen gehen. Plötzlich erschien die Außenwelt wie ein sicherer Hafen, weit weg von all dem Elend auf der *Spy School*. Verzweifelt schüttelte Summer den Kopf. Dass es so weit hatte kommen können.

Sein oder Nichtsein, das ist die Frage. Ist es das? Wenn man mich fragt, gibt es aber noch eine dritte Option. Man sehe sich nur die Lehrkräfte an, die von meinem Teufelskraut probieren durften. Sind sie noch? Schwer zu sagen. Jedenfalls, wenn sie noch sind, dann wird dieser Zustand nicht mehr lange anhalten. Für Autumn drängt die Zeit nun allmählich sehr. Jammerschade, dass er kein Gegen-

gift hat. Ich mittlerweile schon. Eigentlich müsste ich mich noch bei January für seine Arbeit bedanken. Allerdings glaube ich nicht, dass er mich hören kann. Und ich sollte mich lieber auf meine Arbeit konzentrieren. Was ist der nächste Schritt? Mal sehen. Die Drähte mit der Zündung verbinden? So eine Bombe herstellen ist einfacher, als ich dachte. Mein großes Finale wird nicht unbemerkt bleiben. Eigentlich schade, dass es beinahe vorbei ist!

Sam schlenderte ziellos durch die *Spy School*. Er hörte den Klang seiner eigenen Schritte laut in den Gängen. Es war unangenehm still. Alle Schüler hatten sich in ihren Zimmern eingeschlossen. Die Angst, das nächste Opfer zu werden, war spürbar. Richard hatte man noch nicht gefunden. Daher fürchteten viele Schüler, dass sie nicht nur vergiftet, sondern auch entführt werden könnten.

Sam klopfte bei seinem Nachbarn John Cole. Nach einem Gepolter im Zimmer ging die Tür auf. John steckte den Kopf heraus und sah scheu in den Gang.

»Was ist?«

»Nichts, ich wollte einfach nur jemanden sehen. Ist dir schon aufgefallen, wie still es hier ist?«

John zuckte mit den Schultern.

»Das bedeutet wahrscheinlich, dass niemand gestört werden will.«

»Wahrscheinlich«, bestätigte Sam und fügte hinzu: »Blöd. Wir dürfen uns doch nicht so einschüchtern lassen!«

John starrte ihn verständnislos an. Er sah müde aus.

»Mach du, was du willst, Sam. Ich habe beschlossen, kein Risiko einzugehen, und das tue ich nun doch schon seit zwanzig Sekunden.«

»Was meinst du?«, fragte Sam überrascht.

»Tschüs, Sam!«

Johns geschlossene Zimmertür war eine mehr als deutliche Antwort. Enttäuscht starrte Sam vor sich hin. Er langweilte sich nicht gerne, aber die Angst, die auf der *Spy School* umging, ließ ihm keine Wahl.

Ein plötzlicher Knall schreckte ihn auf.

Was war das?

Es hatte geklungen, als ob eine Bombe explodiert war. Gespannt spitzte Sam die Ohren, in der Hoffnung, die Quelle des Geräuschs zu entdecken. Er hielt den Kopf nach unten, als könne er so mehr Geräusche wahrnehmen. Erst nachdem er sich eine Minute lang bemüht hatte, kam er zu einem Ergebnis. Er ortete etwas im Nebengang.

Entschlossen rannte er dem Geräusch entgegen. Die Anspannung bremste Sams Selbstkontrolle, und ohne erst um die Ecke zu schauen, bog er in den anderen Gang ein. Die Folge war ein Zusammenstoß mit Summer. Sam stürzte nach hinten, Summer blieb auf den Beinen und sah Sam verärgert an.

»Herr Smith, warum rennen Sie wie ein Irrer durch die Gänge? Ist Ihnen etwa noch nicht warm genug?«

Vom Boden aus sah Sam mit errötenden Wangen nach oben.

»Ich habe einen Knall gehört, Herr Summer. Und ich wollte wissen, was los war.«

»Einen Knall?«, fragte Summer und streckte die Hand aus, um Sam aufzuhelfen. »Fühlen Sie sich nicht so gut, Herr Smith? Ich habe gar nichts gehört.«

»Mir geht es prima, Herr Summer. Aber ich habe wirklich einen Knall gehört. Wie bei einer Bombenexplosion!«

Summer sah ihn eindringlich an. »Vielleicht sollten Sie sich doch hinlegen. Ich denke, dass die Hitze Ihren Ohren zu schaffen macht. Die *Spy School* ist schon den ganzen Tag so still wie eine Maus. Ähm, mucksmäuschenstill, meine ich.«

Summer schüttelte den Kopf. »Genau das meine ich. Die Hitze hat auch mein Gehirn in der Mangel. Sich auszuruhen ist sicher nicht verkehrt.«

Er ließ Sams Hand los. Sam stand inzwischen wieder auf eigenen Beinen.

»Und wenn Sie mich nun entschuldigen würden. Auch ich möchte mich ein wenig erholen.«

Summer ließ Sam stehen und lief durch den Gang. Sam sah ihm nach, bis er um die Ecke bog. Seltsam, Summer musste den Knall doch auch gehört haben. Er war aus seiner Richtung gekommen. Oder log Summer und spielte nur den Unwissenden? Oder sah Sam

Gespenster und der Knall war überhaupt nicht aus Summers Richtung gekommen? Oder hatte es überhaupt keinen Knall gegeben?

Sam stieß einen langen und tiefen Seufzer aus. Vielleicht sollte er sich wirklich kurz hinlegen.

15

Haarscharf – Tag 8

Dann wollen wir mal die Aula in Angriff nehmen. Wenn ich die Bomben geschickt platziere, kann ich schon die Hälfte des Gebäudes wegblasen. Dann muss ich mich allerdings selbst noch in Sicherheit bringen. Puh, was für eine Aufgabe. So, jetzt schnell wieder weg, es gibt noch einiges zu tun. Ein paar Lehrkräfte sind noch übrig. Die müssen ganz schön Muffensausen haben, denn sie wissen, dass sie die nächsten Opfer des Teufelskrauts sein werden! Was ist das für ein Geräusch? Ui, jemand kommt aus dem Aufzug. O nein, die Tür der Aula ist noch offen! Ich darf nicht entdeckt werden. Noch nicht. Still stehen bleiben, nicht bewegen. Vielleicht sieht man mich nicht …

Der Aufzug ging auf und Summer kam heraus. Er fühlte sich frischer als in den vorherigen Tagen. Es hatte ihm gutgetan, gestern die *Spy School* zu verlassen. Er hatte gut gegessen und getrunken. Danach war er noch einkaufen gewesen und hatte drei kleine Flaschen Wasser gekauft. Die behielt er ab jetzt immer bei sich, damit niemand sich daran zu schaffen machen konnte.

Als Summer in die Stadt gegangen war, war ihm aufgefallen, dass Portman nicht an seinem Platz gesessen hatte. Weder beim Verlassen noch beim Betreten des Gebäudes hatte er den Portier gesehen. Und das, obwohl er ihm den Auftrag gegeben hatte, ohne seine Zustimmung niemanden herein- oder hinauszulassen. Wahrscheinlich hatte Portman sich wieder etwas zu essen geholt.

Ich muss ihn dringend noch einmal auf seine Pflichten hinweisen, dachte Summer.

Als er durch den Gang ging, bemerkte er, dass etwas nicht stimmte. Summer sah sich um und stellte fest, dass er hier völlig verkehrt war. Statt im vierten Stock war er im sechsten Stock ausgestiegen. Nun war er auf der Etage der Aula, während er doch eigentlich in sein Büro musste. Seufzend drehte Summer sich um. Sein Körper war zwar frischer, sein Kopf allerdings nicht.

Plötzlich fiel Summers Blick auf die Tür der Aula. Warum stand die offen? Wenn keine Versammlung stattfand, musste die Aula immer verschlossen sein. Aber er konnte nun ja schlecht einem Kollegen eins auf den Deckel geben. Die paar, die noch übrig waren, hatten etwas anderes im Kopf.

Er ging zu der Tür und sah in den Saal. Es war so dunkel in der Aula, dass er nur mit Mühe ein paar Meter weit sah. Summer streckte die Hand nach dem Lichtschalter aus. Seine Hand glitt fühlend, tastend über die Wand. Ganz knapp verfehlte sie den Schalter. Und ganz knapp verfehlte sie auch die Gestalt, die sich gegen die Wand drückte und, bereit zum Zuschlagen, einen Gegenstand umklammert hielt.

Summer zuckte mit den Schultern, zog seine Hand zurück und schloss die Tür. Er hatte nicht bemerkt, wie dicht er bei der Person gestanden hatte, die ihm nun schon eine Woche lang Kopfschmerzen bereitete. Und genauso wenig hatte er bemerkt, welcher Gefahr er gerade entkommen war.

Sam holte sich gerade *Mafia* aus der Wand, als ihm plötzlich auffiel, dass er noch nie in BBJs Zimmer gewesen war. Der Gedanke kam aus heiterem Himmel, denn eigentlich hatte er gerade darüber nachgedacht, wie schade es doch war, dass auf der *Spy School* keine Süßigkeiten erhältlich waren.

Doch auf einmal musste er an BBJ denken und direkt kamen ihm auch die Worte von Daphné wieder ins Bewusstsein: *All dieser Mist, den wir nun auf der* Spy School *mitmachen, ist diesem unangenehmen Gesellen zu verdanken. BBJ ist der Täter!*

Warum waren sie immer in Sams Zimmer gewesen? Hatte BBJ etwas zu verbergen? Oder war es bei ihm so unordentlich, und er wollte vermeiden, dass Sam die Unordnung sah?

Je mehr Sam darüber nachdachte, desto mehr glaubte er Daphné. War BBJ nicht ein wenig zu sympathisch? Warum war er auf Sam zugegangen?

Sam ging zu seinem Zimmer und saugte unterwegs schon ein paar Spaghetti ein. Er durfte keine voreiligen

Schlüsse ziehen. Alles schien plötzlich auf BBJ zu weisen, aber stimmte das?

Als er sein Zimmer betrat, war ihm klar, dass er diesen Gedanken nicht mehr abschütteln konnte. Er war plötzlich völlig davon überzeugt, dass niemand anders als BBJ der Täter war. Viele Beweise hatte er zwar nicht, aber er vertraute seiner Intuition. Die hatte ihn noch nicht oft im Stich gelassen. Sam hoffte sehr, dass sie das auch nun nicht tun würde.

»In Ordnung, Summer. Nein ... Ja ... Nein, es ist wirklich kein Problem. Ich verstehe, dass Sie sich Sorgen machen ... Ja, ich werde Sie möglichst schnell informieren. Auf Wiedersehen, Summer!«

Frau November ließ langsam ihr Telefon wieder in die Station gleiten. Als sie den Hörer losließ, sah sie feuchte Flecken, wo ihre Finger gewesen waren. Sollte diese Hitze nie ein Ende nehmen? Ein normaler Mensch besteht zu neunzig Prozent aus Wasser, doch bei ihr waren es im Moment nicht mehr als fünfzig Prozent, da war sie sicher. Jedes Tröpfchen Feuchtigkeit wollte den Körper so schnell wie möglich wieder verlassen.

Summer hatte sie gerade gefragt, ob sie in der Aula nach dem Rechten sehen könne. Die Tür hatte offen gestanden und Summer traute dem Ganzen nicht. Er hatte offenbar July und September schon hingeschickt, doch die ließen nichts von sich hören. November wusste nur allzu gut, warum. Sie hatten im Moment Wichtigeres im Kopf, als die Aula zu inspizieren.

Seufzend erhob sich die blonde Lehrerin von ihrem Bürostuhl. Man konnte meinen, sie sei festgeklebt. Mit gerümpfter Nase sah sie den großen, nassen Fleck an, den sie auf dem Stuhl hinterlassen hatte.

Normalerweise würde sie eine Aufgabe wie diese jemand anderem übertragen. Nun allerdings gab es niemand anderen mehr. Ja, Frau March noch, aber die konnte sie schon seit einer ganzen Weile nicht mehr erreichen. November hoffte, dass ihrer Kollegen nichts geschehen war, aber sie befürchtete das Schlimmste. Sie warf noch einen flüchtigen Blick in den Spiegel neben dem Schreibtisch, richtete ihr verschwitztes Haar und ging dann aus dem Büro.

Auf dem Weg zum Aufzug fragte November sich, warum der Täter bisher noch nicht versucht hatte, auch sie zu vergiften. Traute er sich nicht? November hatte jedenfalls keine Angst. Sie hatte noch nie Angst gehabt, vor nichts und niemandem. Als November noch ein kleines Kind gewesen war, war sie schon auf die höchsten Bäume geklettert und hatte es mit Kindern aufgenommen, die doppelt so alt waren wie sie. Sie hatte niemals verloren.

Sie war fest entschlossen, auch diesmal nicht zu verlieren. Aber dazu musste sie erst einmal wissen, mit wem sie es eigentlich zu tun hatte. Im Augenblick war es schon ein Triumph, dass sie sich noch nicht hatte vergiften lassen. Sie würde schon noch mit dem Gesindel abrechnen, um wen es sich auch handeln mochte.

November drückte auf den Knopf für den Aufzug. Was wäre, wenn innerhalb von drei Tagen kein Gegengift gefunden würde? Dann hätte die *Spy School* keinen Direktor mehr. Wer würde die Funktion dann übernehmen? Summer wahrscheinlich, der war äußerst geeignet dafür.

Sie trat in den Aufzug und ließ sich in den sechsten Stock fahren. Auch Summers Job musste dann von jemandem übernommen werden. December und January waren geeignete Kandidaten. Doch December übernahm im Moment nur Außentätigkeiten, und January würde, sollte er hier lebend herauskommen, seinen Job als Wissenschaftler niemals aufgeben wollen. Nach ihnen kam February in der Hierarchie, danach erst sie selbst. Allerdings lag February im Koma, sollte also das Gegengift nicht rechtzeitig gefunden werden ...

November schlug sich den Gedanken aus dem Kopf, als der Aufzug im sechsten Stock ankam. Nun musste sie auf der Hut sein. Vielleicht hatte Summer doch recht, dass er der Sache nicht traute.

Langsam ging sie zur Tür der Aula. Komisch, die stand offen. Hatte Summer nicht gesagt, dass er die Tür geschlossen hatte?

November hielt inne. Ganz kurz keimten Zweifel in ihr auf. Das hatte sie noch nicht oft erlebt. Ihre Hände fühlten sich feucht an.

Ein plötzliches Geräusch hinter ihr ließ sie erschaudern. Blitzschnell drehte sie sich um. Sie sah gerade noch, wie die Aufzugtüren sich schlossen. Hatten die die ganze Zeit offen gestanden?

Einige Sekunden später meinte sie wieder etwas zu hören. Dieses Mal kam das Geräusch aus der Aula. Doch das leise Gepolter verschwand genauso schnell, wie es gekommen war. November atmete tief ein. Der unbekannte Täter forderte selbst ihre Nerven bis zum Äußersten. Sie nahm sich zusammen und ging vorwärts, ohne weiter zu zögern. Sollte da jemand sein, konnte der etwas erleben.

Es war dunkel in der Aula. November suchte den Lichtschalter und brachte Licht in die Dunkelheit.

Das Bild, das sich November nun bot, brannte sich in ihre Netzhaut ein und sollte sie noch eine Weile verfolgen: Mitten auf dem Podium lagen drei Körper leblos aufeinander.

November eilte zu ihnen und beugte sich über den obersten Körper. Frau September! November überprüfte sofort ihren Puls. Der Herzschlag war kaum zu spüren. Doch sobald sie den Blick auf das Gesicht ihrer Kollegin richtete, wusste November, dass sie nicht tot war: Zwei grüne Streifen waren auf ihren Lippen zu sehen. Noch ein Opfer!

Vorsichtig legte November Frau September wieder zu Boden und widmete sich den anderen Körpern. Sie wusste schon, was sie zu sehen bekommen würde.

Den nächsten Körper erkannte November schon an seiner großen Gestalt: Auch Herr July würde die nächsten Tage im Koma zubringen.

Der dritte Körper war viel kleiner als die anderen beiden. Es war ein Junge. Er lag auf dem Bauch, sodass November ihn nicht gleich erkannte. Vorsichtig zog sie July von dem Jungen herab und legte ihn am Podium ab.

Danach drehte sie vorsichtig den Körper des Jungen um. Sie erschrak. Auch wenn man sich niemals richtig an den Anblick eines toten oder beinahe toten Geheimagenten gewöhnte, war sie doch inzwischen schon ein wenig abgestumpft. Doch der Anblick des Kindes in ihren Armen schnürte ihr die Kehle zu.

Der Gedanke, dass jemand ein wehrloses Kind vergiftet hatte, ließ sie erschaudern. Sicher, es war ein Kind, das zu einem Geheimagenten ausgebildet wurde, aber es war doch vor allem ein Kind.

Sie legte die Hand auf sein Herz und wartete ungeduldig, bis sie einen Herzschlag fühlte. Der kam zu ihrer Erleichterung schnell. Wie ein Baby legte sie den Jungen wieder auf das Podium.

So blieb November eine ganze Weile sitzen. Wie eine besorgte Mutter starrte sie in das Gesicht des Jungen. Es war einer aus dem ersten Jahr. Ein cleveres Bürschchen, auf den sie große Hoffnung setzte. Hoffentlich bekam er noch die Chance dazu, seine Ausbildung zu beenden.

Dass er sich manchmal ein wenig von den anderen absonderte, fand November nicht schlimm. Jeder ist anders. Das würde sich mit der Zeit noch geben. Hoffentlich ...

»Halt durch, Buck B. Jones«, flüsterte sie sanft. Sie konnte nur mit Mühe die Tränen zurückhalten. »Halt durch.«

16

Enttarnt! – Tag 9

Sam öffnete die Augen und massierte seinen schmerzenden Nacken. Er hatte die letzten Stunden in einer äußerst unangenehmen Haltung geschlafen: vornübergebeugt auf einem Stuhl sitzend.

Er drehte den Kopf nach links und rechts in der Hoffnung, seine verspannten Muskeln ein wenig zu lockern.

Schon die ganze Nacht hatte er hier auf der Krankenstation gesessen und gewacht, aber schließlich war er doch eingeschlafen.

Er ließ den Blick auf BBJ ruhen, der in dem Bett vor ihm lag. Er sah friedlich aus. Wüsste er es nicht besser, würde Sam denken, BBJ schlafe einfach. Aber die grünen Streifen auf seinen Lippen ließen keinen Zweifel zu. Auch BBJ war dem Teufelskraut zum Opfer gefallen.

Schon seit er hier saß, konnte Sam ein gewisses Schuldgefühl nicht unterdrücken. Gestern noch hatte er BBJ für den Täter gehalten und nun lag der im Koma. Er hätte sich nicht so von Daphné beeinflussen lassen dürfen. Ihre Beweisführung basierte größtenteils darauf, dass sie BBJ nicht ausstehen konnte. Mit so etwas braucht man zu keinem Richter zu gehen.

»Wenn ich weniger auf Daphné gehört hätte, dann wäre ich vielleicht gestern zu dir gekommen«, sagte Sam zu BBJ. »Und dann würdest du jetzt nicht hier liegen.«

Sam fragte sich, ob BBJ ihn hören konnte. Sein Körper gab jedenfalls keinerlei Zeichen davon.

»Oder wir lägen hier alle zwei«, fügte Sam noch murmelnd hinzu.

Er legte seine Arme verschränkt auf das Bett und stützte sich mit dem Kopf darauf.

»Weißt du, BBJ, ich stelle mir schon die ganze Nacht vor, dass dies nicht möglich ist. Dass es eine Art Albtraum ist und ich gleich aufwache. Aber was soll ich dich mit Träumen vollquasseln. Du hast es gerade mit dem längsten Traum überhaupt zu tun. Wenn ich dich ansehe, muss ich an Julia denken. Die von Shakespeare.«

Sam streckte entschuldigend seine Hände in die Luft, als hätte BBJ protestiert.

»Nein, ich meine nicht, dass du wie ein Mädchen bist. Ich meine, dass ich das Gefühl habe, du könntest jeden Moment wieder aufwachen. Ach, wäre es doch nur so ...«

Eine Stunde lang blieb Sam noch so setzen. Wie ein treuer Hund, der sein Herrchen bewachte. Immer wieder ging ihm durch den Kopf, dass alles ganz anders hätte sein können. Dass er BBJ vielleicht vor der Gefahr hätte beschützen können. Und genauso oft folgte diesem Gedanken die Erkenntnis, dass es nun zu spät war. Wenn, wenn, wenn. »Wenn meine Tante Räder hätte, dann wäre sie ein Bus«, hätte Sams Vater gesagt.

Sam konnte ein Lächeln nicht unterdrücken. Von allen Kindern hatte er wahrscheinlich den am wenigsten witzigen Vater.

Er sah zu BBJ und bemerkte, dass sein T-Shirt schweißnass war. Auch jemand, der im Koma lag, hatte offenbar unter der Hitzewelle zu leiden. Sam stand auf.

»Koma oder nicht, so ein verschwitztes T-Shirt ist nicht angenehm. Ich werde dir ein frisches holen. In deinem Schrank hängen sicher noch einige?«

Sam hätte schwören können, dass in diesem Moment ein leichter Ruck durch BBJs Körper ging.

»Wolltest du etwas sagen? Willst du noch etwas anderes? Etwas zu trinken, einen Keks, ein Spiel oder eine Reise auf eine tropische Insel? Nein? Okay, dann belasse ich es bei einem frischen T-Shirt.«

Daphné lag bäuchlings auf ihrem Bett. Ihr Gesicht steckte tief unter der Decke. Die letzten drei Tage hatte sie kaum ihr Zimmer verlassen. Dass Sam sie verdächtigt hatte, saß ihr immer noch in den Knochen.

Im Moment war ihr alles egal. Zum Teufel mit dem Teufelskraut. Autumn und die anderen taten ihr leid, doch im Moment interessierten der Täter und sein Gift sie genauso viel wie der Inhalt ihrer Nase.

Bling!

Ihr Computer meldete den Eingang einer neuen Nachricht. Langsam stand Daphné auf und setzte sich auf ihren Schreibtischstuhl. Es war eine Nachricht von Summer.

Liebe Schülerinnen und Schüler,
bitte kommen Sie alle in die Aula. In einer halben Stunde gibt es dort eine wichtige Mitteilung.
Summer

Daphné las die Nachricht noch ein zweites Mal und löschte sie dann. Schon im nächsten Moment tat es ihr leid. Sollte sie nicht doch ...? Nein!

Lustlos legte sie sich wieder aufs Bett. Sie legte sich auf den Rücken und starrte die Decke an.

Sie würde später jemanden fragen, um welche wichtigen Neuigkeiten es sich handelte. Warum sollte sie sich abmühen und bis zur Aula gehen, wenn jemand anders ihr alles erzählen konnte?

Daphné ließ ihren Blick über die weiße Decke gleiten. Sie suchte etwas, um sich abzulenken. Woran könnte sie denken?

Vielleicht an nichts. Nichts, ja, das war eine gute Idee. Die beste Idee seit Tagen. Ah, schon war sie abgelenkt. Wenn sie an nichts denken wollte, durfte sie sich dabei nicht zu lange aufhalten. Denn dann dachte sie doch wieder an etwas.

Doch sosehr sie sich auch bemühte, ihre Gedanken kehrten immer wieder zu Sam zurück.

Sam blieb kurz vor BBJs Tür stehen. Es war, als würde er auf der Schwelle zu einer verbotenen Schatzkammer stehen. Nun sollte er erfahren, warum BBJ sich niemals hier treffen wollte.

Sanft surrend öffnete sich die Tür. Vom Gang aus sah Sam in den Raum. Auf den ersten Blick sah er nichts Besonderes. Das Zimmer war zwar unaufgeräumt, aber welches Zimmer war das nicht? Das konnte doch nicht der Grund sein, warum Sam noch niemals hier gewesen war.

Vorsichtig, als ob er Angst hätte, plötzlich durch den Boden zu krachen, machte Sam einen Schritt nach vorne. Nichts passierte. Sam sah ein, dass er übertrieben reagierte. BBJ lag als Opfer des Teufelskrauts auf der Krankenstation, und er stand hier in seinem Zimmer, als würde er auf einem Seil zwischen zwei Wolkenkratzern balancieren.

Plötzlich hörte er etwas. Ein Stöhnen. Es war sehr kurz. Er spitzte die Ohren und wartete. Aber er hörte nichts mehr. Er hatte es sich wohl eingebildet. Wie die Bombe, die er hatte explodieren hören. Er musste einmal seine Ohren überprüfen lassen.

Sam ging zum Schrank und ließ unterdessen den Blick über den Schreibtisch schweifen. Papier, Füller, Stifte, CDs, USB-Sticks, Lehrbücher, ein Stück von einem Brett und ein vertrocknetes Brötchen lagen darauf. Dennoch herrschte in dem Chaos eine gewisse Grundordnung. Sam konnte sich vorstellen, dass BBJ durchaus fand, was er brauchte.

Sam nahm das Handbuch *Meine Bombe und ich*, das sie in Frau Novembers Unterricht benutzten, in die Hand. Dieses Fach hatte ihm immer Spaß gemacht.

Als er das Buch wieder zurücklegte, fiel sein Blick auf etwas, das darunter gelegen hatte. Sam beugte sich vor und betrachtete einen weißen Schreibblock.

Der Schreibblock war ganz gewöhnlich, es gab ihn in millionenfacher Ausführung. Ja sogar in milliardenfacher, würde Autumn sagen.

Außerdem war nichts darauf geschrieben, sodass man sich gar nicht erst die Mühe zu geben brauchte, ihn näher zu begutachten.

Sollte man meinen.

Doch Sam erinnerte sich an etwas, womit er sich früher stundenlang beschäftigen konnte. Manchmal hatte er von seiner Oma einen Block bekommen, auf dem scheinbar nichts stand. Doch wenn er mit einem Bleistift leicht ein Blatt schraffiert hatte, war eine Zeichnung zum Vorschein gekommen. Die Zeichnungen waren in die Blätter hineingekratzt. Wenn man dann mit einem Bleistift darüberging, blieben die Linien der Zeichnung hell, und der Rest wurde dunkel.

Wenn man etwas auf einen Schreibblock schreibt, kann derselbe Effekt auftreten. Wenn man mit dem Stift zu fest aufdrückt, kratzt man den Text zugleich auch in das Blatt unter dem obersten.

Auf dem Block in BBJs Zimmer waren die Abdrücke deutlich zu sehen. BBJ hatte also etwas aufgeschrieben und dann das oberste Blatt abgerissen.

Sam zögerte. Das ging ihn nichts an. Ihm würde es auch nicht gefallen, wenn jemand in seinem Zimmer herumschnüffelte.

Er wollte die Tür des Kleiderschrankes aufmachen, überlegte es sich dann aber doch noch anders.

Er nahm einen Bleistift und setzte ihn flach auf dem Block an. Vorsichtig schraffierte er das Papier.

Langsam kam der Text zum Vorschein. Eigentlich war es gar kein richtiger Text, es waren lauter Ziffern. Sam schraffierte weiter, bis das ganze Blatt grau war. BBJ hatte nicht überall gleich fest aufgedrückt, sodass einige Ziffern nur halb sichtbar wurden.

Doch es musste gar nicht alles sichtbar sein, um zu erraten, was da stand. Es handelte sich um eine chemische Formel! BBJ hatte doch noch gar keinen Chemieunterricht?

Ich kann Ihnen lediglich sagen, dass es sich um jemanden handelt, der zu solchen Gräueltaten fähig ist und außerdem über die nötigen Kenntnisse der Chemie verfügt.

McPeace' Worte gingen ihm im Kopf herum. Sam kam plötzlich ein Verdacht.

Schnell öffnete er die Schreibtischschubladen. In der untersten fand er ein Glasfläschchen mit einer grünen Flüssigkeit. In der obersten Schublade fand Sam einige Drähte und eine Masse, die aussah wie Knetgummi. War das Sprengstoff?

Ihm wurde schwarz vor Augen. Wie konnte das sein? Was war denn passiert?

Er versuchte einen klaren Gedanken zu fassen, aber es gelang ihm nicht. All das war vor seiner Nase geschehen und er hatte nichts dagegen unternommen. Er war gewarnt worden, hatte aber keine Notiz davon genommen. Wie hatte er so dumm sein können?

Erneut hörte er ein Ächzen. Diesmal war es sicher keine Einbildung. Sam sah sich im Zimmer um. Sein Blick fiel auf den Schrank.

Er zog an dem Griff und hätte beinahe die ganze Schranktür herausgerissen. Im Kleiderschrank saß Richard!

Der blinzelte gegen das ungewohnte Licht. Seine Hände waren fest hinter dem Rücken gefesselt und über den Mund war ein breiter Streifen Isolierband geklebt.

Richard sah müde aus und seine Augen waren ganz matt. Er hatte offenbar alle Hoffnung auf Rettung schon aufgegeben gehabt.

Sam stützte Richard, als er aus dem Schrank rollte. Danach zog er mit einer schnellen Bewegung das Isolierband von seinem Mund. Richard war so ausgetrocknet, dass seine Lippen ganz aufgesprungen waren. Es dauerte eine Weile, bis einer von ihnen etwas sagte. Tom Hops und Emma Block, Daphné, Richard ...

Wie konnte ich so blöd sein, sie zu verdächtigen, wo die Lösung doch so naheliegend war?, dachte Sam.

»Der Täter ist also ...«, sagte er langsam.

»BBJ«, vervollständigte Richard den Satz.

17

Stunde der Wahrheit – Tag 9

Es wird Zeit, dass ich mich aus dem Staub mache, ich bin enttarnt. Es konnte ja nicht ewig so weitergehen. Glücklicherweise habe ich Vorkehrungen getroffen. Nur muss es nun etwas schneller gehen als geplant. Erst noch mit Summer abrechnen, der kommt mir sonst noch in die Quere. Danach befreie ich die anderen. Was werden die erleichtert sein. Haltet noch ein wenig durch, Jungs und Mädels. Haltet noch durch …

Summers Gesicht glich dem berühmten Gemälde *Der Schrei* von Edvard Munch: Sein Mund stand so weit offen, dass ein Zwergpanda darin hätte einziehen können. So saß er nun schon eine ganze Weile vor dem Computer. Auf dem Bildschirm war eine E-Mail des Labors zu sehen, an das Summer eine Probe des Teufelskrauts geschickt hatte.

Sehr geehrter Herr Summer,
zu unserem Bedauern haben wir schlechte Nachrichten für Sie. Nach eingehender Untersuchung des

Teufelskrauts haben wir herausgefunden, dass das Kraut empfindlich auf Hitze reagiert. Offenbar beschleunigen hohe Temperaturen die Wirkung der Substanz. Der derzeitige Forschungsstand besagt, dass die Wirkung um etwa zehn Prozent beschleunigt wird. Wir wollten Ihnen dies so schnell wie möglich mitteilen.
Mit freundlichen Grüßen,
Laborteam PKJK

Zehn Prozent von zehn Tagen waren ein Tag. Das bedeutete, dass Autumn bereits nach neun Tagen sterben würde!

Summer sah auf die Uhr neben dem Computer. Es war halb sechs. Sam hatte Autumn ungefähr um diese Zeit gefunden. Das bedeutete, dass Tag neun bereits begonnen hatte. Er hatte gerade noch vierundzwanzig Stunden für Autumns Rettung!

Er las seine E-Mails noch einmal der Reihe nach durch, aber in keiner stand, dass man ein Gegengift gefunden habe.

Summer stöhnte laut auf vor Verzweiflung. Und doch hegte er noch ein Fünkchen Hoffnung: Bei January hatte man keine Aufzeichnungen gefunden. Es war also möglich, dass der Täter sie mitgenommen hatte. Wenn sie den Täter schnell erwischten, konnte er ihnen vielleicht sagen, wo Januarys Berechnungen lagen. Aber dann mussten sie erst einmal herausfinden, wer der Täter war. Wer weiß, vielleicht war er schon längst aus der *Spy School* geflohen.

Summer hätte sich schwarzärgern können, dass er keine Überwachungskameras hatte installieren lassen. Autumn war immer dagegen gewesen.

»Die *Spy School* ist ein sicherer Hafen für Geheimagenten. Überwachungskameras würden dieses Sicherheitsgefühl zunichtemachen«, hatte er immer gesagt.

Summer hoffte, dass Autumn nun nicht seiner eigenen Vorschrift zum Opfer fiel. Doch jetzt war es Zeit, in die Aula zu gehen. Dort sollten nun alle Schüler versammelt sein. Er würde ihnen mitteilen, dass sie vorläufig anderweitig untergebracht werden würden. Vielleicht hätte er das schon früher tun sollen, sodass die anderen Lehrkräfte und er den Fall in aller Ruhe hätten lösen können. Allerdings hatte er nie damit gerechnet, dass es so lange dauern würde. Das hatte es auf der *Spy School* noch nie gegeben. Auch wenn Geheimagenten im Umgang mit unerwarteten Geschehnissen trainiert sind, hatte Summer keine Lösung für das Problem gefunden. Als er sein Büro verlassen wollte, stieß Summer auf Sam und Richard, die in ihrer Eile beinahe durch seine Tür gelaufen wären.

»Herr Smith? Herr James?«, fragte Summer verwundert. »Sollten Sie nicht in der Aula sein?«

Sam und Richard keuchten wie zwei Hunde, die den ganzen Tag umhergejagt waren. Nach dem Spurt bis zu Summers Büro tropfte ihnen der Schweiß nur so herunter.

»Herr Summer«, stammelte Sam. »Wir haben herausgefunden, wer der Täter ist!«

Das hörte Summer nicht zum ersten Mal.

»Ach wirklich?«, reagierte er wenig überzeugt.

»Es ist BBJ!«, rief Richard aufgeregt.

Erst jetzt dämmerte es Summer, dass Richard der Junge war, der seit Tagen vermisst wurde. Und dass die Tatsache, dass er nun vor ihm stand, nicht so selbstverständlich war.

»Buck B. Jones? Aus der A-Klasse? Wie kommen Sie darauf?«

Richard erzählte seine Geschichte. Er war zu BBJ gegangen, weil er wissen wollte, ob er wirklich der Täter war. Als er in BBJs Zimmer gekommen war, hatte er ihn ertappt, wie er das Gift zubereitete. Richard hatte versucht, BBJ zu überwältigen, doch der war stärker, als er erwartet hatte. BBJ hatte Richard mühelos überwunden und anschließend betäubt und im Kleiderschrank eingesperrt.

»Zum Glück hat Sam mich entdeckt«, schloss Richard seine Geschichte, »sonst hätte ich noch lange dadrin schmoren können.«

Summer sah zu Sam.

»Und was hatten Sie im Zimmer von Herrn Jones zu suchen?«

Sam war überrascht, dass Summer dies fragte. Was machte das denn aus? Aber dann wurde ihm klar, dass

Summer alle Details wissen musste, um einen guten Überblick über die Sache zu bekommen.

»Ich wollte ein sauberes T-Shirt für ihn holen. Ich war bei BBJ auf der Krankenstation und er war völlig verschwitzt.«

Während Summer zuhörte, nickte er.

»Haben Sie nicht etwas vergessen?«

Sam und Richard sahen ihn fragend an.

»Buck B. Jones wurde selbst auch vergiftet«, erklärte Summer. »Ich will ja kein Spielverderber sein, aber das macht die Theorie, dass er der Täter ist, doch recht kompliziert.«

Nun konnte Sam Summer folgen. Der wusste noch nicht, was Richard und Sam wussten.

»BBJ liegt nicht mehr in seinem Bett!«, rief Sam beinahe triumphierend, aber er bemerkte gerade noch rechtzeitig, dass es keinen Grund zur Freude gab. »Er muss gewusst haben, dass ich ihn enttarnen würde, wenn ich in sein Zimmer gehe.«

»Aber wie hätte Jones wissen können, dass Sie in sein Zimmer gehen würden?«

Dank seiner Art, alles ständig zu analysieren, überließ Summer nichts dem Zufall.

»Ich habe es ihm erzählt«, antwortete Sam.

»Sie haben es ihm ... erzählt?«

Sam nickte. Summer sah ihn forschend an. »Geht es Ihnen gut, Herr Smith? Ihnen ist aber klar, dass Jones in einem Koma lag, oder? Und dass er Sie nicht hören konnte?«

Sam zuckte mit den Schultern. »Ich wollte ihm Gesellschaft leisten und hoffte, dass er mich irgendwie doch hören konnte.«

»Tja, offenbar konnte er Sie tatsächlich hören«, sagte Summer leise.

Plötzlich klatschte er in die Hände.

»Genug Zeit vertan! Wir müssen so schnell wie möglich in die Aula. Wenn wir alle zusammenarbeiten, fassen wir Jones leicht.«

Bling!

Sam, Summer und Richard sahen zum Computer. Eine Nachricht für Summer.

Er ging zum Schreibtisch und setzte sich auf seinen Stuhl. Sam und Richard folgten ihm auf dem Fuß. Ob es dem guten Ton entsprach, seine Nachrichten mitzulesen, war ihnen in dem Moment egal. Über Summers Schulter hinweg schauten sie auf den Monitor.

Sechs Augen wurden gleichzeitig doppelt so groß wie zuvor, als der Absender auf dem Monitor erschien: Buck B. Jones.

Sehr geehrter Herr Summer,
ich gehe davon aus, dass Sie in diesem Augenblick bereits über alles informiert sind. Wie immer wird Sam Smith sich als äußerst loyal und gewissenhaft erwiesen haben. Er kann nichts dafür, der arme Kerl. Er geht noch immer davon aus, dass Sie Gutes tun. Er glaubt noch, dass er die Welt verbessern kann.

Zum Glück gibt es aber mich – und ich werde die Jungen und Mädchen aus ihrem Wahnsinn retten. Auch Sam. Und ich werde Menschen wie dir, Summer, das Handwerk legen. Oh, Verzeihung, ich sollte sicher »Sie« sagen? Nun, schmeiß mich einfach raus! Schämst du dich nicht, Summer? Wehrlose Kinder zu entführen und ihnen aufzutischen, sie können Geheimagenten werden? Was hast du wirklich vor? Traust du dich, das den Kindern auf dieser sogenannten Schule zu erzählen?

Ich glaube nicht, dass sie von deiner Geschichte noch viel glauben, wenn sie ihren ersten Auftrag bekommen. Wenn sie begreifen, dass ihre einzige Aufgabe darin besteht, jemanden umzubringen. Wie viel bekommt ihr für so einen Auftragsmörder, Summer? Wahrscheinlich genug, um eure Mörderfabrik noch eine Weile weiterlaufen zu lassen! Hast du jemals an die Eltern der Kinder hier gedacht? Sie weinen sich jede Nacht neben einem Foto ihres Lieblings in den Schlaf. Ach, ich vergaß, sie wurden ja hypnotisiert, damit sie nicht mehr wissen, dass sie jemals ein Kind gehabt haben. Wie lange sollen die Schüler hier das noch glauben?

Zum Glück leben wir in einer Welt, in der die Bösen am Ende ihre gerechte Strafe bekommen. Manchmal unmittelbar, manchmal spät, aber doch alle, ohne Ausnahme.

Und heute ist für dich die Stunde der Wahrheit, Summer. Deine Kollegen werden dann auf dem Fuß fol-

gen, dafür wird das Teufelskraut schon sorgen. Entkommen ist unmöglich. Die Spy School *gehört nun mir. Ich habe die Schlüssel, ich öffne die Türen. Ich bestimme, wer hinein- oder hinausgeht.*
BBJ

Mit offenem Mund starrten Sam, Summer und Richard auf die Nachricht. Drei Affen aus dem Londoner Zoo hätten nicht blöder schauen können.

»Was ... wie ... was ...«, stammelte Summer, während er die Hände auf seine Wangen legte. Mit jeder Hand gab er sich einen Klaps, um seine Sprache wiederzufinden.

»Was ist das denn für ein Quatsch?«, rief er aus. »Was meint er denn mit ›Auftragsmördern‹ und ›Stunde der Wahrheit‹?«

Sam sah nachdenklich zur Decke, doch dort fand er leider keine Antworten. Richard vertiefte sich weiter in die Nachricht.

»Sehen Sie, am Ende sagt er, dass die *Spy School* ihm gehört«, sagte er. »Er bestimmt, wer hinein- und hinausgeht. Das geht doch nicht? Er hat doch nicht alle Schlüssel der *Spy School*?«

Sam ließ seinen Blick schweifen. Er sah zu der Tür, die noch offen stand. BBJ hatte also die Schlüssel davon. Plötzlich ging Sam ein Licht auf. Schlüssel? Die meisten Türen der *Spy School* wurden überhaupt nicht mit einem Schlüssel geöffnet. Die meisten Türen waren automatische Schiebetüren!

Aber warum sagte BBJ dann, dass die *Spy School* ihm gehörte? Wie konnte er denn die Türen kontrollieren?

In dem Raum befinden sich alle Steuerungsinstrumente für die Technik der Spy School. *January hat uns das einmal erklärt.«*

In dem Moment wusste er, wo BBJ sich versteckt hielt.

»BBJ ist im Kontrollraum!«, rief Sam. »Von dort kann er alle Türen bedienen. So hat er Kontrolle darüber, wer hineingeht und herauskommt!«

Kaum hatte Sam ausgesprochen, schoben sich die Türen von Summers Büro langsam zu. BBJ versuchte, sie einzuschließen!

Sam und Richard sahen die Gefahr, taten jedoch nichts. Es war, als hätte ihr Gehirn eine Pause eingelegt. Summer hingegen reagierte schnell. Er sprang von seinem Stuhl auf und gab ihm einen kräftigen Tritt. Der Stuhl flog zur Tür. Genau in dem Moment, als die Tür beinahe geschlossen war, verkeilte sich der Stuhl in die noch verbleibende Türöffnung. Die Tür krachte gegen den Stuhl. Dieser gab etwas nach, brach aber nicht.

Riiiiiiiing!

Das plötzliche, schrille Klingeln des Telefons fuhr in Sams Rückgrat und kroch langsam nach oben.

Riiiiiiiing!

Summer blickte vom Stuhl zum Telefon und wieder zurück. Vorerst hielt der Stuhl den Kräften der Tür stand. Summer griff zum Telefonhörer und hielt ihn sich ans Ohr.

»Summer.«

An Summers Gesicht konnte Sam ablesen, dass BBJ am anderen Ende war. Er wollte wissen, was BBJ zu sagen hatte, und schaltete den Lautsprecher des Telefons ein. BBJs vertraute Stimme klang plötzlich richtig garstig.

»... du eingesperrt bist. Ich weiß, dass Sam und Richard auch dort sind. Tut mir leid, Jungs, aber ich kann euch nicht mehr freilassen. Ihr seid die Märtyrer dieser Geschichte.«

Sam wollte reagieren und rufen, dass sie überhaupt nicht eingeschlossen waren. Dass BBJs Plan missglückt war. Doch Summer hielt ihm kurzerhand den Mund zu. Nur ein paar erstickte Schreie kamen heraus. Summer klemmte sich den Hörer unters Kinn und legte den Zeigefinger der anderen Hand an seinen Mund. Sie sollten also still sein.

»Was haben Sie mit uns vor, Herr Jones?«

Summer hielt sich stets an die Höflichkeitsregeln. Es war ihm immer wichtig gewesen, dem Gegner Respekt entgegenzubringen, auch wenn dieser keinerlei Respekt für ihn selbst hatte.

BBJ stieß ein unheilvolles Lachen aus.

»Wie ich bereits sagte, Summer, ist dies die Stunde der Wahrheit. Wenn ihr ein gutes Leben geführt habt, braucht ihr keine Angst haben. Ich denke allerdings nicht, dass das für dich gilt, Summer.«

»Was meinen Sie damit, Herr Jones?«, fragte Summer. »Sie sitzen im Moment am längeren Hebel, da können Sie uns genauso gut sagen, worauf das hinausläuft. Sparen Sie sich doch Ihre kryptischen Worte!«

»Gut«, sagte BBJ. »Ab jetzt also Klartext. Wie spät ist es jetzt bei euch?«

Summer zog die Augenbrauen hoch und sah auf seine Uhr.

»Es ist jetzt beinahe 18.13 Uhr. Warum?«

»Ah, dann fliegt ihr in ungefähr fünfzehn Sekunden in die Luft. Bye, bye.«

BBJs Stimme hatte eiskalt geklungen, ohne auch nur eine Spur von Mitleid. Er war ganz und gar nicht mehr der BBJ, den Sam gekannt hatte.

»Meint er das ernst?«, fragte Richard.

»Lassen wir es besser nicht darauf ankommen!«, rief Summer.

Der Stuhl leistete noch immer trotzig Widerstand, verlor jedoch allmählich immer mehr Boden. Summer zog die beiden Jungen mit zur Tür und warf sie zusammen mit dem Stuhl durch die Öffnung. Zuletzt purzelte er auch selbst in den Gang. Er kam direkt bei Sam und Richard auf die Füße.

Die Bürotür schloss sich nun ungehindert.

Unmittelbar danach betäubte ein lauter Knall sie beinahe. Die Tür flog wieder auf. Sam, Summer und Richard hielten sich schützend die Arme vors Gesicht. Sam fühlte alles Mögliche auf sich zukommen. Glühend heiße Überreste des Schreibtischs landeten auf seinem Kopf. Hastig schüttelte er sie von sich ab.

Kurze Zeit später war alles wieder ruhig. Hustend klopften sie den Staub von sich ab und warfen einen Blick in das Büro. Viel war nicht übrig geblieben. Alles, was Summer im Laufe der Jahre gesammelt hatte, war vernichtet. Von wichtigen Akten bis zu den Matroschkapüppchen, die er von einem Auftrag aus Russland mitgebracht hatte.

Sam bemerkte den verbissenen Zug in Summers Gesicht.

Menschen, die ihr Hab und Gut in Flammen aufgehen sehen, stimmen für gewöhnlich ein großes Wehklagen an. Doch Summer als erfahrener Geheimagent ließ sich nichts anmerken. Trauern konnte er auch noch später, nun hieß es erst einmal, BBJ zu erwischen.

Daphné stand an einer Luke und wartete auf ihren *Halbmond*, als sie die Explosion hörte. Obwohl sie sich vorgenommen hatte, sich aus allem herauszuhalten, ging sie zögernd dem Geräusch entgegen. Übte da jemand mit einer Farbbombe? Nein, Farbbomben machten nicht so einen Lärm.

Daphné erschrak, als sie neben sich den Aufzug aufgehen hörte. Sie machte eine halbe Drehung und sah zu ihrer Überraschung BBJ in der offenen Lifttür stehen. Er sah sie kurz argwöhnisch an. Es sah so aus, als ob er bei ihrem Anblick erschrak.

»BBJ? Was machst du hier?«, fragte sie.

BBJ antwortete nicht direkt. Er taxierte erst die Situation. »Was ich hier mache? Das wollte ich dich fragen! Wir sollen doch alle in die Aula.«

Daphné zuckte mit den Schultern.

»Ich hatte keine Lust. Auf mich hört ja doch keiner.«

BBJ lächelte. »Das kommt mir bekannt vor.«

Danach wurde sein Gesicht wieder ernst. »Aber du musst schnell mitkommen. Es ist etwas Schlimmes mit Sam passiert.«

»Mit Sam?«, fragte Daphné besorgt. So wütend sie auch auf Sam war, sie wollte nicht, dass ihm etwas geschah.

»Das Teufelskraut«, erklärte BBJ. »Jetzt haben sie auch ihn erwischt. Er wird gerade in der Aula versorgt.«

Der Gedanke, dass ihr bester Freund vergiftet worden war, behinderte Daphnés Urteilsvermögen. Ihre Sorge war stärker als das Misstrauen gegenüber BBJ und sie stieg in den Aufzug ein. BBJ drückte auf einen Knopf und die Türen schlossen sich.

»Wann ist das passiert?«, fragte Daphné, während sie angespannt auf die Nummern der Stockwerke starrte.

BBJ antwortete nicht. Daphné sah zu, wie nach der vierten die fünfte Etage angezeigt wurde.

»BBJ, wie lange liegt Sam schon im Koma?«, fragte Daphné nach. »Und wann hat man ihn gefunden?«

Wieder blieb es still hinter ihr. Die Anzeige im Aufzug gab an, dass sie im sechsten Stock angelangt waren, wo sich die Aula befand.

Aber der Aufzug hielt nicht an.

»BBJ, wir hätten im sechsten Stock aussteigen müssen«, schnauzte Daphné, die davon ausging, dass BBJ als einer aus dem ersten Jahr sich in der *Spy School* noch nicht gut genug auskannte. Sie drehte sich um.

»Wird es nicht langsam einmal Zeit, dass du lernst, dich hier zurechtzufinden?«

Diesmal bekam Daphné doch eine Antwort: Ein feuchter Knebel wurde ihr grob an den Mund gedrückt. Mit demselben, mit Chloroform getränkten Knebel hatte auch Richard schon Bekanntschaft gemacht. Kurz darauf fiel Daphné in Ohnmacht.

18

Auf der Jagd – Tag 9

Die Atmosphäre in der Aula war grauenvoll. Nach außen wirkten alle ruhig, und doch war deutlich spürbar, dass unter den Schülern eine nur mühsam unterdrückte Panikstimmung herrschte. Niemand wollte sich seine Angst anmerken lassen. Die Schüler waren nicht ohne Grund Geheimagenten in Ausbildung. Keiner wollte zugeben, wie sehr die Ungewissheit ihm zu schaffen machte. Irgendjemand hatte die Tür der Aula zugeschlossen – wer, wusste keiner. Einige Schüler fehlten. Was war mit ihnen geschehen?

Die Schüler der B-Klasse beruhigten die Jüngsten. Sie erzählten, was Summer in seinem Leben bereits alles geleistet hatte. Er würde alles in Ordnung bringen.

Einige Schüler saßen in kleinen Gruppen zusammen und unterhielten sich, andere starrten vor sich hin. Alle hörten zu, was die Älteren erzählten, doch zugleich hatten sie alle ihre Zweifel.

Summer hatte nicht verhindern können, dass ihre Lehrer vergiftet wurden, und auch nicht, dass sie hier eingeschlossen wurden. Wie sollte er dann plötzlich den rettenden Engel spielen können?

Frau November saß neben Frau March auf dem Podium und blickte im Saal umher. Ihr sonst so stolzer Blick war matt. Sie fühlte sich nutzlos. March und sie waren die letzten übrigen Lehrkräfte. Doch sie konnten nichts für ihre Schüler tun.

Frau November machte sich Sorgen wegen der Temperatur. In der Aula wurde es immer wärmer und es gab kaum Luftzufuhr. November hoffte, dass die Schüler die Hitze aushalten konnten.

Der Versuch, die Tür einzutreten, wäre sinnlos. Alles in der *Spy School* bestand aus hervorragendem Material. Man bräuchte schon eine Bombe, um die Tür gewaltsam zu öffnen. Und eine Bombe hatte November gerade nicht einstecken ...

Dabei waren mehrere Bomben genau unter ihrem Sitzplatz befestigt. Doch davon hatte sie keinen blassen Schimmer.

Summer lief schnell. Sam und Richard mussten sich anstrengen, um Schritt zu halten. Für jeden von Summers Schritten mussten sie zwei machen. Sie wussten nicht, wohin sie gingen. Seit der Bombenexplosion in seinem Büro hatte Summer nichts mehr gesagt. Er hatte kurz nachgedacht und war dann losgelaufen. Sie waren mit dem Aufzug in das oberste Stockwerk gefahren. Glücklicherweise hatte BBJ die Aufzüge nicht blockiert. Sam war hier zum ersten Mal. Wie ein Tourist versuchte er, alle Eindrücke aufzunehmen, viel Neues entdeckte er jedoch nicht. Diese Gänge sahen aus wie alle anderen Gänge der *Spy School*.

Summer blieb bei einer schweren Tür stehen. Die war allerdings anders als die anderen Türen. Sie war doppelt so dick und direkt neben der Tür war ein kleines Gerät mit einer Glasplatte an der Außenseite angebracht.

Während Sam das Gerät noch studierte, legte Summer seine Hand auf das Glas. Sofort begann ein roter Laserstrahl den Scanprozess. Das Gerät erkannte Summers Hand, auf dem Monitor erschienen die Worte *Zutritt erlaubt*. Zugleich ging die schwere Türe auf.

Sam und Richard machten große Augen, als sie den Raum betraten. Summer hatte sie ins Ausrüstungslager der *Spy School* mitgenommen. Eine wundersame Welt voller technischer Spielereien tat sich vor ihnen auf. Sam sah Regale voller Uhren, Feuerzeuge, Kaugummis, Schlüssel und Handys. Alles hier hatte eine spezielle Zusatzfunktion, die niemand erwartete: Da gab es ganz harmlos wirkende Alltagsgegenstände, die zugleich Bombe, Mikrofon oder Navigationssystem waren. Auf der anderen Seite lagen Zwangsjacken in verschiedenen Größen, außerdem Handschellen, Schuhe mit geheimen Zusatzfunktionen, Hemden mit einer Abschussvorrichtung für Giftpfeile und Hosen, in die eine aufwendige Technik eingearbeitet war.

Summer ging an den Regalen entlang bis zur hintersten Wand des Zimmers. Dort standen einige Schränke nebeneinander und warteten darauf, dass jemand die Schätze in ihnen entdeckte. Summer öffnete einen der Schränke und winkte Sam und Richard zu sich.

»Dann wollen wir einmal sehen. Was brauchen wir denn?«, fragte er. »Überlegen Sie mal!«

Sam und Richard sahen einander an. Das hatten sie nicht erwartet. Sie waren davon ausgegangen, dass Summer ihnen die Denkarbeit abnehmen würde.

»Wir könnten eine Wärmekamera verwenden«, schlug Richard vor. »Damit können wir sehen, auf welchem Stockwerk BBJ sich befindet.«

Sam nickte. Das war clever von Richard. Warum war er selbst nicht auf die Idee gekommen? Doch Summer war anderer Meinung.

»Sind Sie etwa ein Wüstenfuchs, dass die Hitze der vergangenen Tage ein frischer Frühlingstag für Sie war?«, fragte er. »Herr James, was können wir mit einer Wärmekamera anfangen, wenn die Umgebungstemperatur dieselbe ist wie unsere Körpertemperatur?«

Summer hatte recht. Eine Wärmekamera funktionierte nur, wenn es kälter war. Jetzt sah sie keinen Unterschied zwischen einem Körper und einer aufgeheizten Garderobe. Summer holte etwas aus dem Schrank und zeigte es Sam und Richard.

»Bitte sehr, Mikrofone und Ohrhörer. Damit können wir die ganze Zeit miteinander in Kontakt bleiben.«

Summer überprüfte die Frequenz der Sender und stellte sie bei allen gleich ein. Danach gab er Sam und

Richard jeweils eine Geräteeinheit. Sam studierte das System kurz und brachte es dann an den richtigen Stellen an. Den Sender steckte er in die Gesäßtasche, das Mikrofon heftete er sich oben ans T-Shirt und den Ohrhörer steckte er ins Ohr.

»Hören Sie mich?«, fragte Summer.

»Natürlich höre ich Sie«, sagte Richard überrascht. »Sogar laut und deutlich!«

»Stecken Sie den Ohrhörer doch erst ins Ohr, Herr James!«, seufzte Summer. »Dass Sie mich hören können, wenn Sie neben mir stehen, ist mir schon klar.«

Mit leicht erröteten Wangen steckte auch Richard alles dorthin, wo es hingehörte.

»Zum zweiten Mal: Hören Sie mich?«, versuchte Summer es noch einmal.

»Laut und deutlich«, antwortete Sam.

»Laut und deutlich«, bestätigte Richard. »Und auch im Ohrhörer«, fügte er murmelnd hinzu.

»Wunderbar, ich kann Sie auch hören«, sagte Summer. »Was können wir noch brauchen?«

Er drehte sich wieder zum Schrank und ließ seine Finger über die Regalbretter gleiten. Unten im Schrank fand er, was er suchte. Er bückte sich, streckte seine Hand aus und richtete sich mit drei schwarzen Pistolen wieder auf.

»Wollen Sie BBJ töten?«, erschrak Sam.

Summer schüttelte den Kopf. »Nein, ich will ihn nicht töten, auch wenn ich ihm den Hals umdrehen könnte. Aber Jones darf auf keinen Fall sterben, denn er hat Januarys Aufzeichnungen in seinem Besitz. Wenn Jones stirbt, dann sterben wahrscheinlich auch alle Lehrkräfte.«

Sam wusste, dass auch BBJ das wusste. Er hatte dafür gesorgt, dass man ihn nicht ohne Weiteres ausschalten konnte.

»Aber was haben Sie dann mit den Pistolen vor, Herr Summer?«, fragte er.

Summer drückte auf das Knöpfchen an einer der Pistolen, sodass das Magazin herausglitt.

»Schauen Sie, in diesem Magazin sind kleine Nadeln. In der Nadelspitze befindet sich ein schnell wirksames Gift, vergleichbar mit dem, das in unseren Giftpfeilen verwendet wird. Aber es gibt einen Unterschied: Dieses Gift wirkt nur einige Minuten. In dieser Zeit müssen Sie Ihren Gegner unbedingt gefesselt haben.«

Das begriff Sam. »Wenn wir BBJ mit normalen Giftpfeilen betäuben würden, wäre er stundenlang außer Gefecht ...«

»Und dann würden wir kostbare Zeit für die Suche nach dem Gegengift verspielen«, ergänzte Richard.

»Gut, dass Ihnen klar ist, was auf dem Spiel steht«, sagte Summer und händigte ihnen die Pistolen und jeweils ein Reservemagazin aus.

Summer kramte noch ein bisschen im Schrank. Als er nicht fand, was er suchte, versuchte er es im nächsten Schrank. Und dann wieder im nächsten. Endlich kam er mit einem Rucksack auf dem Rücken zurück und sagte: »Hier habe ich noch etwas. Vielleicht können wir es brauchen.«

Summer nahm seine Pistole in die Hand, ließ das Magazin herausgleiten, kontrollierte es und klickte es dann wieder zurück in die Pistole.

»Bereit zur Jagd, meine Herren?«

Wie schade, noch ein Schüler, der es nicht weitererzählen kann. Das wären dann schon drei. Aber ich kann kein Risiko eingehen. Daphné konnte mich schon von Anfang an nicht ausstehen. Außerdem brauche ich eine Geisel. Man weiß nie, wofür das noch nützlich sein kann. Was ist der nächste Schritt? Zwei Lehrkräfte sind noch übrig, die müssen verschwinden. Erst dann kann ich alle befreien. Wie überzeuge ich sie, dass ich recht habe? Vielleicht muss ich zuerst die Polizei warnen. Am Portier vorbeizukommen dürfte kein Problem sein. Der schläft schon seit Tagen hinter seinem Schreibtisch. Er hat das Gift gerne getrunken, als ich ihn fragte, ob er nicht etwas trinken wolle. Bezeichnend, dass ihn niemand gefunden hat. Wieder einmal typisch für die Organisation hier: Alle denken nur an sich. Vielleicht sollte ich anfangen, den obersten Teil der Spy School *zu zerstören. Dann werden die Schüler das Gebäude sofort verlassen, wenn sie die Gelegenheit dazu haben, und die Polizei kann sie direkt in Empfang nehmen. Was für ein Genie ich doch bin ...*

Wie eine militärische Spezialeinheit durchkämmten Summer, Richard und Sam das oberste Stockwerk der

Spy School. Abwechselnd gaben sie einander Deckung, während die anderen vorwärtsgingen. Sie wussten nicht, über welche Waffen BBJ verfügte, daher durften sie kein Risiko eingehen.

Der Plan war, ein Stockwerk nach dem anderen abzugehen und BBJ auf diese Weise langsam, aber sicher einzuschließen. Jedes Zimmer und jeder Gang wurde kontrolliert. Es war wichtig, ständig auf den Aufzug zu hören. Für den Fall, dass BBJ ihn benutzen sollte, mussten sie wissen, in welches Stockwerk er fuhr. Sie hatten den Aufzug zwar in ihrem Stockwerk blockiert, doch wenn BBJ die Türen schließen konnte, konnte er vielleicht auch den Aufzug entriegeln.

Im obersten Stockwerk war nichts zu finden. Ein Stockwerk darunter ebenfalls nicht. Höchst gespannt fuhren sie noch ein Stockwerk tiefer. Sie befanden sich nun im achten Stockwerk. Unter ihnen war die Krankenstation, darunter saßen Sams Mitschüler eingeschlossen in der Aula. Zumindest vermuteten sie das. Sie würden sie erst befreien können, nachdem sie die Kontrolle zurückerlangt hatten.

Summer blockierte den Aufzug und sprang in den Gang. Er bedeutete Sam und Richard, dass sie gehen konnten: Die Luft war rein.

Ein wenig nach vorne gebeugt rannten Sam und Richard durch den Gang. Als sie zu einer Abzweigung kamen, blieben sie stehen. Mit gebeugten Knien lehnten sie sich gegen die Mauer. Sam gab Summer ein Zeichen, ihnen zu folgen.

Danach sah er vorsichtig um die Ecke und dann rechts in den Gang. Richard tat dasselbe auf der anderen Seite. Der Gang war leer. Sam sah fragend zu Summer. Der winkte mit dem Kopf nach rechts. Zuerst war diese Seite dran.

Gleichzeitig richteten Sam und Richard ihre Pistolen auf den leeren Gang. Summer zögerte nicht und stürzte sich in den Gang. Sam und Richard gaben ihm Deckung und folgten ihm, sobald er ihnen ein Zeichen gab.

Summer war bei einer Tür stehen geblieben. Zimmer zu durchsuchen fand Sam am scheußlichsten. Zumindest wenn die Tür zu war. Man wusste nie, wer oder was hinter der Tür stehen würde. BBJ würde sie kaum mit Tee und Keksen willkommen heißen.

Richard stellte sich direkt vor die Tür, die Pistole im Anschlag. Er musste alles vor ihm neutralisieren. Sam öffnete die Tür. Summer zwängte sich durch die Türöffnung und beschrieb mit seiner Pistole einen Bogen durch das Zimmer. Sam folgte ihm, merkte aber schnell, dass es nicht nötig war. Das Zimmer war leer.

So war das nun schon etliche Male gegangen. Jedes Mal stieg Sam die Spannung bis zum Hals, wenn sie vor der Tür standen, und jedes Mal sank sie wieder, wenn klar wurde, dass der Raum leer war. Das konnte nicht gut für sein Herz sein.

Summer war solche Situationen gewohnt und zog sie jedes Mal aufs Neue routinemäßig durch. Er gab seinen Schülern keine Zeit zu verschnaufen.

Bei der nächsten Abzweigung rannten Summer und Richard in den neuen Gang. Sobald sie auf ihrem Posten waren, winkten sie Sam, dass er folgen konnte. Doch so weit kam Sam nicht. In dem Moment, als er losrennen wollte, knallte es so laut, dass er dachte, ganz London sei in die Luft geblasen worden. Das Gebäude der *Spy School* erzitterte.

Augenblicklich sah Sam nichts mehr. Staub kam ihm in die Augen. Durch die Kraft der Erschütterung hatte er seine Pistole fallen lassen. Sofort ging er zu Boden und begann auf Knien zu suchen. Er durfte seine Pistole nicht verlieren!

Hustend tastete Sam im Staub herum, fand die Pistole jedoch nicht. Verzweifelt blieb er sitzen. Wenn er noch weiter kroch, würde er sie sicher nicht mehr finden. Er rieb sich die tränenden Augen und hoffte, dass sich die Staubwolke schnell setzen würde. Nach einer Weile sah er allmählich Löcher in der Wolke. Stück für Stück wurde die Umgebung wieder sichtbar.

In der Decke sah er große Risse. Von dort war der Staub also gekommen. Aber was hatte den Knall verursacht? Es war nicht auf diesem Stockwerk, sondern irgendwo weiter oben geschehen. Der Schaden musste enorm sein.

Plötzlich begriff Sam, dass er allein war. Summer und Richard! Wo waren sie? Er sah sich um. Niemand zu sehen.

Sam stand langsam auf. Seine Augen brannten noch ein wenig, aber sonst ging es ihm gut. Er suchte den

Boden nach seiner Pistole ab. Zu seiner Freude sah er sie hinter sich im Staub liegen. Er hob sie auf und wischte sie ab. Soweit er es beurteilen konnte, funktionierte sie noch. Aber was wusste er schon von Pistolen?

Vorsichtig ging Sam zu der Stelle, wo er Summer und Richard zuletzt gesehen hatte. Er blickte in den anderen Gang hinein, aber auch da waren sie nicht zu sehen.

Was war geschehen? Hatte BBJ als Ablenkungsmanöver über ihnen etwas explodieren lassen und dann schnell Summer und Richard überwältigt? Das war ein wenig zu kompliziert. BBJ wäre nie so schnell mit zwei Leichen verschwunden.

Aber die Explosion musste doch etwas bedeuten. Was hatte BBJ vor? BBJ war in der Nähe, das fühlte Sam. Die Härchen auf seinen Armen stellten sich vor Schreck auf. Sam versuchte, ruhig ein- und auszuatmen, während er Schritt für Schritt durch den Gang schlich. Ein Geräusch, das er hinter der nächsten Ecke hörte, ließ ihn verharren.

BBJ! Nun hieß es: BBJ oder er.

Sam wartete kurz, bis sein Herzschlag sich verlangsamte, und schlich dann weiter. Die Pistole hielt er mit zwei Händen vor sich gestreckt. Sein Zeigefinger krümmte sich schussbereit um den Abzug.

Sam hatte die Ecke erreicht. Mit angehaltenem Atem spitzte er die Ohren. Er hörte jemanden tief Atem holen! Das war es dann. Das Fortbestehen der *Spy*

School hing von ihm ab. Sollte BBJ ihn erwischen, gab es niemanden mehr, der die Schüler aus der Aula befreien konnte. Und auch niemanden, der den Lehrkräften das Gegengift geben konnte.

Sam holte tief Atem und sprang vor. Ohne zu zögern, drückte er den Lauf seiner Pistole an die Stirn der Person, die vor ihm stand.

Doch die Euphorie über seine schnelle Aktion schwand, als Sam kalten Stahl auf seiner eigenen Stirn fühlte. Sie waren beide gleich schnell gewesen, nun kam es darauf an, vor dem anderen zu schießen.

Gerade als er schießen wollte, verkrampfte sich Sam. Genau wie die Person, die ihm gegenüberstand. Langsam sanken ihre Arme nach unten, zitternd vor Spannung.

Sam und Richard sahen sich in die Augen, sagten aber nichts. Die Erleichterung, dass sie einander keine Giftnadeln zwischen die Augen gebohrt hatten, überwog.

19

In die Falle gegangen – Tag 10

Daphné zerrte verzweifelt an den Fesseln, die sich um ihre Handgelenke schlangen. BBJ hatte sie äußerst fest angezogen. Sosehr sie sich auch bemühte, es lockerte sich nichts.

Wie lange saß sie hier schon? Seit sie neben BBJ im Aufzug gestanden hatte, erinnerte sie sich an nichts mehr. Wie dumm von ihr, ihm zu vertrauen! Sie hatte ihm nie vertraut, warum dann auf einmal vorhin?

Sie hätte die Möglichkeit gehabt, die *Spy School* zu retten, und diese Möglichkeit hatte sie sausen lassen. Sie hätte BBJ am Genick packen und ihn mit dem Gesicht auf den Boden drücken sollen. So hätte sie ihn den anderen Schülern vorführen sollen. Sie hätte ihn erniedrigen sollen, wie er seine eigenen Lehrer blamiert hatte.

Aber dazu war es nicht gekommen. Und nun saß sie hier, in einer äußerst unangenehmen Situation. Dass sie BBJ hatte entkommen lassen, war noch ihre geringste Sorge.

Doch die Zeitbombe, die zu ihren Füßen an der Mauer befestigt war und deren Uhr Sekunde um Sekunde weitertickte, beunruhigte sie.

Sam, Summer und Richard hatten ihre Jagd fortgesetzt. Sam und Richard mussten sich kurz von dem Schreck erholen, nachdem sie sich beinahe gegenseitig betäubt hätten. Summer hatte ihnen allerdings nicht viel Verschnaufpause gegönnt. Inzwischen war es nach Mitternacht, was bedeutete, dass Autumn noch ungefähr siebzehn Stunden zu leben hatte. Es war keine Zeit mehr zu verlieren.

Der Aufzug funktionierte nicht mehr. Die Explosion hatte den Mechanismus zerstört. Summer hatte versucht, die Tür zum Treppenhaus zu öffnen, und zu seiner Überraschung war ihm das gelungen. BBJ hatte die Türen zu den Treppen entriegelt, weil er die selbst brauchte. Ohne Aufzug saß auch er fest. Aber er wusste nicht, dass er so drei Jäger frei durch die *Spy School* laufen ließ, denn er war ja davon überzeugt, dass Summer, Richard und Sam in Summers Büro ums Leben gekommen waren.

Mittlerweile waren die drei im siebten Stockwerk angelangt. Sie kontrollierten jedes Krankenzimmer, doch nirgends fanden sie BBJ. Sam seufzte. Das hieß, dass sie wieder ein Stockwerk tiefer gehen mussten. Der sechste Stock war schnell geschafft, denn abgesehen von der Aula gab es dort nur einige wenige Räume.

Sam lauschte an der Tür zur Aula. Es war auffallend still in dem Saal. Kein Gejammer, keine Hilferufe, nur etwas Gepolter. Er wollte an die Tür klopfen und rufen, dass alles gut werden würde, aber Summer zog ihn schon weiter zum nächsten Stockwerk.

»Keine Zeit verlieren, Herr Smith. Frau November und Frau March sind bei ihnen. Sie kümmern sich schon um die Schüler.«

Im fünften Stockwerk war ein Londoner Viertel nachgebaut. Sam kannte diesen Ort, er hatte dort schon einmal eine Prüfung für die Sommerspiele abgelegt. Wenn man hier stand, hatte man das Gefühl, mitten in der Stadt zu sein. Alles war bis ins kleinste Detail nachgebaut. Selbst Puppen, die sich bewegten, waren hier platziert.

Sieh mal einer an, wen wir hier haben. Ich glaubte, ihr wärt tot. Aber offenbar seid ihr zäher, als ich dachte. Ach, dann habe ich auch noch etwas zu tun. Was für ein Pech für euch, dass ich hier meinen ganzen Vorrat gelagert habe. Aber keine Sorge, ich werde ihn redlich mit euch teilen!

Mit gezogenen Pistolen gingen Sam, Summer und Richard durch die erste Straße. Sams Hände zitterten ein wenig. Dies war anders als in den anderen Stockwerken. In diesem großen Raum fühlte er sich viel verwundbarer. Die Totenstille in dem nachgebauten Stadtviertel trug auch nicht gerade dazu bei, dass er sich sicherer fühlte.

Mit der Stille sollte es jedoch schnell vorbei sein. Auf einen Schlag kam Leben in die Stadt. Alle Lichter gingen an, Geräusche waren zu hören und die Puppen setzten sich in Bewegung. Richards Nerven konnten die plötzliche Veränderung nicht verarbeiten. Er rollte über die Straße zum Bürgersteig, stand dort auf und schoss sein Magazin auf das Schaufenster eines Friseurs leer. Die Scheibe zersprang mit viel Lärm. Der arme Friseur und sein Kunde bekamen die volle Ladung ab. Die Giftnadeln bohrten sich in ihren Körper. Doch der Friseur schnippelte weiter am Haar seines Kunden, als wäre nichts gewesen.

Richard ließ erschrocken seine Pistole fallen und starrte auf die Szene im Friseursalon.

»Ich dachte ... Ich wollt e...«, stammelte er. »BBJ ...«

Summer hob Richards Pistole auf, lud sie wieder und legte sie ihm erneut in die Hände.

»Beruhigen Sie sich, Herr James«, beschwichtigte er. »Ihre Reaktion ist völlig normal. Sie sind etwas angespannt und sehen plötzlich, wie sich alles bewegt. Ich bin froh, dass Sie so gut zielen können. Das nächste Mal steht Jones da und wir erwischen ihn. Los, wir müssen weiter.«

Summers beruhigende Worte zeigten ihre Wirkung. Richard holte ein paarmal tief Luft, schüttelte den Kopf und folgte dann Sam und Summer. Gemeinsam setzten sie die Durchsuchung des Viertels fort.

Sie wussten alle drei, wer die Stadt zum Leben erweckt hatte. Sie hatten damit gerechnet, BBJ überraschen zu können, weil er sie für tot hielt. Doch nun wusste er, dass sie noch lebten und ihn suchten. Und schlimmer noch: Nun war es an BBJ, sie zu überraschen.

Sam ließ seinen Blick schweifen, um jede ungewöhnliche Bewegung zu registrieren. Das war nicht einfach, denn so ziemlich alles in ihrer Umgebung bewegte sich. Hinter den Fenstern der Häuser und Geschäfte waren die Schatten von Menschen zu sehen. Jeder davon konnte BBJ sein.

Zu seiner Linken sah Sam zwei Jungen, die sich an einer kleinen Bombe zu schaffen machten. Er wusste, dass es sich um mechanische Puppen handelte, und er wusste auch, was geschehen würde: Sie würden sie in den Mülleimer neben sich werfen und so explodieren lassen.

Richard lief neben den Jungen her. Plötzlich fiel sein Blick auf etwas im Mülleimer. Neugierig sah er über den Rand.

»Herr James, was ist?«, fragte Summer.

»Da liegt etwas!«, rief Richard. »Es ist ein Schraubglas mit einer Flüssigkeit darin.«

»Nichts anfassen, Richard«, sagte Sam. »Man kann nie wissen, was es ist.«

»Aber ich komme dran«, sagte Richard. »Warte, ich nehme es.«

In dem Moment, als Richard sich vornüberbückte, führten die Jungen ihren Plan aus. Sie zündeten die

Bombe an und warfen sie in den Mülleimer. Die Jungen drehten sich um und hielten sich die Ohren zu. Der Knall war laut, doch Richards Schrei war noch viel lauter.

Als der Rauch sich verzogen hatte, sah Sam, was geschehen war. Der Inhalt des Schraubglases hatte sich infolge der Explosion über Richard ergossen. Die ätzende Säure, die sich darin befunden hatte, hatte sein T-Shirt weggeätzt und setzte ihre Wirkung nun auf seinem Körper fort.

Summer und Sam rannten sofort zu Richard, der nicht aufhörte zu schreien. Zu seinem Grauen sah Sam überall auf Richards Haut Bläschen erscheinen.

»Wir brauchen Wasser!«, rief Sam. Summer riss die Reste von Richards T-Shirt herunter und sah sich die Bläschen genauer an.

»Die Säure ist nicht übermäßig gefährlich, aber wir müssen uns jetzt beeilen«, sagte er. Summer hob den Kopf und sah sich um. Vor ihnen war *Jimmys Bar*.

»Dahin«, nickte er. »Sie nehmen seine Füße, Herr Smith.«

Sam gehorchte und packte Richards Füße.

Summer hielt Richards Kopf und versuchte zugleich, seine zappelnden Arme ruhig zu halten.

»Auf drei, Herr Smith. Eins, zwei, drei!«

Zusammen mit Summer trug er Richard zur Bar. Unterwegs fiel Richards Pistole auf den Boden. Doch sie hatten die Hände nicht frei, um sie aufzuheben.

In der Bar führte Summer sie hinter den Tresen. Dort legten sie Richard unter den Zapfhahn. Summer sah sich die Knöpfchen neben dem Tresen an und drückte auf einen. Danach zog er den Hebel des Zapfhahns nach unten.

Zu Sams Erleichterung kam kein Bier heraus, sondern klares Wasser. Es ergoss sich in einem dicken Strahl über Richards Brust und Arme. Richard wollte sich unter dem Strahl herauswinden, doch Sam und Summer hielten ihn fest. Die Säure musste nun bekämpft werden.

Langsam, aber sicher wurde Richard wieder ruhiger. Sein zuckender Körper beruhigte sich und Sam löste seinen festen Griff.

Sam fuhr sich mit den Händen durch das nasse Haar und verschränkte die Hände dann im Genick. Es lief nicht nach Plan. Eigentlich lief gar nichts nach Plan. Ein ums andere Mal bescherte BBJ ihnen eine böse Überraschung. Wenn er Säure in einem Abfalleimer deponierte, dann hatte er ohne Zweifel auch noch anderes in petto. Sie mussten BBJs Spielchen ein Ende machen. Sie mussten die Überhand gewinnen und ihn so schnell wie möglich erwischen.

Summer ließ Richard los und nahm seinen Rucksack.

»Jones weiß nun, dass wir hier sind, also können wir ihn nicht mehr überraschen«, sagte er. »Aber das ist gar nicht so schlimm.«

»Warum nicht?«, fragte Sam.

»Ich vermute, dass er erst mit uns abrechnen will«, antwortete Summer. »Das hält ihn vorläufig von seinen anderen gestörten Plänen ab, was auch immer er vorhat.«

»Aber wenn er weiß, dass wir hier sind, dann wird er uns doch geflissentlich aus dem Weg gehen? Wie sollen wir ihn dann erwischen?«

Summer öffnete seinen Rucksack und lächelte Sam zu.

»Wenn Ihnen jemand aus dem Weg geht, Herr Smith, müssen Sie dafür sorgen, dass er freiwillig zu Ihnen kommt. Das wird Ihnen einiges ersparen.«

»Warum um Himmels willen sollte er freiwillig zu uns kommen?«, fragte Sam überrascht.

Wir können ja schlecht Süßigkeiten auf den Boden streuen und darauf hoffen, dass BBJ darauf hereinfällt!, setzte er in Gedanken hinzu.

»Er darf nicht wissen, dass er zu Ihnen kommt«, antwortete Summer geheimnisvoll.

»Ich fürchte, ich kann nicht folgen«, sagte Sam.

Auch Richard sah fragend zu Summer. Sein Schmerz war noch längst nicht verschwunden, inzwischen jedoch erträglich.

»Jones weiß, dass wir hier sind«, erklärte Summer. »Das ist ärgerlich, aber kein unüberwindbares Hindernis. Wir müssen dafür sorgen, dass er jemanden sieht, den er nicht erwartet. Jemanden, den er schon längst ausgeschaltet zu haben glaubt. Jemanden, der am Anfang seines ganzen Planes stand. Dann kommen ihm Zweifel. Und dann schlagen wir zu.«

Wo sind sie denn geblieben? Ich hätte besser aufpassen müssen. Hatte mich viel zu sehr darauf konzentriert, Fallen zu stellen und meinen Gästen Geschenke zu hinterlassen. Sie haben mich aus dem Takt gebracht, verdammt! Ich hätte sie einfach sofort einsperren sollen. Aber nein, ich wollte wieder einmal Spielchen spielen. Irgendwo habe ich einen Knall gehört, ob sie da gewesen sind? Das muss wohl so sein, denn die Jungs am Abfalleimer werden nur aktiviert, wenn Menschen in der Nähe sind. Ich finde sie schon. Diesmal keine Spielchen mehr …

Der Präsident-Generaldirektor Autumn ging durch die *Spy School*. Er war im fünften Stockwerk, dem Saal, in dem das Stadtviertel gebaut war. Er konnte sich nur mit Mühe aufrecht halten und musste sich alle naselang an einer der mechanischen Puppen abstützen.

Er trug ein viel zu großes Hemd und eine graue Hose. Autumn sah dünner aus als früher. Er hatte in kurzer Zeit viel abgenommen. Seine Lippen waren etwas grün, aber nicht mehr so grell wie an dem Tag, als Sam ihn gefunden hatte.

Lang sollte sein Ausflug nicht mehr dauern. Autumn begann zu wanken und suchte Halt. Aber er fand keinen in der unmittelbaren Umgebung, sodass er auf seine Knie stürzte. Langsam sah er sich um, als würde er nicht begreifen, wo er war.

Dann wankte Autumn hin und her und starrte nur noch mit ausdruckslosem Gesicht vor sich hin. Als er wieder nach vorne wankte, verlor er das Gleichgewicht. Er wollte sich noch mit den Händen aufstützen, aber es war zu spät. Autumn klatschte auf den Asphalt der Straße und blieb regungslos liegen.

BBJ hatte Autumns Leidensweg bestürzt beobachtet. Was tat der denn hier? Sollte er nicht dem Tode nah in einem Krankenbett liegen?

Was ist das für eine Nebenwirkung des Giftes, die ich nicht kenne?, dachte BBJ. Offenbar wachen die Opfer des Teufelskrauts einige Stunden vor ihrem Tod auf und spazieren herum. Nun ja, spazieren ist vielleicht der falsche Ausdruck. Schlafwandeln trifft es besser. Genau! Wie jemand, der schläft, konnte auch ein Komapatient auf Tour gehen. Das muss die Erklärung sein.

BBJ stand in einem Bekleidungsgeschäft und sah hinter zwei Schaufensterpuppen versteckt zu. Er zweifelte, und das kannte er nicht. Normalerweise wusste er immer ganz genau, was er tun musste. Und dann kam Autumn daher und störte seinen schönen Plan.

BBJs Hände ballten sich zu Fäusten. Das würde er nicht durchgehen lassen. Er musste zeigen, wer hier das Sagen hatte.

Ohne zu zögern, rannte er aus dem Laden und ging auf Autumn los. Er trat gegen den Körper des Direktors, sodass dieser jetzt mit dem Gesicht nach oben lag. BBJ sah ihn sich an. Er hatte sich nicht getäuscht, es war wirklich Autumn.

Wenn Autumn nicht von selbst verschwinden wollte, dann musste BBJ ihn verschwinden lassen. Er würde Autumn auch in den Laden legen, ganz nah bei seinem Sprengstofflager. Dann würde von ihm bald nur noch Staub übrig sein.

BBJ bückte sich, um Autumn an den Beinen zu packen, als er einen kurzen Stich im Nacken fühlte. Instinktiv schlug er mit der Hand auf die schmerzende Stelle. Er hatte das gemeine Vieh erwischt! Er öffnete die Hand, um nachzusehen, was ihn da gestochen hatte.

Aber es war kein Tier. In BBJs Hand lag eine kleine, dünne Nadel.

Was war das?

Im nächsten Moment wurde ihm schon schwindelig. Er spürte, wie er sein Gleichgewicht verlor und in sich zusammensackte. Während er zu Boden fiel, hörte er Stimmen. Danach wurde alles schwarz um ihn herum.

Cindy Hofman aus der A-Klasse war die Erste, die in der Aula in Ohnmacht fiel. Sie war ein Opfer der immer schlimmer werdenden brütenden Hitze geworden. Die anderen Schüler sahen erschrocken auf, als ihr plötzlich die Beine wegsackten. Zwei Schüler der B-Klasse bewahrten einen kühlen Kopf, legten sie ausgestreckt auf das Podium und leisteten Erste Hilfe.

Kaum lag sie auf dem Podium, ertönte am anderen Ende der Aula ein Schrei. Frau November und Frau March sahen sofort nach dem Rechten. In der Mitte der Stuhlreihe stand Mette Stevenson, ein Mädchen aus der B-Klasse mit dänischen Wurzeln, und starrte mit großen Augen auf die Unterseite eines Stuhles.

Als March und November näher kamen, mussten sie kurz schlucken. Eine kolossale Bombe war unten am Stuhl angebracht. Die Bombe war groß genug, um das gesamte Stockwerk in die Luft zu jagen.

November nahm ein Taschentuch und wischte sich den Schweiß von der Stirn. Soeben hatte sie sich noch eine Bombe gewünscht, um die Tür zu sprengen, doch dies war zu viel des Guten. Wenn diese Bombe explodierte, würde nicht nur die Tür weg sein, sondern mit ihr die gesamte Aula und alle, die sich darin aufhielten.

Frau March sah flehend zu ihrer Kollegin. November war die größte Bombenexpertin, die auf der *Spy School* zu finden war, sie musste damit fertigwerden.

Langsam kniete November sich hin. Aufmerksam sah sie die Bombe an. Sie hatte schon kompliziertere Exemplare gesehen und entschärft. Doch noch nie hatte so viel auf dem Spiel gestanden. Normalerweise war es vor allem ihr eigenes Leben, das in Gefahr war. Diesmal stand die ganze *Spy School* auf dem Spiel. Das konnte einem schon den Angstschweiß aus den Poren treiben ...

Als ein weiterer lauter Schrei durch den Saal gellte, wusste November, dass ihre Arbeit nach dieser Bombe noch nicht getan war. Erneut konzentrierte sie sich auf die Bombe vor ihr. Es blieb ihr nichts anderes übrig, als so schnell und so sorgfältig wie möglich zu arbeiten und dabei das Beste zu hoffen.

20

Gegen die Uhr – Tag 10

»Das war ein guter Schuss, Herr Smith«, lobte Summer. »Genau in den Nacken.«

Dieses Kompliment hörte Sam gerne. Dass er eigentlich auf BBJs Rücken gezielt hatte, war nebensächlich.

Summer und Sam waren aus einem Reisebüro gekommen. Dort hatten sie stundenlang gewartet, bis BBJ auftauchte. Es hatte lange gedauert, aber das Warten hatte sich gelohnt.

»Nicht träumen, Herr Smith, dazu haben wir keine Zeit«, mahnte Summer. »Jones wird gleich wieder zu sich kommen.«

Summer warf Sam ein Seil zu.

»Hier, fesseln Sie auch seine Beine. Je weniger er sich bewegen kann, desto besser. Er darf uns nicht mehr entkommen.«

Sam nahm das Seil und wickelte es fest um BBJs Beine. Am liebsten hätte er ihn vollständig mit dem Seil umwickelt, bis er aussah wie eine Mumie. BBJ hatte es nicht besser verdient.

Summer zog unterdessen BBJ die Arme hinter den Rücken und legte die Hände in Handschellen.

»So, der kann nicht mehr weg. Nun müssen wir warten, bis er zu sich kommt, damit er uns erzählen kann, wo er die chemische Formel für das Gegengift versteckt hat.«

Summer warf BBJ noch einen verächtlichen Blick zu und drehte sich dann zu Autumn, der inzwischen aufgestanden war.

»Alles in Ordnung, Herr James?«

Autumn fummelte am Hals und am Nacken herum. Danach zog er mit einem Ruck sein Gesicht ab. Richard sah Summer und Sam erschöpft an.

»Puh, so eine Maske ist vielleicht warm!«

»Ich habe nie das Gegenteil behauptet«, sagte Summer. »Sie haben ausgezeichnete Arbeit geleistet, Herr James. Gehen Sie jetzt mal zur Krankenstation. Dort finden Sie im Medizinschrank einige Salben, die Sie auf die Wunden auftragen können, um den Schmerz zu lindern. Aber lesen Sie erst, was auf den Packungen steht, damit Sie auch sicher das Richtige erwischen. Sobald wir hier fertig sind, kümmere ich mich darum, dass jemand Sie anständig versorgt.«

Richard nickte und ging Richtung Treppenhaus. Bei jedem Schritt durchfuhr es seinen Körper. Der Schmerz war noch lange nicht verschwunden.

Sam und Summer warteten geduldig, bis BBJ aus der Betäubung aufwachte. Als er die Augen öffnete, sah er sie überrascht an. Er erholte sich schnell und setzte ein spöttisches Lächeln auf. Höhnisch starrte er Sam und Summer an.

»Wenn das mal nicht unsere beiden Topdetektive sind! Sherlock Holmes und sein Assistent Watson haben wieder einmal einen Fall gelöst. Ein dreifaches Hurra!«

Summer war nicht in Stimmung für BBJs Späße. BBJ hatte lange genug das Sagen gehabt.

»Lassen Sie die Scherze, Herr Jones. Sie haben gut und rücksichtslos gespielt, aber schließlich doch verloren. Erzählen Sie uns also schnell, wo Sie die Formel für das Gegengift versteckt haben.«

»Gegengift? Formel?«, fragte BBJ mit gespielter Unwissenheit. »Ich habe keine Ahnung, wovon Sie sprechen, Summer. Was ist denn passiert? Warum liege ich hier gefesselt auf dem Boden?«

Während er sprach, wich das Grinsen keine Sekunde aus seinem Gesicht. Selbst in Fesseln fühlte BBJ sich noch immer als Herr der Lage.

Summer bückte sich und packte BBJ im Genick. Wie eine Feder hob er BBJ auf.

»Nun hören Sie einmal gut zu, Jones«, zischte Summer. »Wenn Sie nicht schnell mit der Antwort auf meine Frage herausrücken, dürfen Sie gerne selbst Bekanntschaft mit Ihrem wunderbaren Kraut machen. Und wissen Sie, was? Es gibt kein Gegengift dafür! Wie bedauerlich. Dann wird Ihnen niemand mehr helfen können.«

BBJ sah Summer mit großen Augen an. Dann schob er die Unterlippe vor und sah zu Sam.

»Kraut?«, sagte er, während er mit den Schultern zuckte. »Wovon spricht dieser Mann?«

Summer fand es nicht witzig. Er löste seinen Griff und ließ BBJ wieder zu Boden fallen.

»Sie bleiben bei diesem Jammerlappen, Herr Smith. Ich durchsuche den Laden, aus dem er kam.«

Summer nickte in Richtung des Bekleidungsgeschäfts.

»Jones mag sich für sehr schlau halten, aber jeder Verbrecher macht Fehler. Ich bin gleich zurück.«

Eilig ging Summer zu dem Laden und ließ Sam allein mit BBJ zurück. Sam wollte noch etwas wissen.

»Warum hast du ausgerechnet zu mir Kontakt gesucht und nicht zu einem anderen?«, fragte er.

BBJ lächelte, aber diesmal war es nicht spöttisch.

»Du wirst es kaum glauben, Sam, aber ich konnte dich wirklich gut leiden«, antwortete er. »Dumm von mir, sonst hätte man mich niemals entdeckt. Warum musstest du auch unbedingt in meinem Zimmer herumschnüffeln?«

»Tja, das macht ein Geheimagent in Ausbildung nun einmal«, sagte Sam.

Mitleidig sah BBJ Sam an. Er schüttelte den Kopf.

»Geheimagent in Ausbildung. Glaubst du das wirklich?«

»Warum sollte ich das nicht glauben? Was bin ich denn deiner Meinung nach?«

BBJ wandte den Blick ab und starrte nachdenklich vor sich hin. Als er Sam wieder anschaute, lag das fiese Grinsen erneut auf seinem Gesicht. Seine Augen funkelten.

»Gut. Du bist wirklich ein Geheimagent. Aber da du unbedingt Geheimagent spielen wolltest, hast du es dir selbst zuzuschreiben, wenn du bald deine beste Freundin los bist. Hättest du mich nicht verraten ...«

Sam konnte nicht folgen. Seine beste Freundin los sein? Was meinte er damit? War etwas mit Daphné?

»Was hast du mit Daphné gemacht?«, fragte Sam erschüttert. »Du Dreckskerl, sag schon!«

In diesem Moment kam Summer aus dem Bekleidungsgeschäft heraus. In den Händen hatte er Aufzeichnungen und ein Fläschchen.

»Daphné bum, bum«, sagte BBJ leise.

Er sah Sam noch einmal an und wandte sich dann ab, entschlossen, kein Wort mehr von sich zu geben.

»Herr Smith, ich habe sie«, keuchte Summer. »Die Aufzeichnungen lagen in dem Geschäft, zwischen einem großen Bombenlager, chemischen Säuren und allem möglichen anderen Zeug. Und dann lag noch das dort.«

Summer zeigte ein kleines Fläschchen, in dem eine klare Flüssigkeit war.

»Was ist das?«, fragte Sam.

»Meiner Meinung nach ist es das Gegengift. Jones hat es selbst schon hergestellt.«

Summer hielt BBJ das Fläschchen vors Gesicht.

»Sag schon, Jones. Ist das das Gegengift?«

BBJ presste die Lippen aufeinander und zuckte mit den Schultern. Von ihm sollten sie nichts mehr erfahren. Summer seufzte.

»In zehn Stunden stirbt Autumn. Und das Labor ist durch die Explosionen zerstört. Um Autumn zu retten, muss ich das Risiko wohl eingehen. Die Aufzeichnungen schicke ich zur Sicherheit an ein anderes Labor. Vielleicht können die doch noch rechtzeitig ein Gegengift entwickeln.«

Sam nickte, wirkte aber nicht besonders überzeugend. Seine Gedanken waren nicht bei Autumn. Summer bemerkte es.

»Herr Smith, was ist los? Sie sehen so bedrückt aus.«

»BBJ hat etwas mit Daphné gemacht, ich weiß aber nicht, was. Vorhin hat er etwas über ›Daphné bum, bum‹ gesagt.«

Summer überlegte und klopfte sich mit den Aufzeichnungen nervös ans Bein.

»Passen Sie auf, Herr Smith. Wir werden Folgendes tun: Ich kümmere mich hier um Jones und das Teufelskraut. Sie gehen zum Kontrollraum und öffnen alle Türen. Danach gehen Sie zur Aula und informieren alle rasch über das, was geschehen ist. Erzählen Sie nur das Allerwichtigste, Herr Smith, wir dürfen keine Zeit verlieren. Danach sollen sich alle Schüler mit Ihnen zusammen auf die Suche machen. Teilen Sie die Suchmannschaften ein. Sobald Sie alles durchsucht haben, gehen Sie und die anderen ruhig raus und warten auf weitere Instruktionen.«

»Raus?«, empörte sich Sam. »Aber Daphné ...«

»Vertrauen Sie mir, Herr Smith. Für die *Spy School* ist das am besten.«

Sam nickte und machte sich auf den Weg zum Treppenhaus. Auf dem Weg zum Kontrollraum konnte er nur an die drei Worte denken: *Daphné bum, bum.*

Der Gepard ist das schnellste Landtier. Über eine kurze Strecke kann er eine Geschwindigkeit von über einhundert Stundenkilometern erreichen. Sam war kein Gepard, aber in diesem Moment wäre er in einem Wettrennen nicht völlig chancenlos gewesen.

Er raste die Treppen hinunter, nahm vier oder fünf Stufen zugleich. Im zweiten Stockwerk stürmte er durch die Tür in die Gänge.

Er war hier zum ersten Mal, wusste also nicht, wo der Kontrollraum war. Blöd, in seiner Eile hatte er vergessen, Summer zu fragen. Nun verlor er kostbare Zeit.

An sich war es einfach: Der Kontrollraum musste der einzige Raum sein, der offen war. Alle anderen hatte BBJ ja verriegelt. Sam lief durch die Gänge und drückte kraftvoll gegen jede Tür. Je mehr geschlossene Türen er vorfand, desto frustrierter wurde er.

Als er in einen Gang kam, in dem er schon gewesen war, hielt er an. Keuchend lehnte er sich an eine Wand. Nachdenken, er musste nachdenken.

Sam dachte an BBJ. Als sie einmal im vierten Stock umherliefen, hatte er gesagt, dass zwei Stockwerke tiefer der Kontrollraum war. Vielleicht hatte BBJ genau gewusst, wo der Kontrollraum war, und sie hatten wirklich direkt darübergestanden. Einen Versuch war es wert.

Sam ging zurück zum Aufzug und stellte sich vor, er wäre im vierten Stock. Dann lief er zu der Stelle, wo BBJ stehen geblieben war. Treffer! Auf der Tür vor ihm hing ein Schild, auf dem *KR* stand: der Kontrollraum.

Sam betrat den Raum. Vor ihm waren lauter Schalttafeln mit lauter Knöpfchen, Lämpchen und Hebeln. Wie sollte er daraus schlau werden?

»Sam!«

Als Sam sich zu der Quelle des Schreies drehte, kamen gemischte Gefühle in ihm auf. Freude, weil er diejenige, die er suchte, nun schon gefunden hatte. Abscheu, weil er sah, was BBJ ihr angetan hatte: Ihre Hände waren mit Stahldraht an einen eisernen Tisch gebunden. An den Stellen, an denen der Draht verschoben war, hatten sich deutlich sichtbare rote Striemen an den Handgelenken gebildet. Doch was alle Gefühle überlagerte, war Angst. Angst, weil zu ihren Füßen eine fröhlich tickende Zeitbombe hing.

»Daphné!«, rief Sam.

Sofort kniete er sich hin und machte sich an ihren Fesseln zu schaffen. Dass er seine Mitschüler noch aus der Aula befreien musste, hatte er vergessen.

»Lass das, Sam«, sagte Daphné. »Die Fesseln sind viel zu fest. Das war BBJ. Er ist der Täter!«

Was für Daphné noch eine schockierende Neuigkeit war, war für Sam schon kalter Kaffee.

»Ja, ich weiß«, sagte er. »Wir haben ihn erwischt. Summer hat sogar die Formel für das Gegengift gefunden.«

Wütend zog er weiter an dem Stahldraht, aber der löste sich keinen Millimeter.

»Ihr habt ihn schon erwischt? Woher wusstet ihr ...?«, fragte Daphné.

»Das ist eine lange Geschichte, Daphné. Ich erzähl dir das später einmal. Falls wir noch die Gelegenheit dazu bekommen.«

Sam sah auf die Uhr der Zeitbombe. Sie hatten noch knapp vier Minuten.

»Die Fesseln sind viel zu fest!«, rief Sam verzweifelt.

»Habe ich doch gesagt«, sagte Daphné.

»Dann müssen wir dich einfach mitsamt den Fesseln von hier wegbringen«, sagte Sam.

»Hast du dich mal umgesehen?«, fragte Daphné. »Ich bin an den Tisch gefesselt. Und den Tisch kannst du nicht verschieben. Ich habe schon stundenlang daran gezerrt!«

Sam runzelte die Stirn und versuchte nachzudenken.

»Sam!«, schrie Daphné. »Was machst du denn?«

»Ich denke nach!«, rief Sam.

»Dafür haben wir keine Zeit! Schau mal auf die Uhr!«

Dreieinhalb Minuten bis zur Explosion.

»Dann muss ich die Bombe entschärfen«, sagte Sam.

»Kannst du das denn?«, fragte Daphné.

»Nicht besonders gut, aber du kannst es«, sagte Sam. »Sag mir, was ich tun soll.«

Seit Daphné einmal bei den Sommerspielen eine Bombe entschärfen musste, konnte sie das aus dem Effeff. Sie holte tief Luft.

»Gut, dann machen wir das so. Zuerst öffnest du die Bombe.«

Sam starrte auf die Bombe. Es war ein Kästchen aus Metall, mit bloßen Händen würde er das nie aufbekommen.

»Womit?«, fragte er.

»Was weiß ich, Sam«, sagte Daphné ungeduldig. »Schau mal in den Schrank dort. Ich kann ja gerade nicht.«

Sam riss die Schranktür auf und holte mit einer Armbewegung den Inhalt von den Regalbrettern. Dann sah er sich seine Beute auf dem Boden an. Zum Glück befand sich ein Schraubenzieher darunter.

Mit schnellen Bewegungen schraubte Sam das Kästchen auf. Ein Wirrwarr aus Drähten kam zum Vorschein.

Sam durchwühlte die anderen Gegenstände, die auf dem Boden lagen, und fand eine kleine Zange. Er war froh, dass Daphné im Kontrollraum eingeschlossen war, in einem anderen Raum hätte ihm dieses Werkzeug nicht zur Verfügung gestanden.

»Mit welchem Draht soll ich anfangen?«, fragte er.

»Moment.«

Daphné ließ den Blick über die Drähte schweifen.

»Mit dem blauen, denke ich«, sagte sie zögernd.

»Mit dem blauen? Sicher?«, fragte Sam.

»Ja, sicher!«, schnauzte Daphné zurück. »Jetzt mach einfach, was ich sage.«

»Schon gut. Ich will eben nicht in die Luft gehen, das ist alles.«

Sam setzte die Zange am blauen Draht an und kappte ihn. Kein Knall. Das war schon einmal gut.

»Und jetzt?«

»Der schwarze«, antwortete Daphné. Diesmal klang sie sehr entschlossen.

Mit angehaltenem Atem durchschnitt Sam den schwarzen Draht. Wieder war es der richtige. Sachkundig gab Daphné Sam weitere Anweisungen. Sie hatten noch eine Minute Zeit, als sie beim letzten Draht angelangt waren. Den mussten sie noch durchschneiden, dann hätten sie die Bombe entschärft.

»So, da wären wir«, sagte Sam und zwickte triumphierend einen gelben Draht entzwei.

Nichts geschah.

Die Bombe explodierte nicht, doch auch die Uhr hörte nicht auf zu ticken. Mit offenem Mund sah Sam von der Bombe zu Daphné.

»Wie kann das denn sein?«, fragte Daphné.

Plötzlich erinnerte Sam sich an etwas aus dem ersten Jahr.

»Die Uhr!«, rief er. »Der Zünder steckt in der Uhr!«

Er nahm die Uhr und wollte sie aufschrauben. Allerdings gab es keine Schrauben daran.

»Sie geht nicht auf!«, rief Sam verzweifelt. »Und sie ist fest mit der Bombe verbunden.«

»Dann nimm die Bombe und wirf sie in den Gang!«, schlug Daphné vor.

»Das geht nicht. Die Bombe ist an der Wand festgeklebt. Ich bekomme sie nicht ab.«

Mit aller Kraft zerrte Sam an der Bombe, doch die wollte sich nicht lösen. Plötzlich ertönte eine bekannte Stimme hinter ihnen.

»Herr Smith? Frau Wickman? Was gibt es?«

Spyro 42 kam auf seinen Raupenketten hereingefahren. Seine Kameraaugen studierten die heikle Situation.

»Die Bombe wird explodieren, Spyro!«, rief Sam. »Mach, dass du wegkommst!«

Doch Spyro war ein Roboter. Panik war ihm fremd. Sein digitales Gehirn hatte sofort entschieden, was passieren musste.

»Einen Moment, Herr Smith«, sagte er. »Würden Sie mich bitte mal vorbeilassen.«

Spyro fuhr an Sam vorbei zu der Bombe und setzte seine Greifarme an. Dann ertönte ein lautes Summen und seine Arme begannen zu zittern. Langsam löste er die Bombe von der Wand. Die Uhr zeigte noch zwanzig Sekunden.

Nachdem die Bombe losgelöst war, blieb sie an den Metallarmen von Spyro kleben. Er drehte sich um und fuhr an Sam und Daphné vorbei zur Tür.

»Noch einen schönen Tag, Herr Smith und Frau Wickman. Bitte richten Sie meine Grüße an Spyro 43 aus.«

»Spyro was …?«, brachte Sam heraus.

»Keine Zeit, Herr Smith. Die Pflicht ruft.«

Nach diesen Worten verschwand Spyro um die Ecke. Einige Sekunden später ertönte ein lauter Knall. Sam und Daphné wurden hin und her geschüttelt. Daphné schrie laut auf, der Stahldraht schnitt in ihre Handgelenke ein.

Als die Erschütterungen vorbei waren, blieben Sam und Daphné bestürzt sitzen. Keiner von beiden sagte etwas. Spyro hatte ihnen das Leben gerettet, aber sie würden sich nie bei ihm bedanken können.

21

Paranoia – Tag 10

Sam starrte aus dem Fenster seines Zimmers. Zum ersten Mal seit Langem hatte er wieder ein Fenster in seinem Zimmer. In der *Spy School* hatte er nur Wände. Trotzdem wäre er lieber dort als hier.

Summer hatte die Schüler klassenweise in einigen Hotels untergebracht. Die *Spy School* selbst war zurzeit geschlossen. Die vielen Explosionen hatten sehr viele Schäden im Gebäude angerichtet. Die oberen Stockwerke waren beinahe vollständig verwüstet und sowohl der zweite als auch der vierte Stock hatten bei den Bombenexplosionen etwas abbekommen. Die tragenden Mauern des Gebäudes waren so beschädigt, dass Einsturzgefahr bestand.

Außerdem waren in der Aula Bomben gefunden worden, die BBJ zurückgelassen hatte. Summer wollte kein Risiko eingehen und hatte alles räumen lassen. Zuerst musste ein Kampfmittelbeseitigungstrupp das Gebäude durchkämmen.

Sam beobachtete die Passanten mit ihren Jacken und Pullis. Auf einen Schlag war die Temperatur gesunken. Es war, als hätte das Teufelskraut auch die Wettergötter in seinem Bann gehabt. Nun waren sie aus dem Koma wieder aufgewacht und sahen, dass es auf der Erde viel zu heiß war.

BBJ hatte man in ein streng bewachtes Gefängnis gebracht. Dort sollte er bleiben, bis eine Entscheidung getroffen wurde, ob er als Minderjähriger oder als Erwachsener vor Gericht stehen musste. Versuchter Mord in so vielen Fällen war kein Pappenstiel. Sam wusste nicht, ob BBJ jemals wieder freikommen würde.

Zum Glück ging es nur um versuchten Mord und nicht um Mord. Summer hatte die Formel für das Gegengift sofort zu einem Labor geschickt, doch man hatte dort keine Garantie geben können, Autumn noch rechtzeitig retten zu können. Summer hatte zunächst gewartet und dann eine Stunde, bevor die Frist ablief, einen Entschluss gefasst. Er hatte kein Risiko eingehen wollen, schließlich wussten sie nicht exakt, wann Autumn das Teufelskraut verabreicht bekommen hatte. Darum hatte Summer das Fläschchen genommen, das er bei BBJ gefunden hatte, und den Inhalt großzügig in Autumns Mund geschüttet.

Es waren spannende Momente gewesen, denn es hatte noch beinahe eine Stunde gedauert, bis Autumn die Augen öffnete. Langsam war der Direktor wieder zu sich gekommen. In genau diesem Moment stürmten vier Wissenschaftler mit mehreren Spritzen und einer großen Flasche herein. Sie hatten das Gegengift herstellen können und waren eilig zur *Spy School* gefahren. Hätte Summer das Gegengift von BBJ nicht gehabt, wären die Wissenschaftler wahrscheinlich zu spät gekommen.

Anschließend hatte Summer mit den Wissenschaftlern bei den anderen Krankenzimmern die Runde gemacht und den Lehrkräften nacheinander das Gegengift verabreicht. Sobald alle bei Bewusstsein waren, hatte Summer die *Spy School* räumen lassen.

Die Opfer des Teufelskrauts würden noch eine Weile Ruhe brauchen. Sie wussten kaum, was in den vergangenen Wochen geschehen war. Die Ärzte hatten Summer beruhigt, dass ihr Gedächtnis wieder zurückkommen würde, und den Betroffenen vorläufig noch strenge Bettruhe verordnet.

Sam gähnte. Er war müde, da er noch immer nicht geschlafen hatte. Aber er wollte auch nicht schlafen. Er wollte wach bleiben für den Fall, dass Summer ihn brauchte. Doch wenn er hierblieb, würden ihm die Augen zufallen. Er musste aus dem Zimmer.

In der Hotellobby saßen einige seiner Klassenkameraden. Es wurde nicht viel gesprochen, alle mussten das Geschehene erst noch verarbeiten.

Als die Schüler in der Aula eingeschlossen waren, hatten viele nicht mehr daran geglaubt, lebend herauszukommen. Sie waren zwar Geheimagenten in Ausbildung, doch eine echte Stresssituation wie diese hatten sie noch nie mitgemacht. Im Unterricht hatten sie zwar gelernt, in so einem Moment ruhig zu bleiben, doch nun hatten sie am eigenen Leib gespürt, dass das leichter gesagt als getan war.

Als Sams Mitschüler ihn hereinkommen sahen, standen sie auf und applaudierten spontan. Sie wussten, dass sie ihm ihr Leben zu verdanken hatten. Hätte BBJ eine der Bomben in der Aula explodieren lassen, wäre es um sie geschehen gewesen. Auch wenn BBJ seine Mitschüler eigentlich hatte retten wollen, konnte man doch nie wissen, wozu er imstande gewesen wäre, wenn er sich in die Enge getrieben gefühlt hätte.

Richard war in ihren Augen ebenfalls ein Held. Allerdings lag er noch in einem Krankenhaus in der Nähe. Er durfte erst nach seiner vollständigen Genesung wiederkommen. Seine Klassenkameraden wollten sich später noch ausgiebig bei ihm bedanken.

Sam lächelte verlegen ob des Applauses. Er hatte nur getan, was ein guter Geheimagent in einer solchen Situation tun musste. Aber dennoch tat ihm die Unterstützung seiner Klassenkameraden sehr gut.

Sam erschrak, als jemand hinter ihm aus dem Aufzug stieg. Einen kurzen Moment glaubte er, Tom Hops zu erkennen, aber dann sah er, dass es jemand anders war. Tom Hops und Emma Block waren wahrscheinlich schon irgendwo am anderen Ende der Welt. Hier im Hotel bestimmt nicht. Jill Roberts aus seiner Klasse hatte ihm erzählt, dass die Polizei keine Spur mehr hatte. Man ging davon aus, dass die zwei Gangster aus dem Land geflohen waren. Sams Befürchtung, dass sie etwas mit den Giftanschlägen zu tun gehabt hatten, war also unbegründet gewesen.

Plötzlich kam Summer in die Lobby. Er ging direkt zur Rezeption, wo er ungeduldig auf die Empfangsdame wartete. Erst nach einigen Minuten tauchte eine junge Dame auf und schenkte Summer ihr süßestes Lächeln. Sie war kaum fünfundzwanzig Jahre alt, hatte lange blonde Haare und war übertrieben stark geschminkt. Sam schlich etwas näher, um dem Gespräch zu folgen.

»Sie hatten mich angerufen?«, fragte Summer.

»Ja, das ist möglich. Sind Sie Herr oder Frau Nottim?«

Summer seufzte so tief, dass die Unterlagen an der Rezeption kurz aufflatterten.

»Nein, das bin ich nicht.«

Das Mädchen sah erneut in ihren Aufzeichnungen nach und entdeckte ihren Fehler.

»Ah, dann sind Sie sicher Herr oder Frau Summer.«

»Herr Summer, ja. Jemand von diesem Hotel hat mich gerade angerufen und mir gesagt, ich solle dringend kommen.«

Die Empfangsdame bearbeitete kurz die Tastatur ihres Computers.

»Richtig, es gibt ein Problem mit der Bezahlung.«

Summer sah überrascht auf.

»Was für ein Problem?«

»Nun, eben dass bisher keine Bezahlung erfolgt ist.«

Das Mädchen sah Summer verlegen an. Dieser beantwortete ihren Blick mit einem sanften Lächeln und sah ihr tief in die Augen.

»Das habe ich schon längst mit Ihrem Chef geregelt. Unsere Schule hat alles auf Ihr Konto überwiesen, doch aufgrund eines Problems mit Ihrem Computer wurde das noch nicht registriert. Ihr Chef versicherte mir, dass seine bildhübsche Empfangsdame kein Problem daraus machen würde. Ich nehme an, dass er Sie meinte?«

Die Empfangsdame errötete und konnte ihr Gekicher kaum unterdrücken.

»Entschuldigen Sie bitte, Herr Summer. Ich wusste nicht, dass Sie bereits alles geregelt haben. Einen wunderbaren Tag noch.«

Während Summer sich von der Rezeption entfernte, starrte das Mädchen ihm noch eine Weile hinterher. Summer sah Sam und kam auf ihn zu.

»Herr Smith, sollten Sie nicht im Bett sein? Sie sehen aus wie ein Zombie!«

»Ich dachte, dass Sie mich vielleicht noch brauchen würden, Herr Summer«, antwortete Sam.

»Sie haben schon mehr als genug getan, Herr Smith. Nun sollten Sie sich besser ausruhen.«

»Aber ...«, beharrte Sam.

Summer lächelte.

»Gut, Herr Smith. Ich weiß ja, dass Sie alles aus der Nähe verfolgen wollen. Daher werde ich Ihnen noch einiges erzählen. Danach müssen Sie mir aber versprechen, wirklich schlafen zu gehen.«

Das hielt Sam für einen annehmbaren Vorschlag und nickte.

Summer brachte ihn zu einem abgeschiedenen Teil der Lobby, wo sie ungestört reden konnten. Dort ließen sie sich in die weichen Ledersessel plumpsen.

Sam sah die dunklen Schatten unter Summers Augen. Auch er hatte noch nicht geschlafen. Sam fragte sich, wann Summer endlich schlafen konnte, denn er hatte tatsächlich noch viel zu organisieren.

Summer legte den Aktenkoffer, den er bei sich hatte, auf den Couchtisch, der zwischen ihnen stand. Er öffnete ihn und holte einen Briefumschlag heraus.

»Ich habe gerade die ersten Ergebnisse von BBJs Psychiatern bekommen.«

Offenbar hatte man auch im Gefängnis nichts anbrennen lassen, wenn man BBJ bereits jetzt befragt hatte.

»Was haben sie herausgefunden?«, fragte Sam. Summer holte die Papiere aus dem Umschlag und gab sie Sam.

»Lesen Sie mal das, dann wird Ihnen einiges klar werden. BBJ leidet am Booy-Syndrom.«

Sam ließ den Blick über die Unterlagen schweifen, aber er war zu müde, um konzentriert zu lesen.

»Booy-Syndrom?«, fragte er stattdessen.

»Eine Art von Paranoia. Das Booy-Syndrom ist nach einem Geheimagenten benannt, der in den Sechzigern verrückt wurde«, antwortete Summer. »Er litt an einer Form von Paranoia, sah überall Verschwörungen. Er dachte, dass jeder gegen ihn war.«

»Das dachte BBJ auch«, sagte Sam.

»Richtig«, sagte Summer. »Es liegt in der Natur des Menschen, für alles eine Erklärung finden zu wollen. Manchmal gibt sich der Mensch nicht mit vorhandenen Erklärungen zufrieden und sucht selbst nach möglichen Erklärungen. Doch für schwierige Situationen lässt sich oft keine direkte Ursache finden. Und dann reimt man sich schnell etwas zurecht und unterstellt höchst unwahrscheinliche Dinge.«

Langsam verstand Sam, was sich in BBJs Kopf abgespielt hatte.

»Man überlegt dann, wer von einer gewissen Situation profitiert«, fuhr Summer fort. »Wenn man dabei keine echten Beweise hat, ist eine Verschwörungstheorie schnell bei der Hand. Und ab dem Moment wird man argwöhnisch und sondert sich immer mehr ab.«

»Wie lautete BBJs Verschwörungstheorie denn?«, fragte Sam.

»Die konnten die Ärzte uns aus seinen Erzählungen und aus dem, was wir in seinem Zimmer gefunden haben, ableiten. BBJ hatte viel über Berufskiller gelesen. Menschen, die für ein spezielles Projekt zu Mördermaschinen gemacht werden. Irgendwie hat er sich in den Kopf gesetzt, dass die *Spy School* so ein Projekt wäre. Und dass wir die Schüler für Verschwörungen und Racheakte ausbilden würden.«

Sam erinnerte sich, dass BBJ am Telefon etwas in der Art zu Summer gesagt hatte.

»Ah, darum hielt er mich also für naiv, als ich sagte, ich sei ein Geheimagent in Ausbildung«, sagte Sam.

»Genau«, sagte Summer. »Und auch wenn er keine Beweise dafür fand, wurde der Gedanke langsam, aber sicher in seinem Kopf Wirklichkeit. Man stelle sich vor, die *Spy School* eine Art Mafiabande ...«

Summer schüttelte betrübt den Kopf.

»Aber was war eigentlich sein Plan?«, fragte Sam. »Warum hat er alle vergiftet?«

»Er wollte die Lehrkräfte bestrafen und die Kinder befreien«, sagte Summer. »Er sah sich selbst als Held.«

Sosehr sich Sam auch bemühte, er konnte nicht verstehen, wie all diese Gedanken in BBJs Kopf gekommen waren. Wie konnte jemand derart paranoid werden? Wahrscheinlich würde er nie eine Antwort darauf bekommen. Eine andere Frage schoss Sam plötzlich durch den Kopf. »Wie ist BBJ eigentlich an das Teufelskraut gekommen?«

Summer antwortete nicht sofort, sondern starrte vor sich hin. Offenbar beschäftigte die Frage ihn auch selbst.

»Das wissen wir noch nicht«, sagte er nach einer Weile. »Er ist über das Internet darauf gestoßen, aber wie er es in die *Spy School* schmuggeln konnte ... Wahrscheinlich hat er es sich zuschicken lassen und es abgeholt, bevor Portman es abfangen konnte. Anders kann ich es mir auch nicht erklären.«

Summer steckte seine Unterlagen wieder in den Koffer und stand auf.

»Ich muss wieder an die Arbeit, Herr Smith. Ich muss noch jemanden beauftragen, einen neuen Spyro zu entwickeln. Denn ich brauche jemanden, der meinen Terminkalender verwaltet und alle Details regeln kann.«

Der Gedanke an Spyro machte Sam traurig. Auch wenn Spyro 43 die perfekte Kopie seines Vorgängers sein sollte, würde Sam Spyro 42 doch vermissen. Er hatte sein Leben für Sam und Daphné gelassen, und das würde Sam niemals vergessen.

»Noch etwas, Herr Summer. Wie konnte Spyro die festgeklebte Bombe von der Mauer bekommen?«

»Gut«, sagte Summer mit einem Lächeln. »Aber danach gehen Sie wirklich schlafen, okay? Die Arme von Spyro sind magnetisch aufgeladen. Gegenstände aus Metall kann er sich also sozusagen an die Arme kleben. Spyro hat so viel Kraft auf die Bombe ausgeübt, dass die sich löste. Und jetzt schlafen Sie gut, Herr Smith.«

Ohne eine Antwort von Sam abzuwarten, ging Summer davon. Sam blieb zurück und starrte ihm hinterher.

Die Gedanken fuhren in seinem Kopf Karussell. Alles war so unsicher geworden. Spyro weg, die *Spy School* verwüstet, ein Syndrom, das Menschen völlig verwirrte ...

Es war schwer, den Mut nicht sinken zu lassen.

Während er diesen düsteren Gedanken nachhing, bemerkte Sam Daphné. Sie saß ein paar Meter weiter und sprach leise mit Jason Roberts aus ihrer Klasse. Im selben Moment sah sie auf und ihre Blicke kreuzten sich. Ein Lächeln erschien auf ihrem Gesicht, als ihr Blick sich mit dem Sams traf. Sam lächelte zurück.

Für einen Moment verschwanden die dunklen Gedanken aus seinem Kopf. Sam wusste, dass sie bald wiederkommen würden. Aber das machte ihm nichts. Er würde dagegen angehen. Und er wusste, dass er nicht allein war.

Ein neues Abenteuer für Sam Smith beginnt ...

Aus:

Spy School 4 – Operation Schwarzer Regen

»Wie war's heute in der Schule?«

»Normal.«

»Lief die Prüfung denn einigermaßen gut?«

»Ja, war ganz okay.«

»Viel zu tun für morgen?«

»Ziemlich.«

»Na, dann fang mal schnell an, wir essen in einer Stunde.«

Sam seufzte, schulterte seine Tasche und polterte die Treppe zu seinem Zimmer hinauf. So war es jeden Tag: Seine Mutter bekundete Interesse an den schulischen Aktivitäten ihres Sohnes und er antwortete immer mit denselben nichtssagenden kurzen Sätzen.

Jetzt würde Sam bis zur Essenszeit einfach noch eine Stunde in seinem Zimmer auf dem Bett liegen und Comics lesen. Dann würde seine Mutter fragen, ob er seine Hausaufgaben schon gemacht habe. Er würde wie immer Ja sagen, woraufhin seine Mutter ihrem Mann wieder einmal mitteilen würde, was für einen schlauen Sohn sie doch hatten. Dann würde sie das Essen austeilen und Herrn Smith fragen, wie sein Tag gewesen sei. Der würde seinerseits einige der seiner Meinung nach besten Anekdoten des Tages erzählen – »Ruft diese Friseurin mich an, um mir zu sagen, ich hätte einen Karton in ihrem Laden vergessen! Musste ich noch einmal ganz zurückfahren, man macht schon was mit!« –, wonach die Mahlzeit stillschweigend beendet werden würde. Jeden Tag, jede Woche, jedes Jahr aufs Neue.

»Sam! Essen ist fertig!«, rief die Mutter zu ihm herauf.

Sam wurde es ganz anders zumute. Irgendetwas stimmte nicht. Er wollte nicht zum Essen gehen. Dieses langweilige Leben ödete ihn an.

»Sam!«

Wie kam es nur, dass er hier auf seinem Zimmer war? Hatte er sein altes Leben nicht aufgegeben?

»Sam!«

Sam schloss die Augen und hielt sich die Ohren zu. Das konnte doch nicht wahr sein. Er hatte absolut keine Lust auf das stinknormale Leben seiner Eltern.

»Sam!«

Sam öffnete die Augen. Verblüfft blickte er in Daphnés Augen.

»Was? Wie? Wo bin ... ich?«

Daphné lächelte. »Mannomann. Das muss ja ein verrückter Traum gewesen sein!«

Sam rieb sich die Augen und sah sich um. Er saß auf einer Bank in einem großen Park. Offenbar war er eingenickt.

»Ich habe geträumt, ich sei wieder zu Hause«, sagte er. »Alles war wie früher. Mutter hat genau dieselben Fragen gestellt, mein Zimmer hat wie früher ausgesehen ...«

»Puh, das muss ja wirklich ein Albtraum gewesen sein!«, sagte Daphné. »Jetzt bist du sicher froh, dass du aufgewacht bist.«

Sam lachte. »Ja, ich bin wirklich ganz schön erleichtert! Wie lange habe ich denn geschlafen?«

»Gar nicht so lange«, antwortete Daphné. »Aber lange genug. Ich habe mir schon Sorgen gemacht.«

»Sorgen?«

»Ja sicher! Du musst doch gleich deine Prüfung für die Winterspiele ablegen!«

Sam schlug sich an die Stirn. Wegen des Traums hätte er beinahe seine Prüfung vergessen.

Jedes Jahr reisten die Schüler der *Spy School* über den Atlantik und statteten ihren Kollegen von der CIA einen Besuch ab. Während ihres Aufenthalts in Amerika wurden die sogenannten Winterspiele abgehalten. Die vier Klassen der *Spy School* traten gegen die jeweils parallelen amerikanischen Klassen an. Jeder Schüler musste eine Prüfung ablegen. Am Ende wurden die

Ergebnisse zusammengezählt, um den Sieger zu ermitteln.

Die diesjährigen Winterspiele waren jedoch anders als sonst. Die Schüler der *Spy School* wohnten nun schon beinahe eineinhalb Jahre in Amerika, weil im Jahr zuvor einer ihrer Mitschüler ihr Schulgebäude in England in die Luft gejagt hatte.

Überall war über die Explosion berichtet worden. Für eine Geheimagentenschule war das definitiv zu viel öffentliche Aufmerksamkeit. Präsident-Generaldirektor Autumn hatte darum beschlossen, die *Spy School* an einen anderen Ort zu verlegen. Irgendwo außerhalb von London hatte man schnell mit den Bauarbeiten für einen neuen Komplex begonnen.

Glücklicherweise hatte sich die CIA bereit erklärt, der *Spy School* so lange Unterschlupf zu gewähren, bis ihr neues Gebäude fertiggestellt war.

Das Hauptquartier der amerikanischen Geheimagentenschule lag in Langley, im Staat Virginia. Genau genommen hieß die Ortschaft schon seit 1910 eigentlich McLean, nach einem Mann, der damals die Entwicklung des Städtchens maßgeblich geprägt hatte. Trotzdem hatte sich aus unerfindlichen Gründen der Name Langley für den Standort der CIA gehalten.

Bisher hatte die *Spy School* bei den Winterspielen nicht glänzen können. Sams Klasse, die D-Klasse, hatte einen Rückstand von 2 zu 5. Sollte Sam nun auch noch verlieren, wäre die Niederlage für die gesamte Klasse bereits besiegelt.

»Wo muss ich hin?«, fragte er Daphné.

Daphné zeigte zur anderen Seite des Parks.

»Siehst du die Leute dort warten?«

Sam sah hinüber. »Ja.«

»Tja, die warten alle auf dich!«

Sam lief vor Verlegenheit rot an und rannte los. Zusammen mit Daphné zwängte er sich durch die Menge zu einem Tisch mit zwei Stühlen, auf dem zwei mit Wasser gefüllte Gläser standen. Dort saß schon ein kräftiger Junge mit kurzem, dunklem Haar und dem Anflug eines Bartansatzes.

Jimmy Mortimer von den CIA-Schülern war Sams Gegner bei der Hypnoseprüfung. Jimmy war ein Neuling bei der CIA. Er gehörte nicht zu einer bestimmten Klasse, sondern nahm je nach Fach in unterschiedlichen Klassen am Unterricht teil. Das hieß aber nicht, dass Jimmy kein ernst zu nehmender Gegner war. Er hatte einen Blick in den Augen, der die meisten Schüler schon von vorneherein zum Aufgeben brachte. Es kursierte sogar das Gerücht, dass er einmal einen Mitschüler buchstäblich mit Basiliskenblick zu Boden gebracht habe. Doch Sam hatte keine Angst, dass es ihm wie den anderen ergehen könnte. Er eilte zu dem freien Stuhl und setzte sich.

Herr Spring sollte die Hypnoseprüfung leiten. Er war der mit Abstand wichtigste Hypnoseexperte auf der *Spy School*, kannte die neuesten Techniken und erfand selbst immer wieder neue. Die Aufgabe war schon seit acht Jahren immer gleich: Die Teilnehmer mussten mit einer kurzen Hypnose ihren Gegner dazu bringen, sich ein Glas Wasser über den Kopf zu gießen. Gerade wegen dieser Schlichtheit war die Prüfung ein fester Bestandteil der Sommer- und Winterspiele.

»Wie freundlich von Ihnen, dass Sie uns noch die Ehre geben, Herr Smith«, sagte Spring mit angesäuertem Gesicht. Wie alle Lehrkräfte der *Spy School* konnte er Unpünktlichkeit nicht ausstehen. Pünktlichkeit war eine wichtige Eigenschaft eines Geheimagenten.

»Sagen Sie Bescheid, wenn Sie anfangen möchten«, fuhr Spring fort. »Herr Mortimer und ich haben alle Zeit der Welt. Gerade wollten wir besprechen, wie wir unsere Zeit noch totschlagen könnten. Wie wäre es zum Beispiel damit, einen Toaster anzustarren, bis das Brot herausspringt? Oder die Grashalme in diesem Park zu zählen?«

Sam stieg die Schamesröte ins Gesicht.

»Entschuldigen Sie bitte, Herr Spring. Ich war eingeschlafen ...«

»Eingeschlafen? Na, zum Glück wollen Sie nur Geheimagent werden. Die können ja jederzeit unbekümmert ein Nickerchen machen!«

Spring blickte auf seine Armbanduhr.

»Aber gut. Wir haben schon genug Zeit vergeudet, fangen wir an. Meine Herren, sind Sie bereit?«

Sam und Jimmy nickten.

»Dann wünsche ich Ihnen viel Erfolg. Sie dürfen beginnen!«

Sam und Jimmy sahen sich an. Diese Prüfung erforderte höchste Konzentration. Man musste den Widerstand des Gegners brechen und dann zuschlagen.

Doch Sam konnte sich nur schwer konzentrieren. Der Traum von vorhin spukte ihm noch durch den Kopf. Bedeutete er, dass er seine Eltern vermisste? Oder war gerade das Gegenteil der Fall?

Plötzlich spürte Sam, wie Jimmys mächtiger Wille sich ihm aufzwang. Sein Arm näherte sich dem Glas. Die Zuschauer hielten überrascht den Atem an.

Sam konzentrierte sich wieder und konnte Jimmy aus seinem Kopf verdrängen. Sein Arm zog sich von dem Glas zurück. Nun versuchte er seinerseits anzugreifen, scheiterte aber an Jimmys stählernem Willen. Da gab es kein Durchkommen.

Erneut ließ Sams Aufmerksamkeit nach. Was bedeutete es, dass er plötzlich wieder mit dem Trott seines alten Lebens konfrontiert worden war? Er hatte zwar schon früher ab und an von zu Hause geträumt, doch dann war immer etwas Aufregendes passiert. Dieses Mal nicht, dieses Mal war es einfach nur das stinknormale Leben von früher gewesen. Vielleicht bedeutete das ja, dass ihm bald wieder ein langweiliges Leben drohte. Vielleicht hatte es aber auch gar nichts zu bedeuten und war einfach nur ein Albtraum, sonst nichts.

Sam fragte sich, warum er sich von seinem Traum so verunsichern ließ. Es war schließlich nicht das erste Mal, dass er an zu Hause dachte. Allerdings war es das erste Mal, dass es sich so echt anfühlte.

Im nächsten Moment spürte Sam etwas Nasses. Wasser tropfte an seinem Gesicht herunter. Sein Arm schwebte über seinem Kopf, das Glas in der Hand. Jimmy hatte seine Gedankenabwesenheit ausgenutzt und ihn hypnotisiert!

»Herr Mortimer gewinnt die Hypnoseprüfung!«, hörte er Herrn Spring rufen. »Es steht nun 6 zu 2 für die CIA-Schüler!«

Die Amerikaner jubelten und gratulierten Jimmy. Ihre Klasse hatte die D-Klasse erst einmal geschlagen. Sollten auch die anderen Klassen gewinnen, hätten sie den Titel.

Herr Spring war über Sams Niederlage alles andere als glücklich. Während die Zuschauer sich enttäuscht zurückzogen, stellte er sich neben Sam.

»Gehetzt zur Hypnoseprüfung zu erscheinen, ist meist schon der erste Schritt zur Niederlage, Herr Smith!«, sagte er tadelnd.

Sam blickte nach unten. »Ja, ich weiß, Herr Spring. Ich hatte mich so gut vorbereitet und dann war da dieser Traum ...«

Spring sah ihn forschend an. »Was für ein Traum?«

Sam zuckte mit den Schultern. »Ich habe geträumt, ich sei wieder zu Hause. Alles war haargenau so wie früher. Und ich konnte diesen Traum nicht aus dem Kopf bekommen.«

Spring sah ihn verständnisvoll an. »Selbst nach drei Jahren haben die meisten Schüler ihr früheres Zuhause noch nicht vergessen. Das ist völlig normal, Herr Smith.

Und vielleicht hat der Traum ja tatsächlich etwas zu bedeuten.«

»Meinen Sie?«, fragte Sam überrascht.

»Ein Geheimagent muss alles berücksichtigen. Und nicht nur das, was er sehen kann. Vielleicht will Ihnen der Traum etwas sagen, vielleicht auch nicht. Das werden Sie nach einer Weile schon herausfinden …«

Weiter geht dieses Abenteuer in:
Jonas Boets: Spy School 4, cbj Verlag
ISBN 978-3-570-31681-8
Erscheint im März 2025

Foto: © privat

Autor

JONAS BOETS war immer schon ein großer Fan der Bücher von Anthony Horowitz. Diese und die James-Bond-Filme sowie »Mission Impossible« haben ihn zu seiner Serie Spy School inspiriert. Jonas Boets hat darüber hinaus etliche erfolgreiche Thriller für Jugendliche veröffentlicht.

Von Jonas Boets sind bei cbj erschienen:
Spy School – In geheimer Mission
(Band 1, 31591)
Spy School – Diamantenfieber
(Band 2, 31592)
Spy School – Operation schwarzer Regen
(Band 4, E-Book 14238)

Chris Bradford

BODYGUARD

Der 14-jährige Martial-Arts-Experte Connor Reeves entspricht nicht gerade dem, was man sich unter einem typischen Bodyguard vorstellt – und genau deshalb ist er so hervorragend geeignet für seinen neuen Job: Er wird für eine geheime Einheit hochprofessioneller junger Bodyguards angeworben, die jugendliche Stars und die Kinder superreicher Eltern begleiten sollen. Denn wer könnte sie unauffälliger beschützen als ein Gleichaltriger? Nach einem gnadenlosen Training heißt es dann für Connor Reeves bei seinen brandheißen Aufträgen:

Und Action!

Die Geisel
Band 1, 480 Seiten,
ISBN 978-3-570-40275-7

Das Lösegeld
Band 2, 480 Seiten,
ISBN 978-3-570-40276-4

Der Hinterhalt
Band 3, 448 Seiten,
ISBN 978-3-570-40315-0

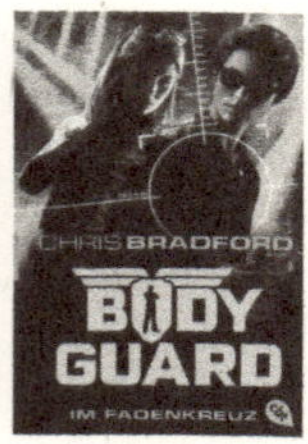

Im Fadenkreuz
Band 4, 480 Seiten,
ISBN 978-3-570-40316-7

Der Anschlag
Band 5, 350 Seiten,
ISBN 978-3-570-40350-1

Die Entscheidung
Band 6, ca. 350 Seiten,
ISBN 978-3-570-31205-6

30344_6

cbt

www.cbj-verlag.de